Eine Art zu lesen
Eine Art zu fliegen

GOYA

ELA MEYER

Furchen und Dellen

ROMAN

GOYA

Das gleichnamige Hörbuch erscheint bei GOYALiT.
Dieses Buch ist auch als E-Book erhältlich.

Besuchen Sie uns im Internet:
www.goyaverlag.de

Aus Verantwortung für die Umwelt hat sich der GOYA Verlag dazu entschlossen,
keine Plastikfolie zum Einschweißen der Bücher zu verwenden.

1. Auflage 2024
Originalausgabe
GOYA Verlag © 2024 JUMBO Neue Medien & Verlag GmbH, Hamburg

Alle Rechte vorbehalten
Umschlaggestaltung: Hanna Wienberg
Umschlagabbildung: komunitestock / iStockphoto.com, Sergei / AdobeStock,
Mihai Zaharia / AdobeStock
Lektorat: Milena Schilasky
Satz: Pinkuin Satz und Datentechnik, Berlin
Gesetzt aus der Minion Pro
Printed in Germany
ISBN 978-3-8337-4813-4

Für Stefan
du fehlst

1

Meine Turnschuhe waren auf dem Pflaster kaum zu hören. Abendvögel sangen, der Feierabendverkehr war abgeflaut. In den Gärten blühten die letzten Tulpen und der erste Flieder und ich spazierte vorbei an weiß gestrichenen Altbauten mit hohen Decken und verzierten Fassaden. Mit ihren Zäunen und Hecken glichen sie kleinen Festungen. Es dämmerte bereits, und in einigen Häusern brannte Licht. Durch die Fenster konnte ich beobachten, wie die Leute an Abendbrottischen saßen und aßen, sich auf Sofas fläzten und fernsahen, wie sie ihre Kinder ins Bett brachten oder mit ihren Kindern diskutierten, wenn die nicht ins Bett gebracht werden wollten.

Mein Opa könnte in dieser Stunde sterben, während ich hier durch die Straßen lief. Er konnte bereits tot sein. Die Welt ohne ihn würde weniger wiegen für mich, würde leichter sein.

Zu sagen, dass sein schlechter Zustand ein willkommener Anlass war, mag makaber klingen. Aber ja, er bot den perfekte Vorwand, das zu tun, was ich schon die ganze Zeit hatte tun wollen: meine Sachen packen und in die Stadt zurückkehren, in der ich aufgewachsen war.

Vor sechseinhalb Jahren war ich von dort aufgebrochen und tourte seitdem als Theatertechnikerin mit unterschiedlichen Kompanien durch Europa. Sosehr mich das viele Reisen, das mein Job mit sich brachte, anfangs begeisterte, sosehr ich die Abwechslung, die Stunden im Zug mit Kopfhörern auf den Ohren und der vorbeigleitenden Landschaft neben mir immer genossen hatte, so sehr sehnte ich mich inzwischen nach Ruhe. Nach Menschen, die mir nahestanden, nach einem gewohnten Ort, an dem ich mich zurechtfand und zugehörig fühlte.

Die Stadt war mir vertraut wie ein Körper, neben dem man jahrelang die Nächte verbracht hatte. Ihr Geruch von Erde, Abgasen, Blüten und Asphalt, das Brummen der Autos von der Autobahn, die sich einmal rund um die Stadt wand, das schöne dunkelrote Pflaster mit den abgesunkenen Steinen. Die geharkten Streifen vor den Zäunen, parallele Striche, die sagten: Hier kümmert sich wer, hier ist kein Hundeklo, hier wohnen ordentliche Leute.

Gleich nachdem ich vom Zustand meines Opas erfahren hatte, suchte ich mir eine Vertretung für die nächsten Wochen, stieg in den Zug und erreichte noch bei Einbruch der Nacht die Stadt. Ein überschaubarer Ort, trotz Uni, diverser Theater und belebter Fußgängerzone. Schwer, sich dort zu verlaufen. Seit knapp zwei Tagen war ich also wieder im Land, saß die meiste Zeit auf einem Stuhl im Schlafzimmer meines Opas und konnte nicht glauben, wie still er in seinem Bett lag. Kein mieser Spruch, kein Scherz und nur ein einziges Mal ein kurzer Blick, bei dem er nichts von seiner Umgebung wahrzunehmen schien.

Die Stimme meines Großvaters, die mein Leben lang ungefragt alles kommentiert hatte, war verstummt. Er hatte immer ein Gespür für jene Eigenschaften oder Äußerlichkeiten gehabt, die er als Schwachpunkte titulierte und auf die er eine Person reduzierte: der mit der Nase, die Dicke, der Stinker, der Schreihals, die mit dem Mopp auf dem Kopf. Seit ich denken konnte, krochen Echos seiner Bemerkungen wie Maden durch mein Gehirn, wo sie sich vermehrten. Sie würden auch weiterhin jederzeit abrufbar bleiben, selbst wenn uns Hunderte Kilometer voneinander trennten, selbst wenn er nicht mehr lebte.

Die letzten zwei Tage hatte ich neben meiner Mutter und meinem Bruder Timo am Sterbebett ausgeharrt. Die alte Besetzung. Nachdem unsere Eltern sich getrennt hatten – ich war drei und mein Bruder eins –, hatten wir Geschwister mit unserer Mutter und unserem Opa gemeinsam in dessen Haus gelebt. Timos und mein Vater wurde zu einer Randfigur, zu jemandem, mit dem wir in einem Nebel aus Süßigkeiten und Fernsehen ein- oder zweimal im Monat das Wochenende verbrachten. Die Luft im Schlafzimmer meines Opas roch abgestanden. Die Müdigkeit zerrte an mir. Immer wieder ließ ich die Schultern kreisen und streckte meinen Rücken. Immer wieder stand ich auf, holte etwas aus der Küche, kochte einen Kaffee – ein kurzes Entkommen, nur um nach einer Weile wieder auf meinem Stuhl zu landen und gemeinsam mit den anderen auf den rasselnden Atem meines Opas zu horchen. Das viele Sitzen, das Warten, die gedrückte Stimmung und das Lauschen zermürbten mich, und so machte ich mich am zweiten Abend zu einem Spaziergang auf.

Es war das dritte Mal in den letzten sechseinhalb Jahren, dass ich hier in der Stadt war. Die anderen beiden Besuche fanden anlässlich des sechzigsten Geburtstags meiner Mutter und zur Geburt meines Neffen statt. Linus kam nur wenige Tage vor dem Neunzigsten meines Opas zur Welt, was dieser als persönlichen Affront gegen sich wertete, da sein Enkel ihm mit seiner Geburt die Show stahl.

Ich hatte nicht vorgehabt, in die Straße zu biegen, in der ich über zwanzig Jahre lang gewohnt hatte. Gemeinsam mit meiner ehemals besten Freundin Doro, unserer liebsten Mitbewohnerin Antonia und unserem Freund Rafa als Nachbarn eine Treppe unter uns, hatte ich im dritten Stock in einem Zimmer mit Blick auf den Garten gelebt. Wie auf Autopilot lenkten mich meine Füße in diese Richtung, ein ausgetretener Pfad, als würden sie die gefürchtete Begegnung mit Doro, Antonia, Rafa und ihrem Kind provozieren wollen.

Emotional aufgeweicht vom Zustand meines Opas, von seinem zu erwartenden Tod und der Tatsache, dass er und ich unsere Kämpfe nicht mehr beilegen würden, die uns unser Leben lang begleiteten, vermisste ich meine ehemals engsten Bezugspersonen stärker, als ich es seit Jahren getan hatte. Vielleicht auch infolge der vertrauten Umgebung, sehnte ich mehr als sonst eine Versöhnung mit ihnen herbei.

Aus dem Augenwinkel nahm ich ein Huschen wahr. Ein Igel kreuzte eilig meinen Weg, und ich hielt an, um ihn nicht zu erschrecken. Keuchend verschwand er unter einer Hecke. Nachdem das Rascheln verklungen war, bog ich links ab, wieder links, noch einmal links, schlug dabei einen Bogen um mein ehemaliges Zuhause, um mich schließlich mit klopfendem Herzen, *bum bum*, in meiner alten Straße wiederzufinden.

Vertraute Häuser zu beiden Seiten, alte Kasernengebäude aus rotem Backstein, nach Ende des Kalten Krieges zu Wohnungen umgebaut. Die Bäume wirkten höher als früher, die Sträucher dichter, Hecken wie Wände, über die ich vor sechs Jahren noch hatte hinwegsehen können.

Einen Block entfernt von dem Haus blieb ich stehen. Hier war die Grenze, bis hierher und nicht weiter. Ich ballte die Hände in den Hosentaschen und lauschte auf meinen Puls, der dafür, dass ich nur geschlendert war, viel zu schnell durch meinen Körper galoppierte.

In den letzten Jahren hatte ich mir die Straße, die Gärten und mein altes Zuhause unzählige Male vergegenwärtigt. In einer kindlichen Vorstellung erschien mir der Gedanke abwegig, dass diese Welt trotz meiner Abwesenheit weiter existierte. Die Straßenlaternen warfen Spots aufs Pflaster. Ich hielt die Luft an und lauschte. Unter das abendliche Gezwitscher, das Brummen der Autobahn und das leise Rauschen des Windes in den Bäumen mischte sich ein schlurfendes Tapsen. Als ich mich umdrehte, war es, als würde mir Eiswasser durchs Rückenmark fließen.

Pepper, die am Ende der Straße auftauchte, an einem Strauch stehen blieb und schnupperte. Deren ehemals dunkle Schnauze fast weiß war, ihr Rücken durchgebogen vom Alter. Sie schnüffelte, hockte sich hin und verlor beim Aufrichten beinahe das Gleichgewicht.

Pepper hatte das erste halbe Jahr ihres Lebens bei den Nachbarn von Doros Eltern verbracht. Da die älteste Tochter jedoch plötzlich eine Hundehaarallergie entwickelte, suchten sie notgedrungen ein neues Zuhause für die Hündin. Damals, als Doro mir davon erzählte, zögerte ich keine Sekunde. Pepper lebte sich schnell bei uns ein, und Doro und ich teilten uns die Kosten für Steuern, Futter und Versicherung. Wir ergänzten uns, waren ein Team. Kurze Absprachen am Morgen, kleine Zettel à la: »Kannst du heute mit P. raus?«, oder »Sie hat schon gefressen.«

Antonia, die es nicht so mit Hunden hatte, sprang nur ein, wenn Doro und ich verhindert waren. Ich kümmerte mich, weil ich Pepper liebte, weil sie mir eine Freundin geworden war, und bereute meine Entscheidung kein einziges Mal. Doch eine Hündin war kein Kind, so viel war mir auch klar. Die Ansprüche waren andere, und sie würde vermutlich nicht älter als fünfzehn werden, wenn überhaupt. In dem Alter kämpfte sich ein Kind gerade erst durch die Pubertät. Peppers wohliges Schnarchen und die Wärme ihres Körpers hatten mir während der einsamen Nächte in den ersten Monaten nach meinem Auszug gefehlt. Ich vermisste ihre Euphorie, ihre Nähe und ihre Zuneigung und projizierte all mein Sehnen auf sie. Ich hätte es nicht ertragen, Doro, Antonia und Rafa im gleichen Maße zu vermissen.

2

Da es unwahrscheinlich schien, dass Pepper allein unterwegs war, hockte ich mich hinter eine Hecke, um von Peppers Begleitung, sei es nun Doro, Rafa oder Antonia, nicht entdeckt zu werden. Zu meinen Füßen Gänseblümchen, die ihre Blütenkelche bereits für die Nacht geschlossen hatten. Nur zu gern hätte auch ich meinen Kopf unter Blütenblättern verborgen. Mein Blick huschte die Straße entlang, von Lichtkegel zu Lichtkegel. Durch ein Loch in der Hecke hatte ich gute Sicht auf den gegenüberliegenden Gehweg. Meine Hände schwitzten, und ich wischte sie an der Hose ab, erwartete jeden Moment, Doro, Antonia oder Rafa zu sehen. Ich fühlte mich nicht vorbereitet auf eine Begegnung, war viel zu müde und zermürbt vom Sterben meines Opas.

Angestrengt starrte ich durch das Loch und beobachtete, wie Pepper sich näherte, wie eine ihrer Hinterpfoten mit schabendem Geräusch über das Pflaster schleifte. Als ich schon dachte, die Anspannung nicht mehr ertragen zu können, entdeckte ich sie. Doro. Sie bog nur wenige Meter von mir entfernt um die Ecke und latschte in ihrem charakteristischen Schlendergang hinter Pepper her. Mein Puls dröhnte in meinen Ohren, und ich roch den Schweiß, der mein T-Shirt durchweichte. Der mir den Rücken hinablief bis in die Hose hinein.

Absurde Vorstellung, dass es Doro hier die ganze Zeit gegeben hatte, sie auch nach meinem Wegzug durch diese Straßen gewandert war. Sie ohne mich gegessen, geschlafen, verdaut und ein Kind geboren hatte, das sie nun gemeinsam mit Antonia und Rafa großzog. Wie war es uns möglich gewesen, all die Jahre nebeneinander zu existieren, ohne uns zu berühren?

Ein scheppernes Rattern näherte sich, kleine Kunststoffräder auf unebenem Pflaster. Doro überholte Pepper, und erst da entdeckte ich das Kind. Es sauste auf einem Tretroller an Doro vorbei, und bevor sich in meinem Kopf ein Gedanke formen konnte, füllte mein Herz den kompletten Brustkorb aus. Für die Lungen blieb kaum noch Platz. Ich krallte die Hände ins Gras und hielt mich daran fest. Etwas stach mich, ein winziger Stachel, der sich durch meine Haut bohrte und mir in die Handfläche drang, vielleicht eine Distel. Der zarte Schmerz, der mich festhielt und mich verankerte.

Der Roller vom Kind war blau, mit kräftigen Tritten stieß es sich vom Boden ab. Ich kannte seinen Namen. Antonia hatte mir damals, vor über fünf Jahren, eine Mail geschrieben, auf die ich nie geantwortet hatte: »Ich hoffe, es geht dir gut.« Im Anhang das Foto eines Neugeborenen. Faltiges Gesicht, Schorf auf dem Kopf. »Vivien« hieß die Datei. Mir gefiel der Name.

Viviens Haare waren seitdem gewachsen und hingen glatt hinunter. Dünne Strähnen, durch die sich beidseitig die Ohren drängten. Genau wie bei Doro als Kind, zu der Zeit, als wir uns kennenlernten.

»Was passiert eigentlich, wenn ich nicht mitmache?«, hatte ich Doro kurz vor meinem Wegzug vor über sechs Jahren gefragt. Statt zu antworten, stopfte sie sich eine Handvoll Chips in den Mund. Ihre Kaubewegungen dauerten viel zu lange. Zeit schinden wollte sie.

»Gibt es für mich überhaupt die Option, Nein zu sagen?«, hakte ich nach.

Doro nickte, kaute weiter, schluckte und antwortete dann endlich: »Natürlich gibt es die. Aber ich befürchte, wenn ich ein Kind bekomme, hängst du mit drin, schließlich wohnen wir zusammen. Für mich als lesbische Single-Frau ist das die einzige Chance, mein Kind in einer Gemeinschaft aufzuziehen. Überleg mal, wie toll das wäre: wir vier alle zusammen!«

Mit jedem Wort erhöhte sich der Druck in meiner Brust, ich fühlte mich vor vollendete Tatsachen gestellt. »Hmm«, brummte ich, um Doro zu verstehen zu geben, dass ich sie gehört hatte. Nach einer Weile stand sie auf und öffnete eine Flasche Wein. Wir tranken, ohne anzustoßen, tranken aneinander vorbei und sahen uns nicht an.

Doro und ich waren seit der Grundschule miteinander befreundet, seit wir beide der Theater-AG beigetreten waren und beim Krippenspiel einen Engel dargestellt hatten. Im Gegensatz zu Doro, die beleidigt war, nicht die Rolle der Maria spielen zu dürfen, übte ich so obsessiv mit Fred, bis ich – und auch Fred, wie er beteuerte – meine zwei Sätze nie wieder würde vergessen können. Fred war der beste Freund meines Opas, war unser aller Freund. Als Kinder hatten Timo und ich mehr Zeit mit ihm verbracht als mit unserem Großvater, der gern seine Ruhe vor uns hatte.

Der große Tag der Aufführung kam, Doro schmollte noch immer und sabotierte aus Trotz ihren Einsatz. Mit vor der Brust gekreuzten Armen und zusammengepressten Lippen starrte sie ins Publikum, das unruhig mit Schuhen und Stühlen scharrte. Geflüster unter den Eltern und Gezische unter den Kindern auf der Bühne. Der Lehrer, versteckt hinter dem verblichenen Vorhang, raunte Doro die richtigen Sätze zu, die sie ignorierte. Die Stille zog sich, bis ich es schließlich nicht länger aushielt und meine gut geübten Sätze erneut zum Besten gab: »Die Hirten eilen schon herbei, das Jesuskind zu grüßen. Auch Ochs und Esel sind dabei, und wir zu seinen Füßen.«

Doro drehte sich zu mir um, das linke Auge zugekniffen, mit dem anderen visierte sie mich wie durch ein Fernglas an, und dann entfuhr mir vor lauter Aufregung ein Rülpser. Zu leise, als dass man es im Zuschauerraum hätte hören können, doch laut genug, dass die anderen Kinder es mitbekamen. Doro presste sich die Hand auf den Mund, um ihr Kichern zu dämpfen, was es nur noch schlimmer machte. Sie steckte mich an, und je mehr wir unser Lachen zu unterdrücken versuchten, desto heftiger sprudelte es an die Oberfläche. Zum Glück sang der Chor nun ein Lied, das gab uns Zeit, uns zu beruhigen. Von dem Tag an hingen Doro und ich in den Pausen gemeinsam in der Ecke zwischen Zaun und Fahrradständer herum und bewarfen uns und vorbeikommende Kinder mit weißen Beeren, die wir von den Büschen rupften.

Aus den circa sieben Metern Entfernung, die uns jetzt trennten, sah Doro aus wie immer. Im Laufe der Jahre hatte ich sie mit unzähligen Frisuren gesehen, bis sie irgendwann in den Nullerjahren bei einem durchgesträhnten Vokuhila hängen geblieben war, der ihr das Aussehen eines Achtzigerjahre-Rockstars verlieh. Dem Schnitt war sie offensichtlich bis heute treu geblieben. Viviens Haare waren so glatt wie die von Doro, doch die dunkle Haarfarbe hatte Vivien, soweit ich es im Schein der Straßenlaternen erkennen konnte, von Rafa geerbt.

Rafa zog damals nur zwei Monate nach uns in die Wohnung direkt unter uns. Da er im Messebau arbeitete, war er viel unterwegs. Wenn er nach Wochen wieder nach Hause kam, klingelte er bei uns, und wir tranken Tee. Spätestens bei der zweiten Tasse rollte er sich dann auf unserem Sofa ein, zu müde, um noch die Treppe hinunter in seine eigene Wohnung zu steigen. Vielleicht war es ihm auch zu einsam dort. Vor seiner Küche befand sich ein stattlicher Balkon, auf dem wir an den Wochenenden gemeinsam frühstückten. Andersrum rekelte er sich häufig in unserer Badewanne und futterte sich hinterher durch den Inhalt unseres Kühlschranks, nur um später alles wieder aufzufüllen und uns mehrgängig zu bekochen. Wochenlange Abwesenheiten, in denen er auf Montage war, wechselten mit Phasen intensivsten Kontakts, woraufhin er wieder für Wochen aus unserem Leben verschwand. Seit ich ihn kannte, führte er keine auf längere Sicht angelegten romantischen Beziehungen. Doch im Gegensatz zu Doro, die weder an Monogamie noch an glückliche Langzeitbeziehungen glaubte, wünschte sich Rafa, wie er mit leichter Verlegenheitsröte auf den Wangen gestand, eines Tages die Frau fürs Leben zu finden.

»Rafa ist nicht bekannt für seine Bindungsfähigkeit«, sagte ich zu Doro, nachdem sie uns von Rafas Teilhabe an ihren Kinderplänen erzählt hatte. Die Bemerkung war gemein. In dem Moment, wo ich sie aussprach, wo der Satz in die Welt unseres Wohnzimmers platzte, hätte ich ihn am liebsten gleich wieder eingesaugt. Doro ließ sich davon nicht beeindrucken: »Ich auch nicht. Und du auch nicht, und trotzdem frage ich dich, ob du mitmachst.«

Nur einen Monat zuvor hatte ich mich von meinem Freund getrennt. Zwei Jahre waren wir zusammen gewesen, mein persönlicher Rekord. Doch ich traute mich nicht, mit Doro darüber zu diskutieren, wo ich in Sachen Bindungsfähigkeit stand.

»Immerhin sind wir vier schon ewig miteinander befreundet«, sagte sie. »Länger und dazu harmonischer als die meisten Paare, die ich kenne.«

Sie hatte recht. Ich bereute meine erbärmliche Stimmungsmache gegen Rafa. Er war mein Freund. Mein Kommentar hätte von meinem Opa kommen können. Kein gutes Haar.

Doro blieb nun auf Höhe meines Verstecks stehen, sah über die Schulter und rief nach Pepper, die an einem Zaun schnüffelte. Immer schon hatte Pepper dieses Vertrauen, nicht von uns zurückgelassen zu werden, wusste, dass wir immer auf sie warten würden. Auf Doros Ruf hin hob sie nicht einmal den Kopf. Für einen schrecklichen Moment glaubte ich, Doro hätte mich entdeckt, als ihr Blick an der Hecke hängen blieb, doch dann drehte sie sich um und setzte ihren Weg fort.

Viviens Roller holperte über die unebenen Pflastersteine. Sie war auf einer Höhe mit Doro, da setzte ein Auto direkt vor ihnen rückwärts aus einer Einfahrt. Ich wollte rufen, wollte sie warnen, aber wie in einem Traum drang nur ein Krächzen aus meiner Kehle.

Doch auch ohne mein Eingreifen behielt Doro alles im Griff. Sie brauchte mich nicht. Gleich einer Verkehrspolizistin streckte sie seitlich den Arm aus und Vivien bremste, stützte die Füße rechts und links auf dem Boden ab, und gemeinsam warteten sie, bis der Fahrer ohne Rücksicht auf die beiden sein Auto auf die Straße gelenkt hatte.

Seit meinem Wegzug hatten Doro und ich uns nur einmal gesehen. Eine ungewollte Begegnung, bei der wir wie auf zwei Eisschollen aneinander vorbeitrieben. Selbst mit ausgestreckter Hand hätten wir uns nicht berühren können. Vor drei Jahren war das, in einem Kino. Ich kam gerade aus dem Saal und sie von draußen. Entgegengesetzte Richtungen. Doro war in Begleitung einer Frau, die ich nicht kannte, ich mit meinem Bruder unterwegs. Mir wurde schlecht, und ich bohrte Timo meine Finger in den Arm.

Doros und mein Unvermögen, aufeinander zuzugehen, miteinander zu reden, zerrte an uns wie ein Gummiband, das hinten an unseren Gürtelschlaufen hing und uns immer wieder nach hinten riss. Hätte mir jemand vor zehn, fünfzehn Jahren von unserer Entfremdung erzählt, ich hätte es nicht geglaubt.

Dort, im Foyer des Kinos, waren wir beide rot geworden, hatten ein kaum hörbares Hallo ausgestoßen, das auf halbem Wege wieder zerfiel. Blicke, haarscharf an den Augen der anderen vorbei, Fahrstuhl in den Keller, Magenschlingern kurz vorm Kotzen. Eine Sehnsucht, die blieb, tief vergraben in einem Organ, dessen Namen ich nicht kannte.

Zu gern wäre ich jetzt imstande gewesen, aufzustehen und über die Straße zu rennen, den ersten Schritt zu machen. Doch mein Stolz versperrte mir mit ausgestreckten Armen den Weg, so wie Doro den von Vivien.

Erst als das Auto vollständig auf der Straße war, senkte Doro den Arm, und Vivien rollerte weiter. Pepper, endlich fertig mit Schnuppern, eierte mit wiegendem Schritt hinter ihnen her. Es juckte mich, nach Pepper zu rufen, sie anzulocken und mein Gesicht in ihrem Fell zu vergraben. Wenn es eine Möglichkeit gegeben hätte, unbemerkt an sie heranzukommen, ich hätte keine Sekunde gezögert. Wieder erstarb das Rattern des Rollers. Vivien winkte Doro zu sich heran und zeigte auf etwas, das sie auf dem Gehweg entdeckt hatte. Von meinem Versteck aus konnte ich nicht erkennen, worum es sich handelte, obwohl mein Kopf nun fast auf der anderen Seite der Hecke herausguckte. Wenn Doro sich jetzt umdrehte, würde sie mich sofort entdecken. Nebeneinander beugten sie sich runter, ein großer und ein kleiner Rücken. Eine Welle der Zärtlichkeit durchdrang mich, zog mir in den Knochen wie Gliederschmerzen.

Doro hatte dieses Kind geboren, nachdem sie es monatelang in ihrem Bauch mit sich herumgetragen hatte. Schwangerschaft und Geburt, Vorgänge, die mir unvorstellbar erschienen. Genauso unvorstellbar wie die Tatsache, dass Menschen bereit waren, sich diesem Abenteuer auszusetzen. Eine Geburt war lebensgefährlich. Dazu die Schmerzen und Hormonschwankungen, die nicht auszuschließenden Wochenbettdepressionen, Brustentzündungen und Dammrisse. Das Brennen beim Pinkeln, die Blasensenkungen, Haarausfall, Zahnprobleme, Krampfadern und Hämorrhoiden. Eine endlose Liste möglicher Gefahren, und Doro hatte sich darauf eingelassen. Ihr Wunsch nach diesem Kind war größer als die Angst vor den Folgen, war größer als unsere Freundschaft.

Manchmal fragte ich mich, warum ich keinen Kinderwunsch in mir trug. Als wäre etwas bei mir gerissen, eine Schnur, die vom Herzen zum Hirn zum Unterleib führte. Verbindung getrennt, weil zu große Erwartungen daran zerrten, weil nicht alle Menschen, die die biologischen Voraussetzungen zur Schwangerschaft und Geburt erfüllten, diese auch nutzen wollten.

Vivien verschwand als Erste um die Ecke. Ihre linke grüne Schuhsohle, die sich abstieß, war das Letzte, was ich von ihr sah. Doro folgte ihr, nur Pepper schnupperte noch einmal an einem

Busch, um die Urinnoten zu decodieren, bevor auch sie sich aus meinem Blickfeld stahl. Zurück blieb ein hohles Gefühl. Doro zu sehen, die Gewissheit, dass es sie noch gab und sie ihren Alltag, in welcher Form auch immer, mit Antonia, Rafa, Pepper und Vivien teilte – mit allen, außer mit mir –, war, wie den Finger in die Wunde in meinem Brustraum hineinzutauchen, um die ich mich seit Jahren herumbog, um die mein Herz sich wand, um sie nicht zu berühren.

Und dann war da Vivien. Ihr Umriss hatte sich in mein Hirn gebrannt, ein tiefer Abdruck in der Sehrinde. Ein Scherenschnitt vor dem Abendhimmel. Sie hatte einen Namen, einen Roller, grüne Schuhsohlen und Rafas Haarfarbe. Sie bewegte sich alleine fort, hielt an, um auf Dinge zu zeigen und sich dann wieder abzustoßen. Sie hatte ein Leben, das fast keinerlei Schnittmenge mit meinem aufwies. Hätte ich mich anders entschieden, hätte sie auch zu mir gehören können und ich zu ihr.

Die Möglichkeiten meines Lebens waberten um mich herum. Nur, weil ich immer wieder Entscheidungen fällen musste, hieß das nicht, dass sich die ausgeschlagenen Optionen in Luft auflösten. Sie hinterließen Spuren wie Risse in der Haut.

3

Ein besonders lauter Schnarcher meines Bruders riss mich aus meinen Gedanken, die immer wieder zu Doro und Vivien wanderten. Mein Großvater atmete von Stunde zu Stunde schwerer. Der Arzt hatte seine Überraschung nicht verbergen können, als er am Morgen vorbeigekommen war und mein Opa noch immer unter uns weilte. »Zäher alter Hund«, hatte er gesagt und dabei selbst wie einer ausgesehen: klapperdürr, gelbe Zähne und ein so weit fortgeschrittenes Alter, dass ich ihm ohne Weiteres abgenommen hätte, wenn er behauptet hätte, meinem über neunzigjährigen Großvater eigenhändig auf die Welt geholfen zu haben. Mein Opa war über doppelt so alt wie ich.

Sein Zimmer war das kleinste im Haus. Spartanisch eingerichtet, bis auf die zwei Augen, die er an die Wand gegenüber von seinem Bett gemalt hatte. Unheimlich und real sahen sie aus und glichen seinen eigenen Augen – Stellvertreteraugen. Es war, als würde er uns durch die Wand anstarren.

»Voll psycho«, war Doros Kommentar dazu gewesen. Eigentlich war sein Zimmer eine No-Go-Area für uns, aber ich musste ihr die Augen unbedingt zeigen. Wir waren dreizehn Jahre alt, Doro stand halb in der Tür, halb auf dem Flur, bereit, jeden Moment zurück in mein Zimmer nebenan zu rennen. Ludwig, wie sie meinen Opa nennen durfte, flößte ihr Respekt ein. Vermutlich hätte sie selbst nicht sagen können, zu wie viel Teilen dieser Respekt aus Angst und zu wie vielen aus Bewunderung oder Faszination bestand.

Mein Bruder schlief schnarchend in seinem Sessel mir gegenüber. Neben ihm saß unsere Mutter, deren Lider von der Müdigkeit geschwollen waren. Die dunklen Ränder unter ihren Augen hoben sich von der hellen Haut ab, ihr graublondes Haar hing schlaff herunter. Sie riss den Mund auf und gähnte, ein stummer Schrei.

Alle zwei oder drei Stunden nickte sie ein, nur um nach wenigen Minuten wieder aufzuschrecken. Mein übermüdetes Gehirn produzierte Horrorszenarien. Meine Mutter, die seitlich gen Boden rutschte. Ich, wie ich aufsprang, aber zu spät, denn sie war bereits mit dem Kopf auf die Ecke der Kommode geknallt. Blut spritzte, durchtränkte ihr Haar und gerann zu dunklen Klumpen. Der imaginierte Knall ihres Schädels auf dem Holz ging mir durch und durch. Als könnte ich dadurch ein Unheil abwenden, behielt ich gleichzeitig sie und meinen Großvater im Auge. Timo schien nicht mit solch sorgenvollen Gedanken zu kämpfen. Am liebsten hätte ich ihn geweckt. In mir der missgünstige Gedanke, dass er unserem Großvater nicht den gebührenden Respekt in den letzten Stunden seines Lebens entgegenbrachte.

Ich reckte mich, lehnte mich zurück und ließ den Kopf nach hinten über die Stuhllehne baumeln. Von meinem Platz aus sah ich auf die gemusterten Glasscheiben der Haustür. Sie filterten das Tageslicht und färbten das Licht im Flur. Die rechte Scheibe war gelb, die linke gräulich getönt. Letztere hatte ich im Alter von vier Jahren mit einem Stein zerschmissen. »Damit wir uns immer daran erinnern, wer die Scheibe zerschlagen hat«, hatte mein Opa gesagt, als er das andersfarbige Glas, das graue, eigenhändig eingesetzt hatte. Schuldgefühle bis heute, wenn ich die Tür ansah, wenn ich Timo ansah, die Narbe unter seinem Auge, die sich in den Sommermonaten hell abzeichnete.

Ich setzte mich wieder gerade hin und beobachtete meinen Opa in seinem Bett. Sein schwerer Kopf bewegte sich nicht. Die weißen Locken erinnerten an eine Wolke, so wie Kinder sie malten. Mit der Faust um den Stift, energische Kringel. Darunter, in seinem Schädel, lauerte jede Menge angesammeltes Wissen, das er bei passender und unpassender Gelegenheit herausließ. Nun nützte ihm seine Sammlung an Fakten, die ganze Datenbank, nichts mehr, all das würde mit seinem Tod einfach verpuffen. Der beunruhigende Gedanke: »Wozu dann das alles«, schlich sich heran, und ich stand auf und ging in den Garten, um etwas Luft zu schnappen.

Das Donnerwetter, das auf die zerschmissene Scheibe gefolgt war, war in den Wänden des Hauses gespeichert. Die Ohrfeige, der Hausarrest, das Schreien, der fliegende Speichel und das Schweigen. Das Reißen an meinem Arm, seine Hand wie eine Schlauchklemme, sein Geruch. Der Körper meines Opas roch immer nach fermentiertem Gras, das mehrere Tage feucht im Schatten gelegen hatte, roch nach Leder, nach Salz und nach Schweiß, wenn er die Nacht durchgearbeitet hatte.

Der Auslöser für den Steinwurf war der Fernseher gewesen, den ich ohne Erlaubnis eingeschaltet hatte. Vor dem ich es mir mit Timo und Keksen aus dem Küchenschrank gemütlich machte, auch die ohne Erlaubnis.

Als Strafe schleifte mich unser Opa am Arm hinter sich her, Tür auf und hinaus in den Regen. Stundenlang harrte ich draußen auf der Eingangsstufe aus und Timo drinnen im Flur, zwischen uns nur die Haustür. Aussperren, Ausschließen, Ignorieren. Bauchschmerzen, Schuld, Angst. Als ich den Stein schmiss, war mir nicht klar, dass Timo hinter der Tür kauerte. »Das hätte ins Auge gehen können!« - wieder und wieder dieser Satz, wie Schläge auf meine Ohren. Das Blut im Gesicht meines kleinen Bruders, das grellweiße Pflaster, die vier Stiche, die Narbe, die Schuld. Nach dem Steinwurf ignorierte mich mein Opa tagelang, und ich hörte auf zu existieren, löste mich auf.

Wieder zurück auf meinem Stuhl, dröhnte die Stille im Haus, als würde ich in einer monströsen Muschel sitzen. Mein Opa war Maler, doch seit dem ersten Schlaganfall vor einem Jahr war die Motorik seiner rechten Körperseite beeinträchtigt, war das Malen zu einem wütenden Kampf mit der Leinwand geworden, wie Timo, meine Mutter und Fred mir in den letzten Monaten während unserer Telefonate berichtet hatten. Der Verlust der Selbstständigkeit meines Opas glich in seinen Augen einem persönlichen Versagen, das er sich nicht verzeihen konnte. Sein Stolz ließ keine Hilfe zu, und wenn er sie doch benötigte, verbrannte er mit seinem Zorn seine Umgebung wie bei einem Flächenbrand.

Früher, meine gesamte Kindheit und Jugend hindurch, war es hier im Haus fast nie so still gewesen. Opas Freund Fred hatte oft auf Timo und mich aufgepasst. Er war fast täglich gekommen, um mit uns zu spielen, um uns bei den Hausaufgaben zu helfen oder kleine Ausflüge zu unternehmen. Spielplatz, Regenspaziergang, Picknick. Bis zum ersten Schlaganfall meines Großvaters waren ständig Leute gekommen, Verwandte, Studierende, Schüler*innen und Künstlerkolleg*innen meines Opas. Sie hatten an den Wochenenden und auch unter der Woche mit ihm oder uns gegessen, im Wohnzimmer auf dem Sofa übernachtet und sich wie zu Hause gefühlt. Doch seit es Ludwig schlecht ging, blieben die Gäste aus, hatte mir Timo erzählt. Sie wollten wohl nicht stören. Dabei wäre ich jetzt liebend gern von ihnen gestört worden, empfand ihr Ausbleiben als größere Störung, als ihr Besuch es hätte sein können.

Vor allem Freds Abwesenheit verwirrte mich. Ich hatte ihn nur kurz am ersten Abend gesehen. Nachdem er mich vom Bahnhof abgeholt hatte, blieb er in der Tür zu Ludwigs Zimmer stehen. Nicht einmal die Jacke zog er aus in der halben Stunde, die er sich auf der Schwelle herumdrückte. Die knochigen Schultern bis zu den Ohren hochgezogen, fragte er in die Runde, ob noch wer ein Bier wolle. Ich nickte und folgte ihm in die Küche, wo wir uns an die Spüle lehnten wie an den Tresen einer Kneipe, und in großen Schlucken aus unseren Flaschen tranken.

Er war es gewesen, der meinen Opa nach dessen zweitem Schlaganfall vor wenigen Tagen gefunden hatte. Sie hatten den Morgen gemeinsam im Atelier verbracht, das sich in einem kleinen Holzhaus am Ende des Gartens befand. Mein Großvater schickte Fred zum Kaffeekochen ins Haus, und da die Milch sauer war, lief Fred zum Laden. »Keine zehn Minuten war ich weg!« Mehrmals sagte Fred am Telefon diesen Satz, als er mich vom Krankenhaus anrief, und auch jetzt in der Küche wiederholte er ihn: »Keine zehn Minuten war ich weg!«

Er schilderte mir, wie er Ludwig geschüttelt, und, als keine Reaktion gekommen war, die 110 gewählt hatte.

»112«, sagte ich.

»Was?«

»Nichts, schon gut. Aber du weißt, dass Ludwig der zweite Schlag auch getroffen hätte, wenn du bei ihm gewesen wärst? Du bist doch kein Blitzableiter.« Ich trank von meinem Bier.

Er nickte, zupfte sich am Ohrläppchen, seine Schultern hingen herab. So wie er uns früher das Leben leichter gemacht hatte, wünschte ich mir, ihm nun etwas von seiner Last abnehmen zu können.

Wenn ich bei Doros Wahlfamilie mitgemacht hätte, dann hätte ich für Vivien ein Fred sein wollen, auch wenn mir klar war, dass er ein unerreichbares Ideal darstellte. Ich hoffte, dass Vivien ein Pendant zu unserem Fred in ihrem Leben hatte. Vielleicht Antonia. Die war ebenso geduldig und zugewandt wie er. Rafa hingegen, mit seinem Messebaujob und seinen langen Abwesenheiten, würde für das Kind vermutlich das sein, was Timos und mein Vater für uns gewesen war: ein netter Bekannter, freundlich und unnahbar, der weder wusste, wovor wir uns fürchteten, noch, was wir gern aßen. Als ich schon erwachsen war, behauptete unser Vater mir gegenüber, dass er sich mehr eingebracht hätte, wenn das Gericht anders entschieden und wenn meine Mutter nicht, angestachelt von meinem Opa, so starr an der Regelung festgehalten hätte. Ich wusste nicht, ob ich ihm glauben sollte, dafür kannte ich ihn zu wenig.

Unsere Mutter arbeitete Vollzeit. Wenn sie abends nach Hause kam, wartete der Haushalt. Timo und ich hatten schon früh Aufgaben übernommen, doch das Gros der Arbeit lastete auf ihr. Unser

Opa half nur sporadisch. Wenn er kochte, verwüstete er die Küche, Putzen fiel nicht in sein Ressort. Ansonsten widmete er sich seiner Kunst und wollte nur gestört werden, wenn er Lust hatte, sich mit uns zu beschäftigen, was selten vorkam und schwer vorherzusagen war. Es war Fred, der es meiner Mutter ermöglichte, unbesorgt zur Arbeit zu gehen, meinem Opa, sich nicht von uns stören zu lassen, und uns, trotzdem nicht dauernd allein zu sein. Fred brachte das Altglas weg und räumte die Küche auf, er kaufte Klopapier, wenn keins mehr da war, und ging mit uns in die Schlittschuhdisco, bevor wir alt genug waren, uns für den Erwachsenen an unserer Seite zu schämen. Er weinte mit Timo und mir gemeinsam um unsere überfahrene Katze, und an den Abenden, an denen meine Mutter und mein Opa unterwegs waren, machte er es sich mit uns auf einem Deckenberg vor dem Fernseher bequem, um »Mist« zu glotzen, wie unser Opa jegliche Art seichter Unterhaltung bezeichnete. Häufig lud ich Doro zu unseren Fred-Abenden ein, und dann übernachtete sie auf der Matratze neben meinem Bett.

Ich beobachtete, wie Timos Kopf immer wieder zur Seite fiel, er ihn hochschob, ohne aufzuwachen, und die Position hielt, bis sein Kopf erneut wegrutschte. Meine Mutter wehrte sich nach wie vor gegen den Schlaf, so wie mein Opa sich gegen den Tod wehrte. So wie er versuchte, der letzten unausweichlichen Niederlage zu entkommen. Er war einer, der immer die Oberhand behalten musste.

Wie er die letzten Tage unbeweglich in unserer Mitte lag und mühsam nach Luft rang, hatte wenig gemein mit dem Hitzkopf, den ich mein Leben lang gekannt hatte. Timo hatte mir am Telefon erzählt, wie die üble Laune unseres Großvaters in den letzten Monaten heftiger denn je durchs Haus gefegt war. »Wir verstecken uns jedes Mal, wenn es wieder losgeht«, sagte er und schilderte, wie unser Opa brüllte und mit Büchern, Bürsten, Bimssteinen und allem, was ihm in die Hände geriet, um sich warf, weil er seine Schuhe nicht alleine schnüren konnte, weil er sich beim Essen bekleckerte oder ein Bild misslang, woraufhin er es von der Staffelei riss und auf den Boden schleuderte, wo es wie ein totes Tier zum Liegen kam. Timo sagte, am liebsten würde er bei seinen Besuchen einen Bauhelm tragen. »Und die Kids nehme ich gar nicht mehr mit, die sollen das nicht mitbekommen. Sie haben sowieso beide Angst vor ihm.«

Seine Kids waren die fünfzehnjährige Mascha und ihr vierjähriger Bruder Linus. Auf Mascha hatte ich aufgepasst, als sie klein war, damals, als ich noch hier gelebt hatte. Ich ging mit ihr auf den Spielplatz, wir bauten uns Höhlen unter dem Küchentisch, und ich begleitete sie zum Kinderturnen, wo sie mit anderen Kindern auf den Matten herumpurzelte. Seit ich weggezogen war, sahen wir uns kaum noch, was ich bedauerte. Wir hatten uns immer gut verstanden, bis auf das eine Mal, als sie mit ihrem Ball unser Picknick zerschossen hatte.

Nur wenige Stunden nach meinem Eintreffen hatte mein Opa zum letzten Mal die Augen geöffnet. Für zwei oder drei Sekunden sah er mich an, und ich griff nach seiner Hand, hielt sie so vorsichtig, als handele es sich um altes Laub, das bei zu viel Druck zerkrümelte. Ich drückte einmal, zweimal, dreimal, nur ganz leicht. Doch er reagierte nicht, schloss die Lider mit einer würdevoll langsamen Bewegung und dämmerte erneut weg. Sein Blick war schon nicht mehr von dieser Welt, starrte durch uns hindurch in die Ferne, auf etwas, das wir nicht erkennen konnten.

Mit dem Rücken des Zeigefingers fuhr ich ihm über die Wange, die sich wie Marzipan anfühlte. Es war Jahre her, seit wir uns das letzte Mal berührt hatten. Sein Sterben machte mir Angst. Ein Flattern in meiner Brust, wie von einem Schmetterling, gefangen hinter einer Fensterscheibe auf der Suche nach einem Ausgang. Mein Opa war immer da gewesen. Die Angst verdrängte meine Traurigkeit, das war meine Erklärung, denn warum sonst fühlte ich sie nicht?

Wie mein Opa neigte auch ich zu Jähzorn und Unausgeglichenheit. Als Kind hatte ich gegen ihn und alle, die mir meinen Willen nicht ließen, angebrüllt. Wenn er mich aus- oder einsperrte, hämmerte ich mit Fäusten gegen die Tür, bis ich mir einmal den linken Mittelfinger verstauchte. Ich knirschte mit den Zähnen, bis sie rundgeschliffen waren, und versteckte mich im Garten, im Abstellraum, in der Garage, bis es zu spät war, um mich im Kindergarten abzuliefern, einem Ort, der mir Angst bereitete. Wenn ich sauer war, warf ich mich auf den Boden und schrie, schmiss mit Gegenständen, verlor die Kontrolle, Schlieren vor den Augen, ein Dröhnen in den Ohren. Mein Opa sowie alle anderen Familienmitglieder beteuerten so häufig seine und meine Ähnlichkeit, dass ihre Worte Rillen in meinem Gehörgang hinterließen.

Du bist wie ich.
Du bist genau wie dein Opa.

Meine hohe Stirn und meine Hände, die lange Statur und das schmale Gesicht, das alles hatte ich von ihm. »Wie langgezogen«, sagte mein Vater gern über mich und meinen Opa. Mein Vater war, genau wie Timo, klein und kompakt, mit Muskeln, die sich wie Beulen um den Körper wanden.

Es kam mir vor, als hätte ich kaum etwas Eigenes mitgebracht, als wäre mein Opa mein einziger Verwandter. Unser beider Finger feingliedrig, unsere Nägel perfekte Ovale. Mein Großvater wies mich und andere gern darauf hin und dann hielten er und ich unsere Hände aneinander, sodass unsere Handflächen sich berührten, und lächelten uns an. An manchen Tagen freute ich mich über unsere Ähnlichkeit, verschaffte sie mir doch ein Gefühl der Zugehörigkeit. Aber häufiger wünschte ich mir, als unbeschriebenes Blatt auf die Welt getrudelt zu sein, frei von Vorfahren und Vorgeschichten, von Vergleichen, Prägungen und Familienmuff.

Plötzlich flatterten bei meinem Opa die Augen, meine Mutter und ich beugten uns vor, und als nichts passierte, strich meine Mutter ihm durch die Haare. Wie Drahtwolle standen sie ihm vom Kopf ab. Früher waren sie rotbraun gewesen und bildeten einen schönen

Kontrast zu seinen grünbraunen Augen, die je nach Lichteinfall wie Labradorite funkelten. Seine vollen Lippen waren rissig, und ich nahm den Lappen, der neben seinem Bett in einer Schüssel mit Wasser lag, und betupfte seinen Mund. Die Feuchtigkeit perlte ab, wie von einem Boden, der zu lange der brennenden Sonne ausgesetzt war. Am Ende ist der Körper nur noch Gewebe, Struktur, zerfallende Zellen. Schmetterlingsflügel flatterten in mir. Der Tod war größer als mein Opa.

Mein Bruder wachte endlich auf, reckte sich und gähnte laut. Er verschwand auf die Toilette und holte sich einen Kaffee aus der Küche. »Kommt Fred heute noch?«, fragte er.

»Ich weiß es nicht«, antwortete meine Mutter. »Vielleicht braucht er eine Pause nach der letzten Zeit Intensivpflege.«

»Ich ruf ihn mal an«, sagte ich und holte das Handy aus meinem alten Zimmer. Als hätte er darauf gewartet, nahm Fred sofort ab.

»Wie geht es ihm?«

»Wenn du ihn noch mal halbwegs lebend sehen willst, solltest du dich beeilen.«

Er schluckte laut und versprach, sich gleich aufs Rad zu schwingen. Keine zehn Minuten später klingelte er, obwohl er einen Schlüssel besaß. Ich öffnete, und wieder blieb er an der Schwelle zu Ludwigs Zimmer stehen, als sei es ihm nicht möglich, diese zu überschreiten.

Meine Mutter stand auf und umarmte Fred. Sie reichte ihm nicht einmal bis zur Schulter. »Ach, Erika«, sagte er nur. Fast gleich alt waren sie, hätten beide Ludwigs Kinder sein können, hätten ein Paar sein können. Fred fragte, ob wir hungrig seien, und hob mit der linken Hand einen gepunkteten Einkaufsbeutel in die Höhe, aus dem ein Porree ragte. Unmöglich konnte er in der kurzen Zeit zwischen meinem Anruf und seiner Ankunft eingekauft haben. Ich vermutete, dass er den ganzen Tag neben dem Beutel gesessen und es nicht über sich gebracht hatte, herzukommen.

Obwohl der Tod meines Opas absehbar gewesen war, überrumpelte mich sein Eintreten. Fred hatte Risotto gekocht, und wir aßen in Schichten in der Küche. Danach nahmen wir nacheinander erneut unsere Plätze am Bett des Sterbenden ein, derweil Fred das Geschirr abwusch. Wir hörten ihn mit den Tellern klappern, Wasser plätscherte in die Spüle. Die Lungen meines Opas führten ihren Kampf weiter, und dann, auf einmal, war da eine Lücke. Fehlte der rasselnde Atem in unserer Mitte. Wir beugten uns vor und hielten gemeinsam mit Ludwig die Luft an. Mir wurde schwindelig vom mangelnden Sauerstoff oder von der Schwere des Augenblicks. Ein, zwei Minuten, bis wir begriffen, dass die Lungen meines Großvaters sich nie wieder füllen würden, bis wir endlich wie gestrandete Fische nach Luft schnappten, unsere Brustkörbe sich hoben und senkten und wir ohne ihn weiteratmeten.

Tauchglockengefühl, dort, wo sonst mein Kopf saß. Schweiß auf Rücken und Bauch, mein Körper fühlte sich an wie aus Gummi, es fehlte ihm an Struktur und Festigkeit, kaum schaffte er es noch, mich zu stützen. Ich stand auf, hielt mich am Bettgestell fest, an der Tür, hangelte mich an der Wand des Flurs entlang bis in die Küche und brauchte Fred nichts zu sagen. Wir hielten uns aneinander fest, über uns tickte die Kuckucksuhr, ich legte meinen Arm um seinen Rücken und Fred stützte sich auf dem Weg zurück ins Zimmer auf meiner Schulter ab. Diesmal, mit meiner Hilfe, überwand er die Schwelle.

Timo zerbiss sich die Nägel, ich mir die Unterlippe. Keiner von uns sprach, Freds Schluchzen klang wie ein Schluckauf, und Timo strich ihm über den Rücken. Meine Mutter weinte lautlos. Tränen liefen ihr aus den Augen wie in einem Zeichentrickfilm, nicht einzeln, sondern im steten Fluss tropften sie auf ihr blaues Hemd und hinterließen unförmige Flecken. In den Gesichtern der anderen suchte ich nach dem, was ich fühlen sollte. In mir ein großes Vakuum, in dem die Schmetterlinge immer hektischer flatterten. Ich wollte traurig sein, wollte mit den anderen weinen, zitterte von der Müdigkeit und der Anspannung, und in mir war diese besondere Unruhe, die aufkommt, wenn mitten in der Nacht eine Aufbruchstimmung entsteht. Wie früher, wenn wir um drei oder vier Uhr morgens aufstanden, um in den Urlaub zu fahren. Oder wenn es so viel geschneit hatte, dass die Schule ausfiel und wir bis spät in die Nacht alle zusammen unterwegs waren, wir Schlitten oder Schlittschuh fuhren, die Großen sich mit Grog aus der Thermoskanne wärmten und niemand mehr auf die Uhr sah, als hätte die Zeit aufgehört zu existieren. Genau wie jetzt. Dort, wo sonst Minuten und Sekunden der Endlosigkeit einen Rahmen setzten, befand sich nur noch ein uferloses Nichts. Ausnahmezustand. Abwesenheit. Ich suchte nach einer Struktur in mir, in den anderen, im Raum. Die Augen an der Wand starrten mich an, starrten auf das Gesicht meines Opas, das stillstand. Nichts bewegte sich darin, alle Muskeln entspannt. Fremd kam er mir vor.

4

In der Nacht nach dem Tod meines Opas war mir abwechselnd kalt und warm, Schweißausbrüche, die auch von den Wechseljahren herrühren mochten. Die Hitzewellen traten seit über einem Jahr auf, vermehrt bei Stress. Sie begannen mit einem Glühen in der Bauch- und Brustregion, wanderten von dort über den Hals bis zum Gesicht, stiegen den Rücken hinauf und flauten nach einigen Minuten wieder ab. Ich war zwar erst Mitte vierzig, hatte aber schon seit einem halben Jahr keine Monatsblutung mehr.

Als ich mit dreizehn das erste Mal menstruierte, erzählte ich niemandem davon, sondern stopfte mir eine der Binden, die meine Mutter mir schon vor Monaten gegeben hatte, in die Unterhose. Mein Opa entdeckte sie vollgeblutet im unteren Badezimmermülleimer, woraufhin er mit meiner Mutter und meine Mutter mit mir sprach. Sie war aufgeregter als ich. Ich kannte das alles schon von Doro, deren erste Menstruation mir deutlicher in Erinnerung geblieben war als die eigene. Doro hatte mir die Flecken in ihrer Unterhose gezeigt und mir die Binden vorgeführt. Ich hatte ihr zugesehen, wie sie mit einer Wärmflasche auf dem Bett gelegen hatte. Von ihr wusste ich, wie das alles funktionierte, wusste, dass es wehtat. Sie kannte sich aus, schließlich war sie einige Monate älter als ich.

Zunächst hatte mich das zeitige Eintreten ins Klimakterium entsetzt, hatte ich mich geschämt für meinen so früh alternden Organismus. Inzwischen war ich erleichtert, die lästigen Aufs und Abs des Zyklus hinter mir zu lassen, fühlte mich wohler in meinem Körper, als ich es seit Jahrzehnten getan hatte. Als würde er, wenn erst die Schweißausbrüche und diversen anderen Begleiterscheinungen überwunden waren, endlich wieder in seinen persönlichen Normalzustand zurückkehren.

In der Nacht, die auf den Tod meines Großvaters folgte, schwitzte ich mehr als üblich. Ob nun aus hormonellen Gründen oder wegen der ungewöhnlichen Maihitze, ob aus Stress oder wegen des emotionalen Ausnahmezustands. Mein Körper sandte mir Botschaften, die sich überlappten und unbeantwortet wie ein Echo in mir widerhallten.

Nachdem der Arzt sich am späten Abend nach dem Ausstellen des Totenscheins verabschiedet hatte, zogen meine Mutter und ich uns in unsere jeweiligen Betten zurück. Timo stieg in seinen Transporter, um nach Hause zu fahren, und Fred sagte: »Ich schlaf hier bei Ludwig im Sessel.«

Die Vorstellung, meinen Großvater in diesem kalten, verlassenen Körper allein zu lassen, verursachte auch mir ein schlechtes Gewissen. Selbst im Tod schaffte er es noch, dass ich mich unzulänglich fühlte und befürchtete, seinen Erwartungen nicht gerecht zu werden. Ich holte die Wolldecke vom Wohnzimmersofa und deckte Fred damit zu. Er würde kein Auge zumachen, da war ich mir sicher, war er doch ein genauso mieser Schläfer wie ich.

So wunderte ich mich also nicht, als ich gegen vier Uhr aufstand, um auf die Toilette zu gehen, und Fred mir aus dem Zimmer meines Opas zunickte. Ich kochte uns einen Hopfentee, den wir schweigend in der Küche tranken. Die Stirn in die Hände gestützt, starrte Fred auf die Tischplatte, deren Holz Kerben, Schnitte und Flecken von Wein und roter Bete aufwies. Ich wusste nicht, ob er einfach nur erschöpft war oder weinte. Sein Rücken, rund wie ein Felsbrocken unter der grauen Strickjacke, hob und senkte sich rhythmisch im Schein der Lampe, die über der Spüle hing. Wir spiegelten uns in der Terrassentür, zwei reglose Nachtgestalten, und dann war da plötzlich eine Bewegung zwischen uns. Der panische Gedanke, mein Opa könnte, physikalische oder biologische Gesetze außer Kraft setzend, zurückgekommen sein. Eine Gänsehaut vom Nacken bis zum Steißbein. Ich wollte Fred anstupsen, ihm unser

Dreier-Gruppenbild in der Scheibe zeigen, da schüttelte der vermeintliche Geist sein zartbeblättertes Haupt und wurde wieder zur Birke, die sich draußen im Garten wiegte.

Müdigkeit beeinträchtigt das Urteilsvermögen, wühlt die Eingeweide auf und stellt die Wirklichkeit infrage. Dazu der Tod, der so präsent war, dass er die Luft verdünnte und Farben, Partikel und Moleküle aus der Umgebung filterte.

Ich nahm den letzten Schluck Tee, stand auf, drückte Fred einen Kuss auf die Stirn und zog mich erneut in mein Zimmer zurück. Kurz darauf hörte ich, wie er die Terrassentür öffnete. Vermutlich ging er hinüber ins Atelier und legte sich dort aufs Sofa oder sah sich Ludwigs Bilder an.

Ich wälzte mich in meinem Bett, das mich seit meiner Kindheit beherbergt hatte. Die Federn der uralten Decke bildeten wie gewohnt einen Klumpen zu meinen Füßen, während ich vom Knie aufwärts unter einem federlosen Bezug lag. Das Oberbett hatte meiner Großmutter gehört und begleitete mich schon seit meiner Grundschulzeit. Die Bewegung, mit der meine Füße alle paar Stunden die zusammengeballten Federn Richtung Kopfende katapultierten, lief so routiniert ab, so mechanisch, dass ich sie im Halbschlaf und vermutlich auch im Schlaf durchführen konnte. Genauso drehte sich mein Körper unwillkürlich in die richtige Position, um meine Formen den vorgefertigten Mulden anzupassen, die mein Hintern, meine Hüfte und mein Schädel über die Jahre hinweg in die Matratze gedrückt hatten.

Ich sah auf mein Handy, es war nach fünf. Ich hätte zu gern mit jemandem über den Tod meines Opas geredet. Doro hätte verstanden, wie es mir ging. Hätte mir dieses Flattern, das die Traurigkeit verdrängte, erklären können. Sie kannte mich und hatte meinen Opa gekannt. Wusste, wie viel von ihm in mir war, wie seine Sicht auf die Welt die meine geprägt hatte. Wusste, dass sein Blick auf mich zu meinem Maßstab geworden war. Doro hätte gewusst, was in mir vorging, sie hätte dem Gefühl einen Namen geben können.

Obwohl wir immer damit rechnen mussten, dass die Stimmung kippte, gab es auch schöne Stunden mit meinem Opa. Er, Timo und ich im Wald oder im Moor, wo wir nach Vögeln und Wildpflanzen Ausschau hielten. Im Herbst suchten wir mit ihm nach Pilzen, im Sommer sammelten wir Blaubeeren oder verbrachten ganze Tage am Baggersee, wo er sich Wasserschlachten mit uns lieferte. Und nicht zu vergessen die legendären Schnitzeljagden an unseren Geburtstagen. Bei der letzten verirrten sich zwei Kinder und wurden erst Stunden später am anderen Ende der Stadt wiedergefunden, da einige aus der Gruppe vor ihnen die Pfeile verdreht und die Nachkommenden in die falsche Richtung geschickt hatten. Legendär war auch, wie mein Opa die Pfeilverdreher zusammenstauchte. Haushoch ragte er über uns auf in seinen Clocks, seiner Cordhose, dem Flanellhemd und den dunklen Locken, die von seinem Kopf abstanden. Die Nasenlöcher geweitet, zwei tiefe Schluchten, der große Mund, umgeben von millimeterkurzen Stoppeln, ein Schlund, der uns alle verschlingen konnte.

Großvater, warum hast du so große Augen? Warum hast du so einen großen Mund?

Einige der eingeladenen Kinder besuchten mich nie wieder.

Ich öffnete den Messenger. Doros Profilbild zeigte Pepper. Ich schrieb *Hallo* und löschte es wieder.

Liebe Doro, schrieb ich und löschte.
Doro.
Hey, Doro.
Hey du.
Du.
Ich
Mein Opa
Ich wollte
Ich würde gern

Fast hoffte ich, aus Versehen auf Senden zu drücken.

»Ich muss mit euch reden«, hatte Doro damals, vor über sechs Jahren, gesagt und war mit der Kaffeekanne aus der Küche hinüber zu Antonia und mir ins Wohnzimmer geeilt. Sie schenkte uns ein, setzte sich jedoch nicht zu uns aufs Sofa, sondern blieb mittig vor uns stehen. »Wie ihr wisst, wünsche ich mir irgendwann ein Kind. Wir haben ja schon früher darüber geredet und auch darüber, dass ich euch gern dabeihätte. Und jetzt will ich nicht länger warten. Ich werde nicht jünger, die Zeit rennt.« Beim Reden fuchtelte sie mit den Armen, zerrte an ihren Fingern, die Augen aufgerissen. »Was meint ihr? Bessere Co-Eltern als euch kann ich mir nicht vorstellen. Euch vertraue ich mehr als sonst jemandem, wir kennen uns schon ewig und wissen, was wir aneinander haben. Seit zwanzig Jahren wohnen wir zusammen, ihr seid meine besten Freundinnen, mehr noch, ihr seid meine Familie und damit auch die Familie meines zukünftigen Kindes!«

Doro lächelte Antonia und mich an und hielt sich den Bauch, als würde darin bereits ein Embryo schwimmen. Ich sah zu Antonia hinüber, die aufrecht neben mir saß. Deren Rücken immer kerzengerade war, schließlich praktizierte sie seit Jahren Kampfsport und zog jeden Tag, egal bei welchem Wetter, ihre Bahnen im See neben der Autobahnbrücke.

Als Nächstes strahlten sie und Doro sich an, beide mit Tränen in den Augen. Offensichtlich surften sie auf derselben Welle, während ich, ein verkrampfter Knoten, gegen meine Panik anschluckte. Es stimmte, Doros Kinderwunsch war nichts Neues, genauso wenig wie ihre Idee, uns als Elternkollektiv zu versuchen. Meine in der Vergangenheit mehrfach geäußerten Zweifel, dass mir die Verantwortung für ein Kind Angst mache und ich mich nicht als Teil eines solchen Projekts sehe, hielten Doro nicht davon ab, mich erneut einzubeziehen. Ich hatte immer gehofft, dass dieser Moment nie kommen, sie ihre Idee nie in die Praxis umsetzen würde, wollte mich nicht entscheiden müssen.

»Rafa wird der Samenspender und macht als gleichberechtigter

Vierter mit«, legte Doro noch einen drauf, und Antonia neben mir machte: »Wow!«

Rafa als Samenspender war auch keine Überraschung. Schon vor ein oder zwei Jahren hatte er sich als solcher angeboten, woraufhin Doro erwidert hatte, sie müsse darüber nachdenken. Das Nachdenken war offensichtlich abgeschlossen und hatte zu einem Ergebnis geführt, das mich überrollte.

Als Doro mich nun ansah, dimmte ihr Strahlen. Meine Nicht-Reaktion war schuld daran, das war mir klar. Sie wusste genau, dass ich mich nicht nach einem Kind verzehrte, ich nicht diesen tiefen Wunsch nach einem Baby in mir verspürte, diese Sehnsucht, die andere dazu trieb, Energien, Gelder und Risiken auf sich zu nehmen. Obwohl sie und ich die gleiche Sozialisation durchlaufen hatten, wir den gleichen Werbebildern, die unser Sehnen fütterten, ausgesetzt waren, obwohl wir beide von Mutterfreuden, Elternliebe und Babyglück gehört, gelesen und erzählt bekommen hatten, unterschieden sich unsere Wünsche.

Schon immer hatte mich die Möglichkeit der Reproduktion, die mein Körper mir bot, erschreckt. Sie reizte mich genauso wenig wie die rein theoretisch in meinem Körper angelegte Möglichkeit, Ballett zu tanzen, auf Berggipfel zu klettern oder mich auf Skiern von eben jenen in die Tiefe zu stürzen.

Ich sagte Doro, ich müsse mir ihren Vorschlag durch den Kopf gehen lassen. Auch wenn sie sich vermutlich eine andere Reaktion erhofft hatte, nickte sie. Dann schmiss sie sich zu uns aufs Sofa, nicht neben mich, sondern neben Antonia, was nachvollziehbar war – auch ich hätte sie an Doros Stelle gerade lieber gehabt als mich. Antonia hörte gar nicht mehr auf zu strahlen und wirkte, als würde sie am liebsten gleich loslegen mit dem Wickeln und Schuckeln, dem Füttern und nächtlichen Herumgetrage. In aller Förmlichkeit versprach sie Doro ihre uneingeschränkte Hingabe und Zuwendung dem Kind gegenüber, sprich: Sie würde dabei sein.

Doros Euphorie auf Antonias Zusage hin erhöhte den Druck auf mich. Die beiden umarmten sich, öffneten einen Sekt, und während unsere Gläser aneinanderklirrten, wuchs in mir der Widerstand. Ich befand mich auf der entgegengesetzten Seite einer Kugel, die wir hintereinander oder voreinander umkreisten. Erst wenn eine von uns die Richtung änderte, würden wir wieder zueinanderfinden. Doch meine imaginierten Füße weigerten sich, stehen zu bleiben und umzudrehen, und so wanderten wir drei – oder vier, wenn ich Rafa mitzählte – im traurigen Gleichschritt voreinander her, ohne uns je erreichen zu können.

Ich zweifelte nicht daran, dass Antonia ein Gewinn für das Kind sein würde, genau wie sie einer für Doro und für mich gewesen war. Die ersten Jahre hatten sie und ich wechselnde Mitbewohnerinnen gehabt. Erst als Antonia einzog, war unsere WG komplett gewesen. Zwischen Doro und mir hatte sich über die Zeit ein recht ruppiger Tonfall etabliert. Antonia war nie ruppig, weder zu uns noch zu sonst jemandem, und wenn ich in ihrem Beisein schlecht gelaunt meinen Frust an Doro oder Rafa ausließ, wenn ich über die Nachbar*innen, meinen Opa oder Timo zeterte, fühlte ich mich doppelt schlecht. Doro tat gut daran, Antonia zu fragen, ob sie dabei sein würde. Ich hingegen würde mit meinen Launen ein Wagnis für das Kind und den Familienfrieden darstellen. An mir würde das Projekt scheitern, da war ich mir sicher. Die Verantwortung für ein Kind machte mir Angst, ich machte mir Angst bei der Vorstellung, eine Elternrolle übernehmen zu müssen.

»Bei deinem gebärfreudigen Becken wäre es eine Schande, wenn du nicht eins nach dem anderen wirfst.« Mein Opa war sich nie zu schade, meinen Körper zu kommentieren. Seine Worte waren wie Male, die sich durch meine Haut bis in tiefere Schichten ätzten.
Gebärfreudiges Becken wurde zum Albtraumbegriff. Wenn ich in den ersten Tagen meiner Periode jammerte, weil es sich anfühlte, als würden sich die Knochen meines Beckenraums in eisiges Metall

verwandeln, sagte er: »Das ist natürlich, so gehört das, da gewöhnst du dich dran. Frag mal deine Mutter, wie schmerzhaft es war, dich auf die Welt zu bringen.«

Was sollte natürlich sein? Woran sollte ich mich gewöhnen? An die Schmerzen? Die Geburten? An die Sprüche und Kommentare, die Leute über meinen Körper, meine Bestimmung, mein Leben machten? An die scheinbare Ausweglosigkeit meines Schicksals als Gebärende?

Je breiter mein Becken in den Jahren meiner Pubertät wurde, desto sicherer war ich mir, niemals ein Kind hindurchpressen zu wollen. Je mehr meine Brüste wuchsen und je mehr Blicke daran kleben blieben, sich daran rieben, bis meine Haut sich wund anfühlte, desto sicherer war ich mir, dass ich diese Brüste nicht wollte, dass niemals ein Kind daran saugen würde. Die ganzen Zuschreibungen, die mein Körper erfuhr, reduzierten ihn auf Funktionen, Ausscheidungen und Organe: Becken, Brüste, Gebärmutter, Eierstöcke, Vulva, Vagina, Zyklus, Schleimhaut und Blut.

5

Das untere Bad war noch immer so klamm wie zu der Zeit, als ich noch hier gelebt hatte, wie am Tag meiner ersten Blutung. Es roch, als hätte schon länger niemand mehr geputzt. Ich begann mit dem Boden, dann das Klo, das Waschbecken mit den Rissen, der fleckige Spiegel, die Fliesen mit den schwarzschimmeligen Fugen dazwischen. Obwohl bis zur Beerdigung noch viel zu organisieren war, hing ich in der Luft. Meine Mutter rannte von Termin zu Termin: Beerdigungsinstitut, Bank, wieder Beerdigungsinstitut, zu ihrer Arbeit im Blumengeschäft. Sie gab nur ungern eine ihrer vielen Aufgaben ab. Entschlossen, ihr zur Seite zu stehen und mich nützlich zu machen, schrubbte ich mich durch das Haus. Ich putzte Fenster und Türen, wischte Fußböden bis in die Ecken, auch dort, wohin seit Langem kein Lappen mehr vorgedrungen war. Ich polierte Lichtschalter und Klinken und entdeckte so viele Schadstellen, dass ich mir den Werkzeugkasten aus der Garage schnappte und mit ihm von Zimmer zu Zimmer zog. In den nächsten Tagen dichtete ich das Abflussrohr unter dem Spülbecken ab, nagelte die losen Fußleisten in der Küche an, besserte den Fensterkitt im unteren Bad aus, wechselte Glühbirnen und schraubte lose aus der Wand hängende Steckdosen fest.

Indem ich ihr Zuhause aufpäppelte, das mir erschreckend verwahrlost erschien, hoffte ich, meiner Mutter indirekt etwas Gutes zu tun. Hoffte mit irgendeinem kindlichen Anteil in mir auf die Anerkennung meines Opas, auch wenn mir bewusst war, dass er nicht mehr lebte. Dieses Haus war immer sein Haus gewesen, er hatte uns großzügig aufgenommen, als meine Mutter nicht wusste, wohin allein mit zwei kleinen Kindern. Wir waren ihm gegenüber zur Dankbarkeit verpflichtet.

Es war, als müsste ich die Jahre aufholen, in denen ich mich kaum hatte blicken lassen. Kurzfristig machte sich eine grimmige Befriedigung in mir breit, wenn ich die dreckigen Böden, verstaubten Ecken und rostigen Stuhlbeine zum Glänzen brachte. Eine Befriedigung, die schnell wieder verpuffte, nachdem ich am Abend den Eimer und die Werkzeuge verstaut hatte.

Alleine und nach Schweiß stinkend, mit einem Glas Wasser am Küchentisch, fuhr ich mit den Händen über die glatte Tischoberfläche und konnte mich nicht entscheiden, ob ich sie abschleifen und damit die Flecken ausradieren sollte, oder ob die Flecken und Dellen den vergangenen Zeiten ein Denkmal setzten. Jahrzehntelanges Reiben durch unsere Hände, Ärmel und Ellenbogen hatten das Holz poliert.

Ich schloss die Augen und hörte unsere Messer auf den Tellern kratzen, sah, wie wir auf das Salz, die Milch oder den Tee deuteten, damit jemand sie uns reichte. Ein dumpfes Gefühl überlagerte das Bild. Wie eine Wand schob sich ein Schweigen über die Erinnerung, wie es an viel zu vielen Abenden von meinem Opa ausgegangen war. Ein Anti-Geräusch, das alle anderen auffraß und sich wie ein dickes Kissen auf die Szene legte. Bis uns das Brot im Hals festklebte, bis die Gespräche, die wir dagegenhielten, auseinanderfielen. Jedes Wort zu fröhlich, zu laut. Dialoge wie aus Vorabendserien, die aus uns herausplatzten, um das Schweigen zu übertönen. Es hatte sich wie eine Strafe angefühlt, auch wenn ich nicht verstand, wofür. Eine Pauschalstrafe für all das, was ich falsch machte. Zu lautes Reden, zu faul, zu frech, zu unbedacht. Zu dick, zu langsam und zu langweilig, zu schnelles Reden, falsches Reden – eine endlose Liste. Es war erst gut, wenn mein Opa wieder mit uns sprach.

Wie nach dem Steinwurf oder damals, als ich sein Atelier benutzte, um ihn mit einem von mir gemalten Bild zum Geburtstag zu überraschen. Auf der einen Seite der Wunsch, ihm etwas Spezielles zu schenken und von ihm gelobt zu werden. Auf der anderen Seite die Angst, er würde es nicht gutheißen, wenn ich seinen privaten Arbeitsraum benutzte. Die andere Seite bekam recht: Er hieß es nicht gut, sondern tobte. Danach war ich Luft und mein halb fertiges Bild verschwand, ich erinnere mich nicht, wohin.

Was war das für eine Generation, diese alten Männer. Völlig verkorkst. Mein Opa war Mitte der Dreißiger geboren. Seine Kindheit war der Krieg gewesen, und den Krieg hatte er in sich getragen. Sein Leben lang schimpfte er auf die Nazis, doch auch ihn hatte die Zeit geprägt. Auch ihm waren nationalsozialistische Werte in sein Hirn gespült worden, hatte er keine andere Erziehung gekannt. Meine Urgroßeltern waren beide schon früh in der Partei gewesen. Ich hatte sie nicht mehr kennengelernt. Der Vater meines Opas war im Krieg gefallen, und so wuchs der kleine Ludwig unter lauter Frauen auf, mit seiner Mutter, der Oma, zwei Tanten und einer Schwester. Er war der Mann im Haus, und das blieb er bis zum Schluss.

Ich hatte sein Schweigen gefürchtet, vielleicht mehr als seine Ausbrüche. Hinter seinem Schweigen lauerte eine unendliche Liste an Vorwürfen, die sich in eine unübersichtliche Masse an Selbstzweifeln und Selbstanklagen verwandelte.

Wenn er seinen Gefühlen freien Lauf ließ, war es meist Wut, die uns entgegenknallte. Seine Aggression und unser Kopfeinziehen. Unsere Bemühungen, ihn zu besänftigen, unsere Angst vor seinen Launen. Vermutlich hatte sein Schweigen oft gar nichts mit uns und unserem Verhalten oder Fehlverhalten zu tun, sondern wir projizierten es lediglich auf uns, als wären nur wir allein verantwortlich für seine Stimmungen. Meine Schuldgefühle dienten mir als Kontaktfläche, dort war die Überschneidung mit seiner Welt. Solange ich Schuld trug, existierte ich. Ich wusste nicht, ob meine Mutter und Timo, Fred, Mascha und Linus genau wie ich im Schuldkreislauf gefangen waren. Hatte keine Ahnung, ob sie das Gefühl kannten, nie gut genug zu sein.

In den letzten Jahren hatte ich meine Familie kaum gesehen. Einmal hatte ich Silvester mit Timo, seiner Frau Sibel, den Kindern und meiner Mutter an der Ostsee verbracht. Vor drei Jahren waren wir in gleicher Formation zu Sibels Großeltern an die Westküste der Türkei gefahren, und im Vorjahr hatten mich Fred und Mascha in Berlin besucht, wo ich für einige Wochen an einer Inszenierung mitwirkte.

Es waren intensive Treffen, gefolgt von langen Abwesenheiten, in denen sie mir alle häufig fehlten. Besonders an Tagen, an denen ich mich schwach fühlte, zu müde, um mich gegen die Anforderungen des Alltags zu stemmen. An denen mir davor graute, in die nächste neue Stadt mit dem nächsten neuen Stück und den nächsten neuen Kolleg*innen zu reisen. In diesen Phasen sehnte ich mich danach, einen Abend oder einen gemütlichen Nachmittag mit ihnen zu verbringen und gemeinsam Tee zu trinken, so wie wir es früher getan hatten und wie früher benutzten wir in meiner Vorstellung dieses besondere Teegeschirr, taubenblaue Glasur, die Oberfläche rau, über die ich mit dem Fingernagel kratzte, auf der Suche nach Unregelmäßigkeiten. Draußen pfiff der Wind, so stellte ich es mir aus der Ferne vor, die Birke tanzte ihren wilden Tanz, und wir spiegelten uns drinnen in der Scheibe. Von außen sahen wir im sanften Lichtschein wie eine friedvolle Familie aus. Diese Bilder waren eine Mischung aus Erinnerungen und nostalgischer Verkitschung. An solchen Tagen trug ich den Wunsch in mir, mich in ein Nest verkriechen zu dürfen, weil die Welt zu viel war, den Wunsch, wieder Kind sein zu dürfen und den anderen die Verantwortung für mein Leben zu überlassen.

Ich würde nie wieder mit meinem Opa Tee trinken, würde seine Stimme nie wieder hören. Das »Nie« erschien mir zu groß, um es vollständig zu begreifen. Reste vom Tod lauerten noch immer im Haus und hinterließen einen ranzigen Geschmack in meinem Mund, während ich von Zimmer zu Zimmer stromerte. Meine Mutter war meist unterwegs, Fred versank in seiner Trauer, und Timo kam fast täglich mit einem seiner Kinder oder beiden oder gleich der ganzen Familie vorbei. Wenn mir die Decke auf den Kopf fiel, unternahm ich Spaziergänge, die mich unter anderem ins

Viertel von Doro und den anderen führten. Doch ich wagte es nicht, erneut durch ihre Straße zu laufen, und begegnete auf meinen Runden keinem von ihnen.

Mehr als meinen Opa vermisste ich meine ehemals Liebsten. Als hätte ich die letzten sechseinhalb Jahre den Schmerz zurückgehalten, als hätte der Tod eine Tür aufgestoßen, machte sich die Sehnsucht nach ihnen mit Wucht in mir breit. Wieder hier zu sein, so nah, nur wenige Straßen von ihnen entfernt, war wie ein Haken, der mir im Fleisch steckte und mir Schmerzen verursachte. Was, wenn ich dem Schmerz nachgäbe, an ihre Tür klopfte, wie würden sie mich empfangen? Würden sie mich überhaupt empfangen? Eine Zurückweisung wäre mir unerträglich.

Meine Unfähigkeit, um meinen Opa zu trauern, verursachte mir Schuldgefühle. Schuldgefühle kannte ich. Schuld hatte es bei uns dauernd gegeben, irgendetwas fand sich immer. Schuld am Klimawandel, weil Timo Angst hatte, nachts im Dunkeln aufs Klo zu gehen, und das Flurlicht brennen ließ. Schuld am Bienensterben, weil ich meiner Mutter einen Strauß Blumen gepflückt hatte. Schuld an den nicht verkauften Bildern, weil ich mir den Mittelfinger verknackst hatte und mein Opa mich zur Notaufnahme fahren musste, anstatt weiter an den Werken für die Ausstellung zu arbeiten. Und Schuldgefühle, weil ich Doro, Antonia und Rafa mehr vermisste als ihn.

»Das kam jetzt aber mal unerwartet«, hatte ich an jenem Abend zu Doro gesagt, gleich nachdem sie uns von ihren Kinderplänen erzählt hatte. Sie und ich lagen Kopf an Fuß auf dem Sofa und sahen einen Krimi. Antonia war mit einer Freundin ins Kino gegangen, und ich nutzte die Gelegenheit, um alleine mit Doro zu reden.

Sie machte den Ton leiser und sah mich an. »Mir läuft die Zeit davon, ich bin schon Ende dreißig und habe Angst, das alles zu verpassen. Diese Nähe zu einem Kind und erst die Schwangerschaft und die Geburt! Wie faszinierend muss das sein, so ein Wesen in sich heranwachsen zu fühlen. Es zu begleiten und mitzuerleben, wie es nach und nach seine Umgebung wahrnimmt, wie sein Charakter sich immer mehr zeigt! Und das Tollste ist, dass wir das alle miteinander teilen können!«

Sie hatte Tränen in den Augen, obwohl sie sonst nicht sonderlich rührselig war. Ich glaubte ihr, dass sie so fühlte, und machte: »Aha.« Auch wenn ich gern mehr Euphorie für ihren Vorschlag aufgebracht hätte, gelang es mir nicht.

Ich traute Doro zu, lange genug über dieses Thema nachgedacht zu haben, um sich ihrer Sache sicher zu sein. Wie ich zu dem Thema stand, wusste sie. Ich wollte keine Mutter sein. Nicht von ihrem Kind und noch weniger von einem, das ich selbst auf die Welt brachte. Mein »Aha« enthielt alles, was mir in dem Moment zu der Angelegenheit einfiel, mehr gab mein Kopf nicht her. Schweigend sahen wir auf den Bildschirm und beobachteten, wie ein Auto in einem Hafenbecken versank.

Zu gern wäre ich wie Antonia mit auf den Zug aufgesprungen, aber die Angst, zu versagen und ihrer aller Erwartungen nicht gerecht zu werden, die Angst, in eine Rolle gepresst zu werden, die mir nicht entsprach, legte sich wie ein Schraubstock um meine Brust.

Doro richtete sich auf und sah mich ernst an. »Wir vier könnten uns die Verantwortung teilen, die Care-Arbeit und die Kosten. Mich mit euch zusammenzutun ist die einzige Form von Familie, die ich mir vorstellen kann. Ich will nicht alleine mit dem Kind sein und habe keine Partnerin. Davon abgesehen will ich auch keine nach außen geschlossene Pärchen-Einheit bilden.«

Wir hatten oft genug darüber geredet. Über die Kleinfamilie als Grundeinheit von Kapitalismus und Patriarchat, und dass es fast immer die Frauen waren, die unbezahlt Care-Arbeit leisteten. Die auf eigene Karriere und vieles andere verzichteten, sich um die Kinder, die Alten und ihre Männer kümmerten, die Kuchen für die Schulfeste buken und ständig im Einsatz waren. Wir hatten immer wieder darüber diskutiert und waren uns einig, dass dieses Modell keine Zukunft haben sollte.

»Aber meinst du, das klappt, ohne dass wir uns streiten? Vielleicht haben wir völlig unterschiedliche Ideen von Erziehung und Ernährung und was weiß ich?«, fragte ich, um irgendetwas zu sagen und ihr zu zeigen, dass ich dran war am Thema.

Doro hob die Hände. »Ich glaube nicht, dass unsere Ansichten so verschieden sind. Wir müssen es einfach ausprobieren. Einfach springen. Machen doch alle Eltern. Und wir sind ja nicht die Ersten mit so einem offenen Kinderkonzept. Es gibt genug Beispiele, bei denen es geklappt hat. Und mal ehrlich, so eine klassische Familie mit zwei Elternteilen und Kids, wie stabil ist das denn? Guck dir mal die Scheidungsrate an.«

Doro war lauter geworden, hatte rote Flecken auf den Wangen. Sie wollte mich überzeugen, unbedingt. Doch mein Problem war nicht die Idee vom Elternkollektiv, mein Problem war, dass ich mich nicht als Elternteil sah. Ich fühlte mich hineingeworfen in Doros Wunschleben.

Von meinem Auszug bei Doro und Antonia waren mir nur einzelne Bilder ohne Tonspur geblieben. Ein Stummfilm mit drei Einstellungen: Wohnung, Treppenhaus, Transporter. Doro hatte sich nicht blicken lassen, Rafa war auf Montage gewesen. Timo half mir, und Antonia kam später nach der Arbeit dazu. Auf Antonia war Verlass. Sie packte an, war zur Stelle, wenn man sie brauchte, ganz die Rettungssanitäterin, die sie war. Oft fragte ich mich, wie sie das schaffte, ständig für andere Leute in die Bresche zu springen, ohne selbst daran kaputtzugehen. Vielleicht schaffte sie es auch nicht und verbarg den Schaden nur gut genug.

Ich zog aus, ohne zu wissen, wohin. Zurückzukehren ins Haus meines Opas kam nicht infrage. Als mir zwei Tage vor dem Umzug eine Theaterkompanie anbot, sie zwei Monate durch Polen und Tschechien zu begleiten, ergriff ich die Gelegenheit, möglichst viele Kilometer zwischen mich und meine beiden Familien zu bringen. Nach dem ersten Auftrag folgte der nächste, und so hangelte ich mich von einem zum anderen, von Stadt zu Stadt, von Bühne zu Bühne, und schuftete so viel, dass mir kaum Zeit blieb, an Doro, die anderen und ihr gemeinsames Kind zu denken. Nach einigen Monaten mietete ich ein winziges Zimmer in einer Kleinstadt in Belgien, um zwischen meinen Jobs einen Unterschlupf zu haben. Ein Ort, um mich zu verkriechen und von der Arbeit zu erholen, kein Ort zum Wohlfühlen.

6

Durch einen Zufall trafen Doro und ich nur wenige Tage nach dem Tod meines Opas aufeinander. Ich war zum Einkaufen in den Supermarkt gefahren und hatte Probleme, mein Fahrrad abzuschließen. Es hatte jahrelang in der Garage gestanden, wo es von Spinnen in Beschlag genommen worden war. Sie hatten es eingesponnen, waren wieder ausgezogen oder gestorben – ich hatte keine Ahnung, wie alt Spinnen wurden. Zurück blieben nur die Reste ihrer Netze, die im Fahrtwind hinter mir her wehten und sich nach und nach ablösten.

Am Supermarkt angekommen, klemmte das Fahrradschloss, es musste dringend geölt werden. Leute schoben sich an mir vorbei, aus dem Laden heraus oder in den Laden hinein. Ich kniete auf dem Boden und stocherte mit dem Schlüssel. Als sich plötzlich jemand über mich beugte, erschrak ich so sehr, dass ich mich an der Fahrradtasche festhalten musste, um nicht das Gleichgewicht zu verlieren.

»Das ist ja mal ein gutes Versteck, fast so gut wie hinter der Hecke. Verfolgst du mich jetzt, oder was?«

Doros Gesicht schwebte über mir, sah von oben auf mich herunter. Der Schlüssel fiel mir aus der Hand, und es verschlug mir für einen Moment die Sprache. Ich hatte mir in den letzten Tagen diverse Situationen ausgemalt, in denen sie und ich aufeinandertrafen, in denen wir redeten, uns vielleicht sogar am Ende umarmten. In keiner dieser Versionen kniete ich vor ihr auf dem Boden wie eine Büßerin, wie eine um Gnade Bittende. Ich hob den Schlüssel auf, der neben dem Hinterrad gelandet war, und hielt ihn in die Höhe. »Ich verfolge dich nicht. Ich wollte einkaufen, aber das Schloss klemmt.« Zum Beweis steckte ich den Schlüssel erneut hinein und ruckelte herum.

»Schon klar. Und vor ein paar Tagen wolltest du Ostereier suchen?«

Ohne es verhindern zu können, verzog sich mein Mund reflexhaft zu einem Grinsen, obwohl die Situation nicht lustig war, im Gegenteil. Hinter der Hecke entdeckt worden zu sein war mir mehr als peinlich. Eine Hitzewelle bahnte sich an. Manchmal ließen sie sich aufhalten, indem ich gleich beim ersten Glühen ein Glas Wasser hinunterstürzte, doch befand sich gerade keines in meiner Reichweite. Die Hitze braute sich im Bauch zusammen, stieg zum Kopf, strahlte auf den Rücken, die Arme, die Beine aus. Enge in der Brust, als würde jemand darauf sitzen. Die Ausbrüche ähnelten einem Panikgefühl so sehr, dass es mir oft schwerfiel, beides auseinanderzuhalten. Ich stand auf, klammerte mich an den Sattel und pustete in den Ausschnitt meines Shirts.

»Kippst du gleich um, oder was?«, fragte Doro.

»Nein, Wechseljahre. Du hast mich also neulich gesehen?«

Sie lachte, klang allerdings nicht sehr vergnügt. »Chris! Da war ein riesiges Loch in der Hecke! Selbst Vivien findet bessere Verstecke!«

Mit dem Arm wischte ich mir den Schweiß von der Stirn. »Tut mir leid, wenn du dich verfolgt gefühlt hast, das war nicht meine Absicht. Als ihr drei plötzlich um die Ecke kamt, hat mich das in dem Moment völlig überfordert.«

Auch aus der Nähe sah Doro aus wie immer, ein paar graue Haare mehr, ein paar Fältchen. Doch ihre Stimme, ihr Ausdruck und ihr Blick waren unverändert, und ihr wild gemustertes T-Shirt ähnelte denen, die sie immer schon getragen hatte. Ein Geruch von Zitrone ging von ihr aus, den ich nicht an ihr kannte. Vielleicht ein neues Waschmittel.

Ihr skeptischer Gesichtsausdruck nervte mich. Nach ein oder zwei Minuten, die wir uns schweigend immer wieder kurz mit den Augen streiften, setzte sie den Rucksack neben meinem Rad ab und zeigte auf die Tür vom Supermarkt. »Ich hole mal Pepper.«

Erst jetzt nahm ich die Hundeschnauze wahr, die hinter einem Mülleimer hervorlugte. Ich beobachtete, wie Doro sich an der Leine zu schaffen machte, die sich an dem eigens für Hundeleinen angebrachten Ringen verhakt hatte. Ich rief Doro zu: »Ich hatte mich schon längst bei dir melden wollen, aber ich wusste nicht, wie, und auch nicht, ob dir das überhaupt recht ist. Als ihr dann auf einmal so nah wart, hab ich mich nicht getraut, euch anzusprechen. Sorry.«

Doro nickte und ließ Pepper von der Leine. Meine Hände streckten sich der Hündin entgegen, konnten es kaum erwarten, sie zu berühren. Als Pepper mich erkannte, quietschte sie vor Freude, hüpfte mühsam an mir hoch und drückte sich an mich. Das Glück, dass sie mich nicht vergessen hatte, überdeckte meine Scham über die peinliche Hecken-Performance. Pepper grunzte und schnaufte, rieb sich an mir und versuchte, mir übers Gesicht zu lecken. Tränen stiegen mir die Kehle hinauf, die ich an ihr abwischte. Sie wedelte so wild mit dem Schwanz, dass ihr ganzer Körper wie bei einem Tanz hin- und herschwang. Mit beiden Händen fuhr ich ihr durchs Fell, kraulte und strubbelte sie, ertastete mit dem Zeigefinger den Knubbel hinter ihrem rechten Ohr, der schon immer da gewesen war. Ihre Fellstruktur, ihr Geruch, die Bewegung und die Art, wie sie sich wohlig unter meinen Händen wand, all das war so vertraut, dass die Zeit in sich zusammenschrumpfte. Nachdem wir uns ausgiebig begrüßt hatten, entfernte sich Pepper, um an einem zerrupften Bäumchen zu schnüffeln.

»Dass sie immer noch lebt«, sagte ich, vor Rührung ganz weich.

»Ja. Manchmal glaube ich, dass sie einfach vergessen hat zu sterben und für immer hierbleibt.«

»Das wäre schön.«

Wir nickten beide, sahen uns verlegen an. Ich wollte alles wieder heil machen, wusste aber nicht, wie. Am liebsten hätte ich die letzten Jahre zurückgedreht, bis zu jenem ersten Treffen der Elterngruppe, zwei Wochen nachdem Doro uns von ihrem Plan erzählt hatte.

Damals hatte sie sich auf der Suche nach einem Termin auch nach meiner Verfügbarkeit erkundigt. Eine weitere Gelegenheit, die ich versäumte. Bei der ich sie nicht daran erinnerte, dass ich nie ein Kind gewollt hatte, ihr nicht erklärte, dass ich angesichts ihrer Pläne nicht wusste, wie unser Zusammenleben in Zukunft noch funktionieren sollte.

Ich schaffte es nicht, ehrlich zu sein, nicht zu mir und nicht zu den anderen. Weder wollte ich mitmachen noch aussteigen, hatte Angst, ausgeschlossen zu werden, und fühlte mich fast wie eine Hochstaplerin, als wir uns an einem Sonntagvormittag in unserem Wohnzimmer zusammenfanden. Draußen war es bewölkt, nur ab und an zwängte sich ein Sonnenstrahl durch die Wolkenschichten und rieb sich an unseren dreckigen Fenstern. Staub tanzte im Licht und legte sich auf die Blätter des Gummibaums, aufs Bücherregal und auf das Sofa, auf dem Antonia und ich saßen. Uns gegenüber hing Rafa in dem roten Sitzsack, den niemand außer ihm mochte. Doro hatte es sich auf dem Flickenteppich bequem gemacht und spielte mit einem Zettel, der vor ihr auf dem Tisch lag. Darauf die Liste mit unseren Themen: Erziehungsansätze und Arbeitszeiten, Erwartungen, Wünsche, Zuständigkeiten, Rechtliches und Wohnen standen darauf und noch einiges mehr.

Der Vormittag zog sich, ich hielt mich bei den Diskussionen zurück. Nur hin und wieder stellte ich Fragen, verlor aber dauernd den Faden. Zwischen uns auf dem Sofa lagen Bücher, die Antonia ausgeliehen hatte. Ich blätterte darin herum, prallwangige Kinder und stillende Personen, Babys beim Schwimmen, beim Schlafen, Essen, Trinken, Weinen oder Lachen. Wie eine Falle erschien mir das alles, die einen erst anlockte und dann zuschnappte.

Am Mittag aßen wir gemeinsam Kürbissuppe, und den Nachmittag über fachsimpelten die anderen über Erziehungsansätze, Sorgerechtsbestimmungen und Vor- und Nachteile von Geburts- und Krankenhäusern. Die Atmosphäre war dicht wie Rosensirup.

Wie schön es wäre, meine Widerstände loslassen und mitmachen zu können. Die anderen mussten längst bemerkt haben, dass ich kaum etwas zum Gespräch beitrug. Ich fühlte mich zunehmend unsicher und war zudem übermüdet von der Premierenfeier am Abend zuvor. Meine Lider wurden schwer, und ich schloss sie für einen Moment. Wortfetzen wehten mir durch den Kopf, und dann döste ich ein, bis mich Pepper mit der Nase anstupste. Als ich die Augen wieder öffnete, traf mich Doros Blick, darin eine Enttäuschung, die mir die Brust zuschnürte. Wie immer, wenn sie nervös oder aufgebracht war, zerrte sie an ihren Fingern, bis sie knackten. Unbehaglich wand ich mich auf dem Sofa, wäre am liebsten im abgewetzten Stoff versunken.

»Was ist los mit dir? Erst hältst du dich die ganze Zeit raus, bist völlig desinteressiert, und jetzt pennst du auch noch ein. Jetzt mal ehrlich: Bist du dabei oder nicht?« Ihre Frage war die Falltür, durch die ich ins Loch stürzte. Mein Gesicht glühte, mein Hals war zu trocken, um antworten zu können. Alle sahen mich an, und ich wusste, ich würde sie enttäuschen.

Unfähig, auch nur ein Wort herauszubringen, schüttelte ich den Kopf. Der trockene Klumpen in meinem Hals schwoll an. Ich schluckte, Tränen stiegen mir in die Augen, liefen über, und ich wischte sie weg. Wenn ich jetzt vom Sofa aufstand, wenn ich jetzt den Raum und die Wohnung verließ, würde ich nicht mehr dazugehören.

Auch wenn es mir in dem Moment nicht bewusst war, verstand ich später, als ich längst ausgezogen war und mich von Stadt zu Stadt und Job zu Job hangelte, dass es für mich nur diese zwei Optionen gegeben hatte: dabei sein oder ausziehen – alles oder nichts. Und wenn schon nichts, dann auch gar nichts mehr, ganz weit weg und noch mal von vorn. Ihnen dabei zuzusehen, wie sie als Gruppe ihr Kind großzogen, während ich alleine draußen blieb, das hätte ich nicht gepackt.

»Das heißt, du machst nicht mit?«, fragte Rafa. Ich wischte mir übers Gesicht, sah an der hechelnden Pepper vorbei zu ihm hinüber und schüttelte erneut den Kopf. Statt dem Schalk, der normalerweise in Rafas Augen blitzte, flackerte mir eine Betroffenheit entgegen, die mich überforderte. Ich wünschte mir, dass er einen Scherz machte, gern auch auf meine Kosten, aber es kam nichts. Antonia beugte sich vor und streichelte mir über den Rücken. Ihr Mitgefühl war mir zu viel, ich schüttelte ihre Hand ab und wälzte mich mühsam vom Sofa.

Entgegen meiner Erwartung tat sich der Boden nicht auf, sondern trug mich, als ich mich mit gesenktem Kopf aus dem Zimmer schob. Pepper folgte mir, und ich nahm die Leine vom Haken, öffnete die Tür, verließ die Wohnung und das Haus. Kaum auf der Straße, hockte sich Pepper in die Büsche. In meiner Hosentasche fand ich einen Beutel, um hinter ihr aufzuräumen. Die nächsten Stunden spazierten sie und ich durch die Straßen, hinaus aus der Stadt, immer weiter am Fluss entlang. Als wir am späten Abend zurückkehrten, brannte in Doros Zimmer noch Licht. Von der Schwelle ihrer Tür aus teilte ich ihr mit, dass ich ausziehen würde.

Mit einem lauten Grunzen ließ sich Pepper im Schatten des zerrupften Bäumchens nieder. »Ludwig ist gestorben«, sagte ich.

»Hab ich in der Zeitung gelesen. Mein Beileid.«

Die Geste, mit der Doro sich am linken Unterarm kratzte, wie sie das Gewicht von einem Fuß auf den anderen verlagerte, den linken, der immer etwas einwärts gedreht war. Alles so schmerzhaft vertraut, ich hätte jede ihrer Gesten nachstellen können. Unsere Sprachlosigkeit umspülte uns. Wir hingen darin fest wie Fliegen in einer Klebefalle. Schließlich hob sie ihren Rucksack auf und wandte sich zu Pepper. Ich wollte nicht, dass sie schon ging. »Dich neulich zu sehen, gemeinsam mit Vivien, in einem Leben, das auch meins hätte sein können, das hat mich echt berührt.«

Mit einer abrupten Bewegung drehte sich Doro zu mir und zog die Augenbrauen zusammen. »Du kannst die Zeit nicht zurückdrehen, Chris. Du hast damals eine Entscheidung getroffen. Und wenn die dich nicht glücklich gemacht hat, tut mir das leid, wirklich, aber ...«

Sie brach ab, und der Satz hing ohne Ende in der Luft. ... aber ich kann es nicht ändern, ... aber das ist dein Problem, ... aber lass mich in Ruhe damit. In meinem Kopf lauter Varianten, die mir nicht gefielen und sich wie Flusen an mich hefteten.

Doro zog ihr Handy aus der Hosentasche und sah darauf. »Ich muss los. Ich bin auf einen Geburtstag eingeladen und komme eh schon zu spät.« Sie hob ihre linke Hand und legte sie auf meine Schulter, nur für einen Moment. »Bist du echt schon in den Wechseljahren?«

Ich nickte.

»Und, ist es schlimm?«

»Geht so. Die Schweißausbrüche nerven, aber ich bin froh, meine Menstruation los zu sein.«

»Versteh ich. Okay, ich fahr dann mal. Mach's gut, Chris.«

Ich sah ihr nach, die Brust ganz eng. Nach einigen Metern blieb Doro stehen, drehte sich um und kam noch einmal zu mir zurück. »Melde dich, wenn du willst«, sagte sie.

»Mach ich! Versprochen!« Erleichterung, die mir bis in die Füße zog.

Sie rief Pepper, und ich widerstand dem Impuls, ihnen nachzusehen. Stattdessen unternahm ich einen erneuten Versuch, mein Rad abzuschließen. Obwohl der Schlüssel noch immer klemmte, pfiff ich leise vor mich hin.

7

Nachdem ich den Einkauf erledigt hatte, fuhr ich nach Hause. Aufgekratzt ging ich jedes Wort, das Doro und ich getauscht hatten, wieder und wieder durch. Gut gelaufen, dachte ich zunächst, doch beim nächsten Durchgang fand ich unser Gespräch schon weniger gut, wurde zunehmend unsicher, je länger ich darüber nachdachte. Nur an Peppers Wiedersehensfreude gab es nichts zu interpretieren.

Mechanisch räumte ich den Einkauf in die Schränke ein. Am liebsten hätte ich Doro gleich angerufen, um einen vielleicht nicht so positiven Eindruck zu revidieren, um ihr erneut zu erklären, warum ich hinter der Hecke gehockt hatte. Ich verstaute die gefrorenen Erbsen im Gefrierschrank, holte eine Flasche Saft aus der Tasche und dann blieb ich auf dem Weg zum Kühlschrank mit dem Zeh an einem Nagel hängen, der aus einem der Dielenbretter ragte.

Nicht ohne Grund trugen alle hier im Haus Schuhe. Nur ich hatte mir angewöhnt, nachdem ich die Böden so hingebungsvoll geschrubbt hatte, auf Socken oder barfuß zu laufen. Mein Fehler. Ein stechender Schmerz im großen Zeh, die Saftflasche rutschte mir aus der Hand und zerbarst auf dem Boden, Scherben stoben in alle Richtungen und die klebrige Flüssigkeit versickerte im Holz, das seit Jahrzehnten nicht behandelt worden war, dessen Poren offen lagen, nur allzu bereit, jeden Tropfen aufzusaugen. Während ich auf einem Bein balancierte, um mir meine Wunde anzusehen, verlor ich das Gleichgewicht und knallte mit der Schulter gegen den Küchenschrank. Fluchend, den Tränen nahe, hüpfte ich in einem Bogen um die Scherben herum in den Flur, wo ich mir die alten Clogs meines Opas anzog, trotz des Bluts, das aus der Wunde tropfte. Ich riss den Werkzeugkasten auf, und keine zehn Sekunden später umklammerte meine Faust den Hammer. Genährt von einer Wut, die mich selbst erschreckte, die wie ein Schwarm aufgescheuchter Wespen durch meine Eingeweide fegte und alle anderen Emotionen übertönte, schlug ich auf den herausstehenden Nagel ein. Der Lärm schmerzte in meinen Ohren und befriedigte mich auf unangenehme Weise. »Scheiße!«, brüllte ich und »Aaah!«, und keuchte vor Anstrengung. Meine Schläge hinterließen tiefe Macken im Holz, wilde Zacken rund um den Nagel, der längst den Kopf eingezogen hatte. Schweiß lief mir den Rücken hinunter. Vom Wutausbruch in den Schweißausbruch.

Durch den Lärm drang Timos Stimme zu mir. »Hey, hör auf! Was soll das denn?! Lass den Boden heile!« Er schob sich seitlich in mein Sichtfeld, beugte sich zu mir herunter und umfasste meinen rechten Oberarm. Erschöpft ließ ich den Hammer fallen, der laut polternd auf die Dielen krachte.

»Geht's noch?« Timo stellte den Fuß darauf und schob ihn außerhalb meiner Reichweite, als wäre der Hammer eine Pistole und Timo der Kommissar. »Was hat dir der Boden denn getan, und warum ist hier alles nass?«

Ich hob den Kopf und entdeckte Linus, der sich hinter seinem Vater versteckte und mich mit weit aufgerissenen Augen anstarrte. Die Scham schwemmte meinen Körper wie eine kalte Infusion. Mühsam rappelte ich mich hoch, streifte den rechten Clog ab und zeigte meinen demolierten Zeh vor. »Mir ist der Saft runtergefallen, weil ich mir den Zeh an dem Nagel da aufgerissen habe.« Ich nickte in Richtung der Macken im Holz.

»Na, dem hast du es aber gegeben.« Timo setzte Linus auf einen Stuhl und holte Kehrblech und Feudel. Mein Neffe sah mich an, als sei ich ein Monster, das ihn jeden Moment angreifen würde. Die Angst in seinem Gesicht war ein Spiegel der Kinderangst, die ich selbst kennengelernt hatte, die mich in Situationen überfallen hatte, die ich nicht einschätzen konnte. Die ich als bedrohlich empfand und in die fast immer mein Opa involviert war.

»Dieser freche Nagel wird so schnell niemandem mehr in den Fuß zwicken«, versuchte ich mit alberner Stimme die Spannung zu lösen. Doch Linus reagierte nicht, sondern beobachtete mit ernstem Gesichtsausdruck, wie ich den Riss in meinem Zeh säuberte, die Wunde desinfizierte und ein Pflaster darauf klebte.

Nachdem wir das Chaos beseitigt hatten, holte ich die verbleibende Saftflasche aus meinem Einkaufsbeutel und bot Linus davon an. Ich kniete mich vor ihn auf den Boden, und nach einigem Zögern nahm er das Glas, wobei er verlegen den Kopf zur Schulter neigte und die Augen niederschlug. Kaum hatte er ausgetrunken, rannte er in den Garten, wo er den Kater entdeckte und ihn mit einem Stöckchen zum Spielen animierte.

Der Kater hatte viele Namen, alle nannten ihn bei einem anderen, sodass wir nie wussten, von wem gerade die Rede war. Irgendwann war ich dazu übergangen, ihn nur noch Kater zu nennen, der einzige Name, auf den er reagierte, wenn man ihn rief.

Timo und ich setzten uns auf die von mir frisch entrosteten Gartenstühle. Er hatte alkoholfreies Bier mitgebracht, da er noch fahren musste. Nachdem wir angestoßen hatten, wischte er sich mit dem Ärmel seines Karohemds über den Mund und fragte: »Wie lange bleibst du eigentlich noch?«

»Weiß ich nicht genau. Für die nächsten drei Wochen konnte ich eine Vertretung finden. Mama sieht so erschöpft aus, da will ich sie ungern alleine lassen.«

»Ja, die letzten Monate waren hart, aber jetzt wird es bestimmt leichter für sie. Ich glaube, sie kommt ganz gut damit klar, dass Opa tot ist, zumal sie jetzt wieder mehr Ruhe hat.«

Mein schlechtes Gewissen, nicht früher gekommen zu sein, mich die letzten Jahre und Monate nicht ausreichend gekümmert zu haben, meldete sich. »Ich überlege trotzdem, ob ich mir nicht noch länger freinehme, zwei, drei Monate vielleicht. Eine Kollegin von mir würde meine Jobs übernehmen, und so lange reicht mein Geldpolster.«

Timo zuckte mit den Schultern. »Wo willst du denn dann wohnen?«

»In meinem alten Zimmer? Würde ja naheliegen.«

»Wenn Mama das recht ist, klar.«

Ich hatte keine Ahnung, was meiner Mutter recht war und was nicht. Erst heute hatte ich sie wieder nach ihrem Befinden gefragt, woraufhin sie gelächelt und gesagt hatte, dass sie vor allem wegen des ganzen Papierkrams gestresst sei, den ihr aber niemand abnehmen könne. Wenigstens bei allem anderen wollte ich ihr den Rücken freihalten. Sie sollte sich nicht auch noch um den Haushalt, den Einkauf und das Essen kümmern müssen.

Zum Zeitpunkt, als die Mutter meiner Mutter ums Leben kam, war mein Großvater fast zehn Jahre jünger als ich heute. Sie wurde von einem Auto erfasst und starb und noch auf dem Weg ins Krankenhaus. Meine eigene Mutter war erst sechzehn gewesen und sprach nur selten von dem Unfall. Nur manchmal, und nur, wenn wir sie darum baten, erzählte sie von unserer Oma, einer begeisterten Radlerin mit einer Begabung für Zahlen. Nach ihrem Tod hatte meine Mutter den Haushalt übernommen und sich um ihren Vater gekümmert, bis jetzt.

»Ist immer bedrückend, wenn jemand stirbt, den du gut kennst. Da stellt man sein eigenes Leben auf den Prüfstand«, unterbrach Timo meine Gedanken.

»Und zu welchem Ergebnis bist du gekommen?«

»Dass ich ganz zufrieden bin mit dem, was ich habe.« Er lächelte, ein Grübchen auf seiner linken Wange, sein Haar stand ab wie zerwühltes Heu.

»Sehr gut.«

Mein kleiner Bruder mochte stabile Verhältnisse. Gartenbaufirma und Heirat mit Sibel, erstes Kind, zweites Kind, Häuschen auf dem Land. Einmal im Jahr Urlaub bei Sibels Großeltern in der Türkei, Abendkurs Türkisch, bis Sibel ihn aufzog, dass er es bald besser spreche als sie. Er liebte Beständigkeit und wiegte sich in der von ihm und Sibel aufgebauten Sicherheit wie in einer Hängematte, um die ich sie manchmal beneidete. Dabei wussten sie genauso gut wie ich, dass Sicherheit eine Illusion war. Häuser konnten abbrennen, Familien zerfallen und Firmen Konkurs anmelden. Sterben würden wir alle, und der Weg dahin war unvorhersehbar. Ich glaubte nicht an Sicherheit, aber sehnte mich danach, als Gegenmittel zu der Angst, eines Tages mittellos auf der Straße zu leben und einsam zu sterben. Zu der Angst, keine Spuren zu hinterlassen und einfach vergessen zu werden. Ein Kind war da keine Garantie. Zwei Kinder schon eher, falls eins von beiden sich nicht erinnern konnte oder wollte oder man sich zerstritt.

»Und du? Wie zufrieden bist du mit deinem Leben?«, fragte Timo.

»Uff, geht so. Das ewige Unterwegssein strengt mich an, und meine Hormone spielen verrückt, als wäre ich wieder in der Pubertät. Aber sonst ist alles super!«

Als ich eine Grimasse schnitt, lachte er, war wahrscheinlich erleichtert, nicht tiefer ins Thema einsteigen zu müssen. Kurz überlegte ich, ihm von meinem Gespräch mit Doro zu erzählen, doch befürchtete ich, dass sich die Intensität ihrer und meiner Begegnung verwässern könnte, wenn ich darüber redete. Ich zog die Mundwinkel nach oben, meine Kieferregion war völlig verspannt. Die Winkel einfach nach unten hängen zu lassen, wäre leichter. Früher hatte unsere Mutter Timo und mir Augen aufs Kinn gemalt, und wir ließen uns kopfüber vom Sofa hängen. Die Winkel unserer Münder hatten beim Sprechen nach unten gezeigt, und beim Lachen sahen wir unglücklich aus. Ich fragte Timo, ob er sich daran erinnerte, doch er schüttelte den Kopf.

Linus hatte inzwischen einen Ball gefunden, völlig verschlissen und vom Wetter gebleicht. Er schoss damit gegen die linke Seitenwand des Ateliers, und unwillkürlich zog sich mein Magen zusammen. Schon wollte ich aufspringen, wollte ihm zurufen, dass er das nicht dürfe. Nicht gegen die Wand, nicht ans Atelier! Tief in meinem Bewusstsein, wie mit in einer Klinge eingeritzt, wusste ich genau, wo die Grenzen der Bannmeile verliefen, spürte sie mit jeder Zelle meines Körpers. Mein Opa, der Künstler, die gefurchte Stirn, die Brauen in der Mitte wie zusammengewachsen. So wütend, wenn wir ihn störten. Wenn wir im Garten herumschrien, uns lauthals stritten oder ein Ball gegen die Wand oder das Fenster seines Ateliers prallte. Wie er dann brüllte: »Ihr kleinen Arschgeigen, habt ihr nichts Besseres zu tun! Macht euch mal nützlich! Helft eurer Mutter! Nicht immer nur fressen und spielen!«

Unvergessen, als Timo fünf und ich sechs war und wir mit Timos neuem Ball gegen das Atelier schossen, genau an die Stelle, die Linus jetzt als Torwand benutzte. Unser Opa riss damals die Tür auf, in der rechten Faust ein riesiges Messer, stürmte er auf Timo zu, der kreischte und sich zur Seite schmiss, woraufhin unser Großvater sich auf den Ball stürzte und die Klinge bis zum Schaft ins Leder rammte. Weder Timo noch ich rührten uns. Wir waren starr vor Angst. Hielten die Luft an, als unser Opa das Messer aus dem Ball riss, irgendetwas brüllte, zurück in sein Atelier rannte und die Tür hinter sich zuschmiss. Timo heulte lautlos. Er hatte früh gelernt, keinen Lärm beim Weinen zu machen. Den Ball hatte er gerade erst zum Geburtstag bekommen. Ich legte ihm den Arm um die Schulter, fühlte unter meiner Hand seine kaum hörbaren Schluchzer. Nachdem er sich beruhigt hatte, leerten wir beide unsere Spardosen, Fred legte noch etwas drauf, und Timo kaufte sich einen neuen Ball.

Wenn ich es vermeiden konnte, betrat ich das Atelier bis heute nicht, machte einen großen Bogen darum. Ich hatte mich dort nie willkommen gefühlt und war dankbar, als Fred und meine Mutter am Vortag angeboten hatten, sich um den künstlerischen Nachlass und das Ausräumen zu kümmern.

»Gut, dass sich keiner mehr beschweren kann«, sagte ich und zeigte auf Linus' Ball, der erneut mit lautem Knall gegen die Atelierwand prallte. Timo nickte, hatte eine Falte zwischen den Augenbrauen. Er wusste genau, wovon ich redete. Wir sahen uns an und sprangen zeitgleich auf, rannten uns gegenseitig schubsend über den Rasen und bolzten gemeinsam mit Linus, der mir zu meiner großen Erleichterung erlaubte, mitzuspielen. Wir johlten, sprangen und stolperten übereinander und schossen den Ball mit Wucht immer wieder gegen die Wand, so lange, bis es dämmerte.

Rund um uns herum summten die Abendinsekten. Schon vor Jahren hatten meine Mutter und mein Opa einen Teil des Gartens verwildern lassen. Dort, wo früher eine homogene Rasenfläche wuchs, blühten nun Gänseblümchen, Löwenzahn und Storchschnabel. Im hinteren Teil des Gartens wogten die ausladenden Äste der Hängebirke wie sich bauschende Vorhänge. Mein Opa hatte sie anlässlich meiner Geburt gepflanzt. Zu dem Zeitpunkt musste er über die Ankunft seiner Enkelin noch euphorisch gewesen sein. Die Enttäuschung kam erst später.

Außer Atem ließ ich mich auf den Rasen fallen, und Timo streckte sich neben mir aus. Linus kickte alleine weiter, während ich meinen Kopf an Timos lehnte und wir »Weißt du noch« spielten. Alt und geborgen fühlte ich mich zwischen den Jahren.

»Weißt du noch damals, 1980, 86, 92, alle zusammen und Fred und Mama und Opa und wir und das Unwetter und die umgekippte Tanne und der explodierte Grill und der kaputte Wasserschlauch?«

»Oder du, als du dir den Fuß verknackst hast und wir allesamt in die Notaufnahme sind und danach Pommes essen?«

»Ja, stimmt. Und wie du dann im Auto quer über uns gekotzt hast.«

Wir manövrierten uns durch die Jahre, kichernd und melancholisch, und ich fühlte mich meinem Bruder nah. Die gemeinsame Vergangenheit verband uns, die Erinnerungen, die guten und die nicht so guten.

Hinter uns erklang ein Kinderkeuchen, ich drehte mich um und sah Linus auf uns zurennen. Mit Schwung schmiss er sich auf seinen Vater und vergrub das Gesicht in dessen Hemd. Vom schnellen

Rennen hob und senkte sich sein Rücken, und seine Finger krallten sich in den Karostoff. Timo stand auf, nahm ihn auf den Arm, und ich stellte mich hinter sie und zwinkerte meinem Neffen zu, der mich über Timos Schulter hinweg ansah. Als ich mein Gesicht in den Händen verbarg, sie langsam zur Seite zog, schielte und die Wangen einsog, lachte Linus. Pure Erleichterung, dass er mir meinen Ausraster vorhin nicht übel zu nehmen schien. Sein Lachen kitzelte mich, und da drehte sich Timo zur Seite. Eine kleine Bewegung nur, vielleicht nicht einmal bewusst, mit der er meinen Neffen aus meinem Gesichtsfeld zog, ihn von mir abschirmte und sagte: »Linus ist müde, wir fahren gleich nach Hause.«

Und es war nicht mehr wie früher. Zeit war vergangen, alle hatten wir uns weiterentwickelt und verändert, waren älter, reifer und erwachsener geworden. Einige von uns waren Eltern und andere nicht. Ein dumpfes Gefühl in meinem Magen. Ich hatte immer geahnt, dass Timo ein guter Vater sein würde. Als sie fuhren, winkte ich ihnen von der Einfahrt aus nach.

8

In den Tagen nach Doros und meiner Begegnung am Supermarkt schrieben wir uns zweimal. Erste Kommunikation (am Abend unserer Begegnung):
Ich: War schön, dich und Pepper getroffen zu haben.
Doro: Ja.
Zweite Kommunikation (einen Tag später):
Ich: Wollen wir uns bald mal treffen?
Doro: Gerne. Übermorgen?
Ich: Da ist Beerdigung und danach Trauerfeier. Könnt gerne alle kommen. Wird aber voll.
Doro: Lieber wannanders.

Am Morgen der Beerdigung waren meine Finger vor Nervosität eiskalt, obwohl das Thermometer um neun Uhr schon über zwanzig Grad anzeigte. Die Bestattung sollte im kleinen Rahmen stattfinden, nur die Familie inklusive Fred. Danach würde es ein großes Fest für alle geben, so hatte es sich mein Großvater gewünscht.
    Wir bildeten einen Halbkreis um den Baum im Bestattungswald. Seine letzte Ruhestätte hatte sich mein Opa selbst ausgesucht, eine Fichte, unter der noch weitere Urnen Platz finden würden. Gräber für die ganze Familie. Die Vorstellung war beklemmend, dass post mortem schon ein Platz neben ihm auf mich wartete. Die große Sorge meiner Mutter hingegen galt den Frühjahrsstürmen. »Ausgerechnet eine Fichte! Wenn die mal nicht gleich umkippt, das sind doch Flachwurzler!«
    Pünktlich zur vereinbarten Zeit traf der Förster mit der Urne ein, die er neben dem frisch ausgeschaufelten Loch abstellte. Wir starrten auf die Überreste unseres Opas, Vaters, Freundes. Unvorstellbar,

dass seine Asche sich in solch einem kleinen Gefäß befinden sollte, beruhigend und beunruhigend zugleich. Auf unser Zeichen hin kniete sich der Förster auf den Waldboden, hob die Urne bedächtig über das Grab, als würde er Maß nehmen, sah uns der Reihe nach an und ließ sie in einer fließenden Bewegung ins ausgehobene Loch gleiten. Danach richtete er sich wieder auf, und das war es. Dort unten würde die Urne mit den Jahren zerfallen, würde die Asche von Insekten, Feuchtigkeit und Mikroorganismen zersetzt werden, sich mit der Walderde vermischen und von kleinen Tierchen verschleppt werden. Hier würde mein Opa, der Naturliebhaber, nun ganz und gar Teil dieses Kreislaufs werden.

Nachdem der Förster sich verabschiedet hatte, standen wir mit hängenden Schultern ums Grab herum. Fred weinte, Timo und Sibel hielten sich an den Händen, meine Mutter legte Fred den Arm um die Schulter, und ich stand allein zwischen ihnen und hätte auch gern die Hand von jemandem gehalten.

Wie nicht anders zu erwarten, reichten sich die Leute die Klinke in die Hand. Es waren so viele Gäste gekommen, dass ich schnell den Überblick verlor. Sie drängten sich in der Küche, auf der Terrasse, im Garten und im Flur. In der Ecke neben dem Kühlschrank ließen die Arbeitskolleginnen meiner Mutter den Cognac in ihren Gläsern kreisen. Ab und an rutschte einer von ihnen ein lautes Lachen heraus, das sie mit der flachen Hand abdimmte. Durch die geöffnete Tür blies der milde Maiwind Grillgeruch in die Küche, auf der Terrasse bewachten die Nachbar*innen ihre Bratwürste, und im Garten zwischen den Bäumen sprangen Kinder herum. Durchs Fenster beobachtete ich die drei betagten Cousinen meines Opas auf der Gartenbank, die alle Kuchenteller auf ihren Schößen balancierten. Karola, unsere Nachbarin und gute Freundin meiner Mutter, brachte einen Schwung Gartenstühle vorbei, lieh uns Teller, Gläser und einen Pavillon. Sie war gut ausgerüstet. »Wiedersehen macht Freude«, sagte sie bei jedem Gegenstand, den ich entgegennahm.

Es kamen Galerist*innen, Kurator*innen, Bildhauer*innen und Maler*innen, einige von ihnen kannte ich schon seit meiner Kindheit. Wir waren uns auf Vernissagen und Geburtstagen begegnet, bei unserem jährlich stattfindenden Sommerfest oder beim traditionellen Winterumtrunk mit Glühwein und Grog bei uns im Garten. Auch, wenn ich nicht in Plauderlaune war, wechselte ich mit fast allen ein paar Sätze. Meine Wangen schmerzten vom Lächeln. Nach der Beerdigung fühlte ich mich leer, am liebsten hätte ich mich zurückgezogen.

Da die meisten Gäste etwas mitgebracht hatten, türmten sich bald auf jeder freien Fläche Salate, Teigröllchen, Kuchen, Wein-, Schnaps- und Saftflaschen. Es ging einfach weiter, das Leben, da kannte es nichts. Gut war das und desillusionierend.

Ich hatte meinen Platz zwischen Kaffeemaschine und Wasserkocher gefunden, goss Tee auf, schaufelte Kaffeepulver in Filter, befüllte Tassen, die mir entgegengestreckt wurden, und war froh, eine Aufgabe zu haben. Timo fing die Neuankömmlinge an der Haustür ab und begrüßte sie. Sein Lächeln grub Falten in seine Wangen. Ab und an kreuzten sich unsere Blicke.

Leute fragten, während sie sich ihren Kaffee abholten: »Bleibst du länger?«, oder »Wo bist du als Nächstes unterwegs?«, fragten: »Was macht die Liebe?«, und »Kinder sind wohl keine mehr zu erwarten?« Ich nahm mir vor, meine Gynäkologin bei nächster Gelegenheit um ein Zertifikat zu bitten, dass ich unwiederbringlich im unfruchtbaren Alter angelangt war.

Mein Kopf schwirrte, die Gesichter der Leute umkreisten mich. Selbst als ich die Augen schloss, wirbelten sie um mich herum. Sibel stieß mich an, damit ich ihr einen Stapel dreckiger Teller abnahm.

»Erika hält sich ganz gut, oder?«, fragte sie. Meine Mutter thronte auf einem Stuhl vor dem Küchenfenster. Forsythienzweige, die in einer Vase hinter ihr standen, tanzten ihr bei jedem Windzug um den Kopf. Gegen das Licht konnte ich ihr Gesicht, das von Locken umspielt wurde, kaum erkennen. Sie wirkte schmal, ihre

Schultern kaum breiter als ein Kleiderbügel. Ich hätte gern den Arm um sie gelegt, wenn die Situation, wenn meine Mutter es zugelassen hätte.

In der linken Hand hielt sie ein Glas mit Ludwigs selbst gemachtem Mandellikör, ununterbrochen schüttelte ihr wer die rechte. Sie lächelte, nickte und nippte, während ihr Fred, der an ihrer Seite wachte, nachfüllte, sobald der Likörpegel auch nur einen halben Zentimeter sank. Er ließ sie nicht aus den Augen, als wäre er auf einem schwankenden Schiff und starrte, um nicht seekrank zu werden, aus Mangel eines Horizonts auf meine Mutter.

Nicht zum ersten Mal in den letzten Tagen fiel mir auf, wie er sich am linken Ohr zupfte. Sein neuester Tick, jedes Mal, wenn Ludwigs Name fiel, also dauernd. Sein Ohrläppchen musste schon ganz wund sein. Er schien von uns allen am meisten unter dem Tod meines Opas zu leiden. Ob ihm wohl irgendwer eine Beileidskarte geschrieben hatte? Auch jetzt drückten die Leute vor allem meiner Mutter, Timo und mir die Hände und hielten sich damit an ein Protokoll, das Verwandtschaft über Freundschaft stellte.

»Ich fände es toll, wenn du noch ein bisschen länger hierbleibst. Timo hat mir von deinen Plänen erzählt«, sagte Sibel und strich sich mit der Hand durchs kurze Haar. Spülmittelschaum blieb daran hängen, ich nahm ein Handtuch und wischte ihn weg. Auch mir würde es gefallen, mehr Zeit mit ihnen allen zu verbringen, ich hatte mich aber noch nicht entschieden. In mir schlug ein Pendel mal zur einen, mal zur anderen Seite. Ambivalent blickte ich auf die Vorstellung, wieder hier zu leben. Es wäre gemütlich wie in einem Schlafsack mit der Tendenz, Klaustrophobie auszulösen. Auch hier schien das Licht nicht endlos am Ende des Tunnels, tickten die Uhren noch immer im selben Takt wie vor Jahren, klappten die Bürgersteige wie eh und je viel zu früh nach oben.

»Habt ihr Mascha gesehen?«, fragte Timo plötzlich hinter uns. Sibel und ich schraken zusammen.

»Hat sich bestimmt einen ruhigen Platz gesucht«, sagte ich.

»Sie könnte sich ruhig mal nützlich machen.«

Ich hob die Augenbrauen. Einer der Lieblingssprüche meines Opas. Timo war schon wieder weg, bevor ich ihn darauf hinweisen konnte, und Sibel mit ihm.

Wenn mein Opa all die Leute hier sehen könnte, wie sie sich die Teller vollluden, sich zuprosteten, schluckten, kauten, lachten. *Fressen und saufen*, klang es in meinem Kopf. *Guck sie dir an, wie sie fressen und saufen!* Ich zuckte zusammen. Seine Stimme klang so lebendig, als stünde er hinter mir. Ich drückte mir die Hände auf die Ohren, bewegte die Handflächen. Die Geräusche von außen schwollen an und schwollen ab, Wellen, die mein Trommelfell fluteten, in mich hinein schwappten, durch mich hindurch flossen. Ich wollte mich über die Anteilnahme der Menschen freuen, über ihr Kommen und ihre gemeinsamen und geteilten Erinnerungen. *Sieh mal, Opa, wie viele wegen dir hier sind*, sagte ich in Gedanken zu ihm. *Außerdem hast du doch auch immer gern gegessen und getrunken, da ist doch nichts dabei.* Seine kräftigen Zähne ins Essen geschlagen, fast schon gierig, voller Lust. Die Flasche direkt an den Mund, seine Lippen, die saugten und schmatzten. Ich bekam keine Antwort.

Seit sieben Stunden, seit dem Müsli am Morgen, hatte ich nichts gegessen und fühlte mich entsprechend zittrig. Mechanisch stopfte ich Torte in mich hinein und trank dazu einen Kaffee. Ich hatte schon viel zu viel davon intus, trank dennoch weiter, und mein Herz raste wie ein Aufziehfrosch. Meine Blase drückte, ein Dröhnen in meinen Ohren. Die Wände des Raumes rückten näher, alles viel zu eng. Ein Schweißausbruch rollte über mich hinweg, und innerhalb von Sekunden war mein Hemd durchnässt. Ich zerrte am Kragen, bis der oberste Knopf abriss. Der Lärm der Gespräche, der klirrenden Gläser und quietschenden Stühle drang durch meine Haut, umzingelte mich, rutschte immer näher an mich heran. Alles völlig übersteuert. Meine Trommelfelle spannten, als würden sie jeden Moment reißen. Das Schrillen eines Handys, Gabeln, die auf

Tellern quietschten, Geschirr, das gegen Geschirr klirrte, Gelächter, ein Kind kreischte. Der Schweiß rann mir bis in die Unterhose, und mein Körper zeigte Risse. Nicht sichtbare, subkutane Risse, die mich wie ein Geflecht durchzogen.

Ich schob Leute zur Seite, entschuldigte mich, lächelte, rempelte, entschuldigte mich erneut, während das Dröhnen in den Ohren anhielt. Im Flur traf ich erneut auf Sibel, die ein Kehrblech mit Scherben vor sich hertrug. Das Klo war besetzt, meine Blase kurz vorm Überlaufen. Ich stieg ein paar Stufen die Treppe hinauf, doch als ich sah, dass vor dem oberen Bad bereits zwei Personen warteten, stürmte ich nach draußen und zwängte mich in den Gang hinter der Garage.

Die Brombeeren hatten das Terrain fast komplett erobert. Gleich hinter der Ecke riss ich mir die Hose herunter und hockte mich hin. Letzte Sekunde. Ameisen flüchteten vor der unerwarteten Flut. Das Brausen in meinen Ohren ließ nach, doch beim Aufstehen überkam mich ein Drehschwindel. Einatmen, ausatmen, bis sich die Lage stabilisierte.

Mein alter Trampelpfad war inzwischen fast zugewuchert. Stunden hatte ich hier verbracht, eingeschlossen zwischen Garagenwand, der nachbarlichen Buchenhecke und den Brombeeren, die ich ab und an zurückschnitt, sodass mir ein kleiner Tunnel blieb, an dessen Ende ein alter Gartenstuhl wartete. Früher, wenn ich meine Ruhe haben, wenn ich nicht gefunden werden wollte, wenn ich Stress mit meinem Opa hatte oder Timo mich nervte, zog ich mich dorthin zurück. Manchmal besuchte mich ein Vogel, ein Igel oder die ein oder andere Maus, ansonsten gehörte der Ort nur mir, den Insekten und den Pflanzen.

Mein Körper, mein Kopf, alles sehnte sich nach Stille. Es war zermürbend, den Tag als Enkelin meines Opas zu verbringen, eingezwängt in einer Rolle, die mir kaum Luft zum Atmen ließ. Dieses Versteck hatte ich selbst Doro nie gezeigt. Eines der wenigen

Geheimnisse, die ich vor ihr verborgen hatte. Ansonsten war mein Zimmer auch ihr Zimmer gewesen. So oft, wie sie bei uns übernachtete, verstauten wir die Gästematratze irgendwann nicht mehr auf dem Dachboden, sondern bewahrten sie hinter meiner Tür auf.

Bei ihr zu Hause lief es anders als bei uns, dort war alles strukturiert. Die Mahlzeiten, die Tageszeiten, die Rollenverteilung. Die Mutter putzte das Bad, der Vater bediente den Staubsauger und Doro die Geschirrspülmaschine. Mutter: Rasenmäher. Vater: Laubbläser. Doro: Unkraut jäten.

Wir waren nicht oft bei Doro zu Hause, bei uns gab es mehr Freiheiten. Nur, wenn wir unbedingt fernsehen wollten, gingen wir zu ihr. Mir gefiel, wie wir vor dem Sofa auf dem Boden saßen und glotzten. Einfach so, auch am Nachmittag. Ihre Mutter schälte Äpfel und viertelte sie. Auf ihr lautes »Hepp!« hoben wir die Hände, bis sie über die Sofalehne hinausragten, und die Mutter zielte mal auf Doros und mal auf meine Hand. Wenn wir die Apfelstücke nicht fingen und sie auf den Boden fielen, hingen hinterher nicht einmal Haare daran. Ich beneidete Doro um den Mangel an Aufregung bei ihr zu Hause, auch wenn ich nicht mit ihr hätte tauschen wollen. Nicht mit ihr und nicht mit mir.

Mein Schweiß trocknete. Hier draußen hinter der Garage war es angenehm ruhig. Ich schlängelte mich weiter durch die Brombeeren, die sich an mir festkrallten und mir Kratzer verpassten. Zu meiner Überraschung befand sich mein alter Gartenstuhl noch immer an seinem Platz. Den gröbsten Dreck wischte ich mit der Hand ab und ließ mich mit einem Seufzer darauf nieder. Meine Wangenmuskulatur entspannte sich, meine Trommelfelle fühlten sich wund an, hier wollte ich bleiben. Ein tiefes Luftholen aus den unteren Regionen meines Körpers, und auf einmal liefen mir Tränen über das Gesicht. Völlig unerwartet, gespeist aus einem Gefühl der Einsamkeit, einer Sehnsucht nach nichts und niemandem Bestimmtes. Ich heulte lautlos, so still, dass es nicht zu hören war, seit meiner Kindheit die einzige Art zu weinen, auch wenn es sich anfühlte, als würde mir dabei ein Bonbon im Hals festhängen.

Sibel hatte inzwischen sicherlich meinen Platz an der Kaffeemaschine und der Spüle eingenommen. Mit schlechtem Gewissen stellte ich mir vor, wie sie im Laufschritt Gläser und Teller einsammelte, Kaffeepulver nachfüllte und nebenbei das Geschirr spülte. Timo war bestimmt genervt von meinem Verschwinden. Größtes Verständnis würde ich allerdings von Mascha ernten, die ich mit Kopfhörern auf den Ohren entweder auf dem Dachboden oder in Timos altem Zimmer vermutete.

Die Stille spülte mir den Kopf, die Brust, die Augen leer. Ich hätte gern eine geraucht, obwohl ich nie eine Raucherin gewesen bin. Im Gegensatz zu meinem Opa. Er hatte mit Genuss gequalmt, unzählige Zigaretten am Tag. Die Kippe stets zwischen Zeige- und Mittelfinger geklemmt, ragte sie wie eine Antenne in die Höhe, während er mit verträumtem Blick dem Rauch hinterhersah. Ab einem Alter, das ihm offensichtlich angemessen erschien, bot er Doro und mir von seinem Tabak an. Ich lehnte immer ab, aus Angst vor Lungenkrebs – furchterregende Bilder, die wir im Biounterricht gezeigt bekamen und die ihre Wirkung nicht verfehlten. Doro dachte nicht so weit und wurde dank Ludwig mit fünfzehn zur passionierten Raucherin. Da ihre Eltern strikt dagegen waren, hatte sie ihre schnell manifestierte Sucht noch häufiger zu uns getrieben und sie an meinen Großvater gebunden, was gemischte Gefühle in mir auslöste.

Die Sonne schien durch die Zweige. Ich hörte, wie Leute sich Abschiede zuriefen, wie Autotüren zuschlugen, und konnte mich nicht aufraffen, mein Versteck zu verlassen. Ich schloss die Augen – nur kurz – und wachte erst wieder auf, als mir eine Fliege gegen die Nase prallte.

9

Die Küche hatte sich in meiner Abwesenheit fast geleert. Timo half den verbleibenden Gästen, ihre Jacken oder Tupperdosen zu finden, und begleitete sie zur Tür. Als die letzten gegangen waren, warf er mir einen genervten Blick zu. »Wo warst du?«

»Kurz draußen.«

»Kurz ist gut.«

»Sorry, tut mir echt leid! Wo sind denn die anderen?«

»Sibel ist mit Linus nach Hause gefahren, Mascha keine Ahnung, und Mama und Fred sind im Garten.«

Ich nickte, krempelte mir die Ärmel hoch und machte mich daran, den Berg an Geschirr abzuwaschen. Nachdem Timo im Garten Gläser und Teller eingesammelt und neben der Spüle gestapelt hatte, gesellte er sich zu mir. Er nahm ein frisches Handtuch aus dem Schrank und trocknete ab, so wie wir es früher immer getan hatten, jeden Tag nach dem Essen. Wir waren fast fertig, da kam meine Mutter aus dem Garten herein, gefolgt von Fred. Sie legte mir eine Hand auf den Rücken. »Danke fürs Aufräumen, ihr Lieben. Können wir uns gleich mal zusammensetzen? Ich muss mit euch reden. Aber vorher will ich unter die Dusche und mir was anderes anziehen.«

»Was gibt es denn Wichtiges?«, fragte ich, doch sie winkte ab und marschierte die Treppe hinauf in die obere Etage. Ein Kribbeln auf meiner Kopfhaut. *Ich muss mit euch reden.* Eine Einleitung, die selten Gutes verhieß. Ein in unzähligen Filmdialogen abgenutzter und überstrapazierter Satz, der sich unangenehm ins kollektive Hirn eingeschrieben hatte.

»Wisst ihr, worum es geht?«, fragte ich die anderen beiden. Doch Timo klapperte so laut mit dem Geschirr, dass er mich anscheinend nicht hörte, und Fred war schon wieder draußen im Garten, um den Grill zu säubern.

Ich beschloss, mir ebenfalls etwas Bequemeres anzuziehen, und öffnete die Tür zu meinem Zimmer. Dort, im Schein der Nachttischlampe, zusammengerollt auf meinem Bett, lag Mascha. Als ich reinkam, zog sie sich die Kopfhörerstöpsel aus den Ohren und rutschte zur Seite, um mir Platz zu machen.

»Sind alle weg, du kannst rauskommen. Warst du die ganze Zeit hier?«, fragte ich.

Mascha grinste. »Hat mich wer vermisst?«

Ich quetschte mich neben sie. Ihre Augen huschten zwischen mir und dem Handy hin und her und blieben schließlich wieder am Display kleben. Beim Tippen schleuderte sie ihren Pony, der ihr ins Gesicht hing, alle paar Sekunden mit einer ruckhaften Kopfbewegung zur Seite. Allein vom Zusehen knirschte meine Halswirbelsäule. Ich streckte die Hand aus und strich ihr das Haar aus der Stirn, hielt es fest, als wären meine Finger eine Spange. Ein flüchtiger Blick von ihr, eine Falte zwischen den Brauen, und ich ließ meine Hand wieder sinken. Ich vermisste die Vertrautheit, die es früher zwischen uns gegeben hatte.

In den ersten Monaten und Jahren nach Maschas Geburt berührten und verwirrten mich Timos und Sibels Geduld, ihre Zärtlichkeit und Hingabe. Wie ernst sie die Bedürfnisse des Kindes nahmen, sie ganz selbstverständlich über die eigenen stellten. Unser Opa fand, sie verwöhnten die Kleine. Er war ein Anhänger von »Schreien stärkt die Lungen« und von »Erst brechen, dann formen«.

Wenn das Baby weinte und Timo und Sibel aufsprangen, um es zu beruhigen, wollte er sie zurückhalten. Als er dann noch erfuhr, dass das Baby zwischen ihnen im Bett schlief, regte er sich tagelang auf. Seine ungebetenen Ratschläge erschienen mir grausam. Sie gaben Einblick in Erziehungsvorstellungen, unter denen er als Kind vermutlich selbst gelitten hatte und mit denen unsere Mutter, genau wie Timo und ich, Bekanntschaft gemacht hatte. Maßnahmen wie Aufmerksamkeitsentzug, Anschreien, Schlagen oder Einsperren waren nur einige davon.

Woher wussten Timo, Sibel und so viele andere, wie es auch anders ging? Ich kannte nur das, was ich selbst erfahren hatte. Viel zu oft ertappte ich mich dabei, wie ich scheinbar ohne Grund »Nein« zu Mascha und später auch zu Linus sagte, weil mir selbst früher ganz andere Grenzen gesetzt worden waren als ihnen.

So wäre uns zum Beispiel nie erlaubt worden, im Haus Fußball zu spielen. Mascha hingegen besaß als kleines Kind einen Softball, den sie ungehindert im Flur herumschoss. Als der Ball einmal gegen den Schirmständer krachte, der daraufhin, begleitet von Maschas Johlen, mit lautem Geschepper umfiel, lachte Sibel bloß, stellte den Schirmständer wieder auf und kickte den Ball zurück zu Mascha. In dem Moment war mir, als würde ich in ein Luftloch sacken. Das »Jetzt ist aber mal Schluss!«, hatte mir beim Umfallen des Ständers bereits auf der Zunge gelegen. Wie von alleine war der Satz dort gelandet, herausgefallen aus dem Speicher mit den als Kind und Jugendliche unzählige Male gehörten Maßregelungen. Sibels Reaktion hingegen war wie ein Fehler im Gewebe, bis ich begriff, dass der Fehler bei mir lag, bei meinem Opa, im System, im Schimpfen. Seine Sätze eingefräst in mein Hirn. Wie würde ich jemals wissen, wie es richtig ging, friedlich und ohne Druck, ohne Streit und Repression?

Plötzlich wurde die angelehnte Tür aufgerissen, und Timo platzte herein. »Was machst du denn noch hier?«, fragte er Mascha. »Ich dachte, du bist längst mit Sibel nach Hause gefahren.«

»Wie jetzt, Mama ist schon weg? Warum hat sie nicht Bescheid gesagt?«

»Wahrscheinlich, weil sie dich nicht gefunden hat und davon ausging, dass du dich längst verkrümelt hast. Das kommt davon, wenn du dich die ganze Zeit hier versteckst. Du hättest wenigstens mal kurz rauskommen und Hallo sagen können.«

Das kommt davon, das kommt davon. So ganz bekam er es auch nicht hin, mein Bruder. Die Wortwahl, der Unterton, irgendwo zwischen streng und genervt, mit Sätzen, die von Generation zu Generation überlebten.

Mascha setzte sich auf. »Wem denn genau Hallo sagen? Den Nachbar*innen, die ich nicht kenne? Omas Kolleginnen, die ich vorher noch nie gesehen habe? Oder den Kumpels von Opa Ludwig, die eh nur aneinander oder an sich selbst interessiert sind?«

Timo schnalzte vorwurfsvoll mit der Zunge, aber ich pflichtete ihr bei. »Ich hab mich vorhin auch eine Weile verkrochen.«

»Hätte ich auch am liebsten«, kam es da von meiner Mutter, die ihren Kopf über Timos Schulter schob. Mascha lachte, legte ihr Handy zur Seite und drängte sich an ihrem Vater vorbei zu ihrer Oma, um sie in den Arm zu nehmen. Zu gern hätte ich meine Mutter mit derselben Selbstverständlichkeit umarmt, doch erst der Generationssprung machte die Berührung leichter.

Timo lehnte derweil mit vor der Brust gekreuzten Armen am Türrahmen, einen angespannten Zug um den Mund. Nicht ernst genommen zu werden war nicht leicht. Mit Schwung stieß er sich vom Türrahmen ab und verkündete, dass er jetzt Kakao für alle kochen würde. Ich folgte ihm in die Küche.

»Mascha ist manchmal echt«, Timo zögerte, »schwierig.«

»Na ja, so Erwachsenenzusammenkünfte sind eben langweilig für sie, ist doch normal. Wir waren da nicht anders.«

»Ja, aber etwas mehr Interesse an der Trauerfeier ihres Urgroßvaters wäre schon nett gewesen.«

Ich stellte Becher auf ein Tablett und ließ Timo in der Küche zurück. Diese Kämpfe mussten er und Mascha allein ausfechten. Weder mein Bruder noch meine Nichte machten den Eindruck, als benötigten sie dabei meine Unterstützung, so glaubte ich jedenfalls.

Ich konnte mich nicht erinnern, wann wir das letzte Mal alle gemeinsam im Wohnzimmer gesessen hatten. Meistens hielten wir uns in der Küche auf oder während der warmen Monate im Garten. Das Wohnzimmer war das Revier meines Opas gewesen. Hier hatte er sich für ein Nickerchen aufs Sofa gelegt, tagsüber oder auch mal nachts, hatte gelesen oder Musik gehört.

Timo verteilte den Kakao auf die Becher, lieber hätte ich etwas Herzhaftes zu mir genommen. Mascha verzichtete, da sie Veganerin war und Timos Angebot abgelehnt hatte, ihr einen milchfreien Kakao zu kochen. Durch das gekippte Fenster drang Vogelgezwitscher herein. Meine Mutter sah Fred an, der in seinen Becher starrte. Sie räusperte sich und steckte sich eine Zigarette an. Normalerweise rauchte sie nur draußen oder bei sich oben.

»Also, wie ihr euch denken könnt, wird das Haus für mich alleine zu groß. Darum hat Fred mir angeboten, bei ihm zu wohnen, und ich habe seinen Vorschlag angenommen. Nächste Woche ziehe ich hier aus.«

Zähe Tropfen, die Worte meiner Mutter. Sie brauchten ewig von meinem Ohr bis zur Verarbeitung. Vor Aufregung trank ich erst mal einen Schluck Kakao, während Fred so tat, als würde es sich um einen anderen Fred handeln. Er rührte in seinem Becher, ein unangenehmes Kratzgeräusch.

»Du ziehst hier aus?«, fragte ich meine Mutter. Sie nickte. Als ich Timo ansah, zuckte er bedauernd mit den Achseln, wirkte aber nicht sehr überrascht. Mit Schwung stellte ich meine Tasse ab, dabei schwappte Kakao auf den Tisch, den Fred vor Jahren für Ludwig aus Wurzelholz gebaut hatte. Die Glühbirne in der Deckenlampe war viel zu dunkel, das Funzellicht strengte mich an. Ich lehnte mich vor und suchte den Blick meiner Mutter, doch die bemerkte es nicht oder wollte es nicht bemerken. Schweiß brach mir aus, mal wieder.

»Mama, überleg dir das doch noch mal! Mir kommt das ganz schön übereilt vor!« Ich wischte mir mit dem Ärmel über die Stirn. »Und wenn ich und Fred mit einziehen? Hier ist doch Platz genug!« Ich sprach so laut, dass Mascha die Zeitschrift, in der sie geblättert hatte, zur Seite legte und sich interessiert ihre Familie besah. Die paar Schlucke Kakao, die ich getrunken hatte, stiegen mir sauer die Speiseröhre hinauf. Milch war mir noch nie bekommen. Von den Neuigkeiten meiner Mutter wurde mir schwindelig. Mir war nicht bewusst gewesen, wie sehr ich mich darauf verlassen hatte, hierbleiben zu können. Mich wieder einzurichten in meinem ehemaligen Kinderzimmer, ohne meinen Opa nebenan, ohne Gefahr zu laufen, ständig auf ihn und seine Launen zu stoßen.

Niemand sagte etwas, und ich wischte mir erneut mit dem Unterarm den Schweiß vom Gesicht. »Das ist doch unser Zuhause!« Meine Stimme klang nun rau, fast flüsterte ich, mein Hals war viel zu trocken. Dieses Haus war meine Sicherheitsleine. Egal, wo ich mich gerade herumtrieb, egal, was mir zustieß oder wie lange ich nicht hier gewesen war, es gab ihn, diesen Ort, an den ich immer zurückkehren konnte. Den Ort, der uns alle miteinander verband.

Fred kratzte noch immer mit seinem Löffel über den Becherboden. Ich suchte vergeblich seinen Blick, suchte den meiner Mutter, die jedoch die Augen zusammenkniff und sich die Schläfen massierte, als stünde sie kurz vor einem Migräneanfall. Sofort schämte ich mich, sie gedrängt zu haben, und streichelte ihr die Hand.

Sie hob den Kopf und sah mich endlich an. »Der alte Mietvertrag läuft auf Ludwigs Namen. Letzte Woche habe ich mit der Vermieterin gesprochen, und sie will das Haus grundsanieren. Da ist nichts zu machen. Aber mir passt das ganz gut, dadurch fällt mir die Entscheidung leichter. Ich wünsche mir ja schon lange einen Wechsel.«

Sie drückte ihre Zigarette mit einer energischen Bewegung aus, als würde sie einen Punkt setzen, klopfte sich auf die Schenkel, und damit schien das Thema für sie erledigt zu sein.

Grundsanierung, Auszug, mir ging das alles zu schnell. Eben erst hatte ich meinen Opa verabschiedet und jetzt auch noch das Haus. Was er wohl dazu gesagt hätte?

»Wann soll es denn losgehen?« Timo klang, als würde unsere Mutter auf eine Reise gehen.

»Hat Oma doch eben gesagt, nächste Woche«, antwortete Mascha, die entgegen meiner Erwartung genauestens zugehört hatte. Timo lächelte in die Runde. Ihm schien es komplett egal zu sein, was mit dem Haus passierte. Er hatte seine Schäfchen oder vielmehr seine Familie im Trockenen.

»Die gute Nachricht ist«, sagte meine Mutter, »dass wir das Haus noch drei Monate bei halber Miete behalten und in Ruhe ausräumen können. Ich habe keine Lust auf Stress, und die Vermieterin muss eh erst in Ruhe planen. Die letzte Zeit mit Ludwig war unglaublich anstrengend, und wenn ich nur daran denke, was sich hier alles angesammelt hat, würde ich die Bude am liebsten abfackeln.«

Drei Monate Gnadenfrist. Das Haus war mein Notanker. Solange es da war, würde ich nicht auf der Straße landen. Timo sah mich an, ein drängender Blick, begleitet von einem auffordernden Nicken in Richtung unserer Mutter.

»Wir unterstützen dich natürlich.« Ich bemühte mich um einen herzlichen Tonfall, was mir nicht ganz gelang. Die Wörter schafften es kaum aus meinem Mund, als würde ich durch ein Handtuch sprechen. Auch wenn ich meiner Mutter den Neustart gönnte, schwankte der Boden unter mir bei der Vorstellung, das Haus zu verlieren. Mit einem Ruck stand ich auf und sammelte die halb vollen Becher ein. Timo folgte mir mit dem Kakaotopf in die Küche. Er stellte ihn in die Spüle und schnappte sich seine Tüte mit den Essensresten. »Erhol dich, bis die Tage«, sagte er zu mir und marschierte in Richtung Flur.

»Hey! Warte mal. Wusstest du davon?«

»Ja, aber erst seit eben gerade, als ich das Geschirr im Garten eingesammelt und Mama auf ihre Pläne angesprochen habe.«

»Als hätte ich sie nicht auch schon danach gefragt.«

Ich ließ Spülwasser ein, um die Becher abzuwaschen. »Und was hältst du von der Sache?«, fragte ich.

»Ist die beste Lösung, und wenn du dich nicht schon wieder in deinem alten Kinderzimmer gesehen hättest, würdest du das auch so sehen.« Er schnipste mir mit dem Finger gegen den Hinterkopf, genau wie früher.

»Aua!« Und genau wie ich es früher getan hätte, schaufelte ich mit einem Teelöffel Schaum aus dem Spülbecken und schleuderte ihn wie mit einem Katapult in seine Richtung. Volltreffer, direkt ins Ohr. »Ey!« Er schüttelte sich, während er gleichzeitig versuchte, mich am Kragen zu packen, und dabei ins Taumeln geriet. Wild kichernd klammerten wir uns aneinander. Ein gewaltiges Lachen stieg in mir hoch, das ich mir nur aus der geballten emotionalen Überforderung der letzten Tage erklären konnte. Wie Kohlensäure sprudelte es von ganz tief unten aus mir heraus und prustete mir aus Nase und Mund. Der Löffel fiel mir aus der Hand und ins Spülbecken. Timo zerrte an meinem Hemd und versuchte, meinen Kopf ins Wasser zu tunken. Wir gackerten wie die Kinder, die wir einmal gewesen waren. Dieses Herausplatzen, dieses Sich-nicht-mehr-halten-können. Meine Beine waren aus Gelee, selbst wenn ich gewollt hätte, ich hätte nicht aufhören können. Fast wie ein Schluchzen klang es, inklusive Tränen, die mir übers Gesicht rannen. Aus den Augenwinkeln nahm ich Mascha wahr, die in der Tür stand, neutrales Gesicht, wahrscheinlich waren wir ihr peinlich.

Timo japste, und ich kreuzte die Beine aus Angst, mir in die Hose zu machen. Ich hätte nicht erklären können, was genau so witzig an der Situation war. Wenn Timo und ich einmal in unserem Film waren, glich unser Lachen einer Lawine, rissen wir den anderen mit, steckten uns gegenseitig an. Unser geteilter Sinn für Humor war wie ein gemeinsamer Familienmuff, war Zugehörigkeit und Erkennen. Mein Bauch tat weh, und ich hatte Seitenstechen. Wenn ich Timo jetzt ansah, würde ich nie mit dem Lachen aufhören können. Er plumpste auf den Boden und hielt sich die Rippen. Endlich schafften wir es, uns zu beruhigen.

Ich holte tief Luft: »Puh, meine Fresse!« Timo schüttelte grinsend den Kopf. Er rappelte sich auf, zog die Nase hoch, wischte sich mit dem Ärmel übers Gesicht und trocknete sich mit einem Stück von der Küchenrolle das Ohr ab. Noch ein- oder zweimal glucksten wir, dann nahm ich die Spülbürste in die Hand und wusch weiter ab.

»Ihr seid ja drauf.« Mascha stand noch immer in der Tür. Statt einer Antwort warf Timo ihr ein Geschirrtuch zu, das sie widerwillig auffing. »Ich dachte, wir wollten los?«

Timo reagierte mit einem strengen Blick, woraufhin sich Mascha mit übertriebener Anstrengung vom Türrahmen abstieß. Die abgetrockneten Becher reichte sie an Timo weiter. Der riss, noch ganz beschwingt vom Lachanfall, die Schranktür mit so viel Elan auf, dass sie knirschte, und schon hing sie nur noch an einem Scharnier. Erneut prustete er los, doch diesmal fiel ich nicht mit ein. Als er merkte, dass er alleine lachte, hörte er auch auf.

Es hatte Zeiten gegeben, in denen ich mich über einen Fehler meines Bruders gefreut hatte, einzig aus dem Grund, dass er Schuld für den Schaden bekam. Schuld war wichtig in diesem Haus und wer Schuld hatte, entschied mein Opa.

Schon einmal hatte es eine Situation zwischen Timo und mir gegeben, bei der eine Tür aus den Angeln geflogen war. Ich hatte meine Zimmertür zugehalten, um zu verhindern, dass er hereinkam. Timo drückte dagegen, und wir kämpften und schrien von beiden Seiten. Er schmiss sich von außen gegen das Holz und ich mich von innen, bis die Tür mit einem unangenehmen Splittern herausbrach. Darauf folgte eins der gefürchteten Donnerwetter unseres Großvaters. Aus der heutigen Perspektive verstand ich, wie ärgerlich so eine kaputte Tür war, doch sein Wutanfall stand in keinem Verhältnis.

»Wer war das?!«, war immer die erste Frage. »WER?!« In solchen Momenten hätten wir zusammenhalten sollen. Doch stattdessen zeigten Timo und ich mit dem Finger aufeinander. Häufig bekam ich die Schuld, vielleicht weil ich die Ältere war oder die Vorlaute.

Schuldzuweisungen hatten nichts mit Gerechtigkeit zu tun. Sie entsprangen einer Willkür, waren ein Machtinstrument, dem wir uns zu beugen hatten. Schuld bestimmte unseren Alltag, Schuld war wichtig. Schuld beim anderen hieß, selbst unschuldig und damit besser zu sein. Ekelig war das, aber so funktionierte es damals bei Timo und mir. Wir waren einfach nur erleichtert, wenn es den anderen erwischte und nicht uns. Es nicht der eigene Arm war, an dem unser Opa uns hinter sich her schleifte, aus der Haustür hinaus oder ins Bad hinein, um dann die Tür abzuschließen. Es der andere war, den er tagelang ignorierte, bis die Schuld wie tausend Tonnen Schrott auf den Schultern des Sündenkinds lasteten.

»Alles völlig morsch hier. Die Vermieterin sollte das Haus einfach abreißen«, sagte Timo jetzt, und ich schob ihn zur Seite und besah mir das herausgebrochene Scharnier. »So schlimm ist es hier auch wieder nicht.« Ich strich mit der Hand über den kaputten Schrank und sah mich in der Küche um. Der alte Gasherd mit der angeschlagenen Emaille, die Wände mit der gewellten Tapete, die zerkratzten Dielenbretter.

»Bist du nicht traurig, dass es das Haus bald für uns nicht mehr gibt?«, fragte ich.

»Geht so. Jetzt, wo Opa tot ist, gibt es keinen Grund mehr, es zu halten. Außerdem war hier früher auch nicht gerade alles Sonnenschein.«

»Ja, stimmt, aber trotzdem.«

Mit der Spitze eines Messers schraubte ich das zweite Scharnier ab und lehnte die Schranktür seitlich an den Kühlschrank. Ein weiterer Punkt auf der endlosen Liste der zu reparierenden Dinge.

»Okay, wir düsen dann mal los, morgen ist ja auch Schule.« Timo klopfte mir auf die Schulter, und ich klopfte zurück. Mascha wartete schon in der Tür, winkte mir von dort aus zu: »Ich finde das auch schade mit dem Haus«, und weg waren sie. Die Luke der Uhr über der Küchentür klappte auf, und der Kuckuck schrie zehnmal. Zerzaust sah er aus.

Nachdem ich das Licht in der Küche gelöscht hatte, setzte ich mich zu Fred und meiner Mutter, die nebeneinander auf dem Sofa saßen. Auf dem alten Plattenspieler drehte sich eine Platte, im Hintergrund lief Klaviermusik.

»Ich wollte noch mal betonen«, sagte ich, »dass ich mich für euch freue. Das mit dem Zusammenziehen ist eine gute Idee.«

»Na, ein Glück. Das hat vorhin nicht den Eindruck gemacht«, sagte meine Mutter.

»Ich weiß, tut mir leid, ich war so überrumpelt und hänge wirklich an dem Haus.«

»Ja, verstehe ich, aber irgendwann muss man auch loslassen und was Neues anfangen.«

Ich nickte. Im schummrigen Licht sah meine Mutter wie eingefallen aus. Ihre Augen lagen tief in den Höhlen, Falten zeichneten sich um ihren Mund ab, und sie verschwand fast in ihrer Sofaecke. Die letzten Wochen, Monate, vielleicht sogar Jahre mit meinem Opa, mit uns, mit allem, hatten ihr die Energie aus den Knochen gesaugt.

»Mama, ich wollte dich fragen, ob es okay für dich wäre, wenn ich die letzten drei Monate hierbleibe. Dann kann ich nebenbei ausräumen und aussortieren und so.«

»Musst du nicht wieder zurück? Was ist mit deinem Job?«

»Ich bin mir gar nicht sicher, ob ich meinen alten Job noch will. Vielleicht ist es auch für mich an der Zeit, etwas Neues anzufangen.«

»Wenn es das ist, was du möchtest. Erzähl mir das mal in Ruhe. Heute bin ich zu müde dafür.«

Sie unterdrückte ein Gähnen. Ich schob mich um den Tisch herum, setzte mich neben sie und legte den Arm um sie. Als sie ihren Kopf an meine Schulter lehnte, vibrierte mein Handy. Vorsichtig, um meine Sitzposition nicht zu verändern, zog ich es aus meiner Hosentasche. Eine Nachricht von Doro: »Morgen 20 Uhr in der Kneipe?«

10

Ich kam vor Doro in der Kneipe an. In letzter Minute hatte ich mich noch dreimal umgezogen, nur um am Ende wieder dasselbe Shirt anzuziehen, das ich schon den ganzen Tag über getragen hatte.

Da der Biergarten völlig überlaufen war, suchte ich drinnen einen Platz. Bunt bemalte Wände, kleine Holztische, Dämmerlicht und Gedrängel rund um den Tresen. Kaum hatte ich den ersten Schluck von meinem Bier genommen, riss Doro die Tür auf und winkte zu mir herüber, die Wangen rot, das Gesicht verschwitzt vom schnellen Radeln. Sie verbog ihre Arme, um den Rucksackriemen zu erwischen, der sich am Fahrradhelm verhakt hatte. Nachdem sie sich befreit hatte, bestellte sie sich ein Bier an der Theke und schlängelte sich mit dem Glas in der Hand zu mir hindurch. Den Helm vergaß sie auf einem der Barhocker, und als ich sie darauf hinwies, winkte sie ab. »Der kommt schon nicht weg. Hier kommt nie was weg.« Ihre Jacke landete über einer Stuhllehne am Nebentisch, und den Rucksack stopfte sie in den verstaubten Spalt unter der Heizung, bevor sie sich mir gegenüber auf einen Platz fallen ließ. Wir lächelten verlegen, Doro spielte mit ihren Haaren, ich mit meinen Fingern, beide so unsicher wie bei einem Date.

»Meine Mutter zieht nächste Woche aus«, sagte ich schließlich.

»Echt? Wohin denn?« Sie sah knapp an mir vorbei, klang unbeteiligt.

»Zu Fred.«

»Ach, der gute Fred. Der ist neulich an uns vorbeigelaufen, als wir in der Eisdiele waren. Ist doch super, dass sie sich zusammentun.«

»Hm, ja.« Ich nickte.

»Wirkst nicht sehr überzeugt.« Sie griff nach einem Stapel Bierdeckel und lehnte jeweils zwei davon aneinander. Ein Dach hinter dem anderen, eine endlose Reihenhaussiedlung.

»Doch, ich freue mich für sie.«

Doro zog die Augenbrauen hoch.

»Okay, ich freue mich wirklich für sie, aber ich hatte mich auch darauf gefreut, eine Weile mit meiner Mutter in dem Haus zu wohnen.«

»Aha.« Ein sattes Aha, das klang wie: Wusste ich es doch! Ich fragte mich, was genau sie gewusst haben wollte. Dass ich egoistisch war? Nicht selbstlos genug?

Noch ein Dach und noch eines. »Sei doch froh, dass deine Mutter nach vorne blickt und sie und Fred sich umeinander kümmern.«

»Bin ich doch auch, nur verwirrt. Aber das Haus…« Ich ließ den Satz unbeendet. Ihr zu erklären, was das Haus für mich bedeutete, hätte wie eine Rechtfertigung geklungen. Als würde ich noch immer wie bei unserer letzten Begegnung auf dem Boden hinter meinem Fahrrad knien und Doro hoch über mir aufragen. Ich trank vom Bier und fuhr mit der Fingerkuppe am Rand meines Glases entlang, ohne einen Ton zu erzeugen. Leute kamen und begrüßten sich, die Musik wurde lauter, und in mir war plötzlich der Wunsch, nach Hause zu gehen und mich in mein Bett zu verkriechen.

»Was meintest du damit, dass du mit deiner Mutter zusammen wohnen wolltest? Ziehst du etwa hierher zurück?« Noch immer sah Doro mich nicht an, machte einen unangenehm desinteressierten Eindruck. Trotzdem erzählte ich ihr von dem Plan, meiner Mutter nach dem Tod ihres Vaters zur Seite zu stehen. »War eine harte Zeit für sie, ich wäre gern mehr für sie da gewesen. Aber immerhin kann ich ihr in den drei Monaten, die uns bis zur Übergabe bleiben, helfen, das Haus auszumisten.«

»Oha, so vollgestopft, wie es bei euch immer war, ist das kein leichter Job.« Endlich hob Doro den Kopf, wenn auch nur für ein oder zwei Sekunden, bevor sie sich wieder den Bierdeckeln zuwandte. Ich sah ihr zu, Häuschen an Häuschen, die gesamte Diagonale von einer Tischecke zur nächsten. »Drei Monate bleibst du also?«, fragte sie.

»Genau.«

»Und danach?«

»Mal sehen. Eine Zeit lang etwas mehr Ruhe würde mir guttun. Immer auf der Durchreise zu sein ist ganz schön anstrengend, dauernd neue Leute, neue Bühnen, neue Stücke.« Ich erzählte ihr von meinem Job, von den vielen Reisen, den Theatern, Aufführungen und dem winzigen Zimmer, in das ich mich zwischen den Aufträgen verkroch.

»Hast du schon berühmte Schauspieler*innen kennengelernt?«

Ich nannte ein paar Namen, und Doro nickte, schien beeindruckt zu sein, und ich fuhr fort. »Für die nächsten Wochen habe ich die meisten meiner Aufträge an eine Kollegin weitergegeben. Zwei, drei Monate ohne Lohnarbeit, das kann ich mir gerade so leisten. Danach muss ich entweder was Neues gefunden haben oder eben wieder auf Tour.«

»Für mich klingt das alles ganz schön toll. Du siehst viel von der Welt, lernst immer neue Leute kennen, bist nur für dich selbst verantwortlich, da träumen andere von.« Ich meinte, einen Vorwurf aus ihren Worten zu hören.

»Hm, ja.« Ich wusste nicht, wie ich darauf reagieren sollte, stand auf und holte uns noch zwei Bier.

»Danke«, sagte sie, und wir stießen an. Andere Gäste drängten auf dem Weg zu den Toiletten und den Kickern an uns vorbei oder verschwanden mit ihrem Tabak im Raucherbereich, dessen Tür offen stand.

Doro blies sich ein paar Strähnen aus der Stirn. Ich betrachtete die Rundung ihrer Schultern, die mit den Nackenmuskeln einen fast perfekten Halbkreis beschrieben, beobachtete, wie sie beim Trinken die Oberlippe hochzog, als würde sie in etwas Heißes beißen. Ich kannte sie so gut, dass es schmerzte.

»Arbeitest du noch als Physiotherapeutin?«, fragte ich, um unser Schweigen zu brechen.

»Ja, tue ich, aber willst du denn gar nicht wissen, wie es bei uns zu Hause läuft?«, antwortete sie in aggressivem Ton, starrte mich an, schnaubte wütend Luft durch die Nase und schüttelte den Kopf. Ich merkte, wie ich rot wurde. »Doch, na klar will ich das.«

»Gut läuft es bei uns, ausgezeichnet sogar! Könnte nicht besser sein!« Sie spuckte mir die Worte entgegen und schnipste mit dem Mittelfinger gegen das erste Reihenhaus, woraufhin eins nach dem anderen in sich zusammenfiel. Kaum war das letzte umgefallen, nahm sie die Deckel wieder auf und baute ein mehrstöckiges Haus. Seitenwände, Dach, erste Etage und dann die zweite. Mein Kiefer hatte sich verkrampft, meine Zähne waren fest aufeinandergepresst. »Na, dann ist ja gut!«, schnappte ich zurück.

Erneut hob sie den Kopf. Die Augen zusammengekniffen, die unteren Lider hochgezogen, bis sie fast die oberen berührten, und da brach es aus ihr heraus. »Du denkst wohl, du und ich, wir können einfach so weitermachen, uns nett treffen und plaudern und so tun, als ob du nicht einfach abgehauen wärst! Als ob du mich und die anderen nicht im Stich gelassen und unsere Freundschaft in den Müll geworfen hättest! Als wären wir der letzte Dreck! Dreck! Dreck!« Spucke flog über den Tisch, besprenkelte ihr Deckelhaus und meine Hand. »Vielleicht waren wir einfach nicht mehr interessant genug für dich! Nicht so aufregend wie deine tollen Theaterleute und all die Stars!«

Es war, als würde sie mir eine Handvoll Dartpfeile entgegenschleudern. Ich fühlte mich zu Recht und zu Unrecht angeschrien, wollte mich entschuldigen und erklären, mich zur Wehr setzen und die Pfeile zurückschleudern, mich vertragen und nicht streiten. Das vor allem: nur nicht streiten. Meine Hände zitterten. »Äh, ich ...«, setzte ich zu einer Erklärung an, zu einer Verteidigung, doch da legte Doro schon wieder los, ließ mich gar nicht erst zu Wort kommen.

»Und dieses Gejammer, wie schwer du es hast mit all den Reisen, echt, ich heul gleich! Erinnerst du dich noch? Du und ich, wir wollten zusammen durch die Welt reisen! Jetzt mal ehrlich, welchen Grund hast du schon zum Jaulen? Du hast doch alles: deine Freiheit, Abwechslung, immer unterwegs und kein Kind, das all deine Aufmerksamkeit verlangt und für das du deine Bedürfnisse zurückstecken musst, so wie ich und die anderen. Das war es doch, was du wolltest, also beschwer dich nicht!«

Sie wollte mich verletzen, wollte mir wehtun, und es gelang ihr. Der Zorn schoss mir die Speiseröhre hinauf. Ein heftiger Schwindel, und mit einer Bewegung wie eine Ohrfeige fegte ich ihr verdammtes Bierdeckelhaus vom Tisch. Wutsch! In meinen Ohren ein tiefes Summen. Ich rechnete fest damit, dass Doro aufstehen und gehen würde, doch sie blieb sitzen, regungslos. Sah mich an, zwinkerte nicht einmal, obwohl die Luft, blau vom Qualm, in den Augen brannte.

»Niemand hat dich gezwungen, ein Kind zu bekommen!«, schrie ich über die Musik hinweg. »Im Gegenteil, es war dein größter Wunsch! Ich werde einen Teufel tun, mich dafür zu rechtfertigen, dass ich keines wollte. Das war mein gutes Recht, denn hey, mein Leben, mein Körper, meine Entscheidung!« Bei jedem *Mein* tippte ich mir mit beiden Daumen gegen das Brustbein. Doro fletschte die Zähne, und ich fletschte zurück.

»Das ist mir klar!«, schrie sie.

»Na, super! Wo liegt dann das Problem?!«

»Es gibt keins!« Und sie haute so kräftig mit der Hand auf den Tisch, dass ich zusammenzuckte. Mit einer abrupten Bewegung schob sie ihren Stuhl zurück, und ich dachte, das war es. Jetzt haut sie ab, die sehe ich nie wieder, nicht, nachdem ich sie angeschrien habe, nicht nach der Nummer mit dem Haus. Doch sie beugte sich nur gen Boden, sammelte die Bierdeckel wieder auf und legte sie ordentlich auf einen Stapel. Ich schluckte gegen die Tränen an, die mir die Kehle hinaufstiegen, die meine Wut verdünnten und sich mit meinen Schuldgefühlen vermischten. Nach einer Weile griff Doro über den Tisch und umfasste meinen Arm, so fest, dass es wehtat, doch ich zog ihn nicht weg.

Doro und ich hatten uns in der Vergangenheit oft gestritten. Einmal wegen einer Kassette, die wir beide als unser Eigentum deklarierten und an der wir so lange herumzerrten, bis sie zerbrach. Ein anderes Mal wegen Eifersüchteleien oder weil die eine der anderen nicht zuhörte oder sie zu hart kritisierte. Wortgefechte, die oft in einem »selber«-»nein, du«-»nein, du«-Duell endeten. Unsere Streits waren Gewitterböen, die über uns hinwegfegten und sich dann verzogen, weil wir uns täglich sahen, weil wir es uns nicht leisten konnten oder wollten, die andere zu verlieren. Doch dies hier war anders, wir hatten uns schon verloren, jetzt ging es ans Kitten.

»Es tut mir leid, dass du dich im Stich gelassen gefühlt hast«, sagte ich.

Doro nickte und leckte sich über die Lippen. »Ich hätte dich in den letzten Jahren echt an meiner Seite gebrauchen können. Ich habe auf dich gezählt!« Sie ließ mich los. Da, wo sie meinen Arm umfasst hatte, zeichneten sich ihre Finger hell auf meiner Haut ab. Meine Nase schwoll zu, verdammtes Heulen, verdammte Rauchempfindlichkeit. Aus den Boxen knallte Emocore, es war alles andere als ein guter Ort, um sich in Ruhe zu unterhalten.

»Sorry, dass ich dein Bierdeckelhäuschen zerstört habe.« Ich kramte ein Taschentuch aus meiner Hosentasche und wischte mir die Tränen ab.

»Tja.« Kein Augenzwinkern, kein Grinsen. »So bist du eben.«

So bist du eben, wie nebenbei in den Magen geboxt. Wie war ich denn? Aggressiv? Eine Abrissbirne? Ganz der Opa.

Ich entschuldigte mich ein drittes Mal. »Es tut mir leid. Alles.«

»Ich verstehe einfach nicht, warum du abgehauen bist. Wie rausgeschnitten aus unserem Leben, keine Nachricht, nichts! Als wäre ich gestorben für dich!« Nun hatte auch sie Tränen in den Augen, die sie mit einer ärgerlichen Handbewegung abwischte. »Warum musstest du gleich die Stadt verlassen? Als könntest du nicht weit genug von uns und dem Kind wegkommen. Als hätten wir dir sonst was getan.«

Mich gegen ihren Familienplan zu entscheiden hatte bedeutet, mich mit Gewalt aus ihrem Leben zu schneiden. Ganz oder gar nicht, kein Kompromiss. »Glaubst du etwa, mir hat es nicht das Herz zerrissen? Denkst du, du warst die Einzige, die gelitten hat? Das war Horror, jeden Tag, bis es irgendwann Stück für Stück besser wurde, wenn auch nie ganz gut.«

»Du hättest bleiben oder dich wenigstens mal melden können! Du warst doch trotzdem noch unsere Freundin. Das war doch nicht vorbei, nur weil wir ein Kind bekommen haben.« Noch immer weinte sie.

Ich streckte ihr meine rechte Handfläche entgegen, zwei, drei Sekunden, offen und nackt, ein Angebot. Als ich sie gerade wieder wegziehen wollte, legte sie ihre Hand darauf, lange genug, um mir Hoffnung zu machen, dass wir es schaffen könnten.

»Als mich die Theaterkompanie damals fragte, ob ich die nächsten Monate mitfahre, war das die optimale Lösung für mich. Ich stand wie unter Schock, hatte keine Ahnung, wohin mit mir. Und dann, als ich erst mal unterwegs war, habe ich gemerkt, wie gut mir der Abstand tut, und bin einfach immer weiter getourt. Auf den ersten folgte der nächste Auftrag, folgte die nächste Stadt und so weiter. Die viele Arbeit hat mich abgelenkt und mir die Möglichkeit gegeben, so selten wie möglich an euch zu denken, weil es zu sehr wehtat. Je länger ich weg war, desto weniger wusste ich, wie ich je wieder Kontakt zu euch aufnehmen sollte.«

Als würde ich innerlich verbrennen, die Vorstellung, wie sie das Kinderzimmer einrichteten, einen Wickeltisch besorgten, die Wände strichen, eine Spieluhr oder ein Mobile aufhängten. Wie sie Strampler geschenkt bekamen, gemeinsam zum Geburtsvorbereitungskurs gingen und Ultraschallbilder an den Kühlschrank hängten. Weichgezeichnete Filmsequenzen, die mein Hirn abspulte, während ich mich Hunderte Kilometer entfernt in Arbeit stürzte, Scheinwerfer ausrichtete, Bühnenmarkierungen anbrachte und Mischpulte programmierte. Es wäre eine Qual gewesen, zuzusehen, wie sie es sich in ihrem neuen Leben gemütlich machten, als Gruppe, als Familie – ohne mich.

»Du hast nicht mal mehr auf meine Nachrichten geantwortet oder meine Anrufe angenommen. Als wärst du tot. Wer macht denn so was?« Doro schüttelte den Kopf.

Mein Telefon hatte ich gleich in der zweiten Woche einer Schauspielerin geschenkt. Ihres war geklaut worden, und sie konnte sich kein neues leisten. Ich nahm die SIM-Karte aus meinem Handy und drängte es ihr auf. Mir gefiel die Idee, nicht mehr erreichbar zu sein. Das erklärte ich Doro, die an ihren Fingern zog, bis sie knackten.

»Klingt irgendwie pathetisch.«

»Ich weiß.«

Die Kneipe wurde noch voller, irgendwer drehte die Musik lauter. Bei der nächsten Runde bestellte ich mir zu Doros Entsetzen eine Altbierbowle und zuckte beim ersten Schluck zusammen, so süß war sie. Vom Rauch kratzte mir der Hals, als hätte ich löffelweise Steinstaub gefressen. Ich spülte ihn mit der Dosenerdbeerplörre hinunter, die nach Billigdosenmetall schmeckte, der Geschmack vergangener Sommer hinten im Biergarten mit Doro und den anderen. Zu hören, dass die Trennung für sie genauso schlimm gewesen war wie für mich, dass ich für sie so wichtig war, dass sie mich sechs Jahre später noch anschrie und weinte, weichte etwas in mir auf.

»Ich wollte euch nicht bestrafen oder so. Aber zu bleiben und euch im neuen Leben zuzusehen hätte mir zu sehr wehgetan«, sagte ich.

Sie zupfte sich einen Hautfetzen von der Lippe und sah mich an. Mehrere Sekunden hielten wir den Blickkontakt, bis sie nickte.

»Okay.« Ein großer Schritt, so hoffte ich. Ein Okay war eine Grundlage, darauf konnten wir aufbauen.

»Sorry noch mal wegen eben.« Ich nickte in Richtung Bierdeckelstapel. Mich entschuldigen, das konnte ich, darin hatte ich Übung. Um Verzeihung zu bitten war wie ein Tick, eine Befreiung, eine Beichte, dem Wunsch entsprungen, mich reinzuwaschen.

»Vergiss es.« Sie macht eine wegwerfende Bewegung.

Der Krach strengte mich an. Der Krach in Kombination mit unserer Auseinandersetzung. Schreien zu müssen, um den Lärm zu übertönen und dabei alle Zwischentöne zu verlieren. Ich beobachtete die Umstehenden. Einige kannte ich noch von früher. An ihren Falten, Bäuchen und Halbglatzen wurde mir bewusst, wie alt ich selbst geworden war. An ihren Augenringen, die sich zu Tränensäcken entwickeln, den schlaffen Wangen, die sich unaufhaltsam gen Boden senken würden. Das Altern der anderen rührte mich, war so intim wie alle körperlichen Prozesse, derer wir uns schämten und die wir voreinander zu verbergen suchten. Ich fühlte mich in guter Gesellschaft mit den eigenen Dellen und Furchen. Alt werden war eine Erfahrung, die uns alle verband, kein Mensch konnte dem entgehen, selbst die Allercoolsten nicht. Einige der alten Bekannten tätschelten mir die Schulter, den Rücken. Fragten: »Chris, bleibst du länger, und was machst du sonst so?« Ich plauderte kurz mit ihnen, dann waren Doro und ich wieder zu zweit.

»Ich war mir sicher, wenn ich mitmache und hierbleibe, hätte ich euch enttäuscht und wir hätten uns fürchterlich verkracht«, sagte ich.

»Stimmt. Das wäre schrecklich gewesen. Da haben wir doch lieber gleich die Abkürzung genommen und es schon vorher krachen lassen.« Doro zog eine Grimasse, woraufhin wir beide lachen mussten. Durch das Lachen war es, als würden wir einige Zentimeter näher zusammenrücken. Doro sah auf ihre Uhr. »Ich habe morgen früh Dienstbesprechung und abends Elternabend, weil Rafa das letzte Mal dran war und Antonia das Mal davor. Wird ein langer Tag, lass mal los.«

Auch wenn mir die Augen vom Rauch tränten und die Nase zugeschwollen war, wollte ich noch nicht gehen. Ich hatte das Gefühl, wir waren noch lange nicht fertig, im Gegenteil, wir hatten gerade erst angefangen. Doro schob ihren Stuhl zurück und machte sich auf die Suche nach ihrer Jacke. Ich zeigte auf den Stuhl am Nebentisch und beugte mich vor, um ihren Rucksack unter der Heizung hervorzuziehen. Staubfäden klebten am Stoff.

»Dein Helm liegt bei der Theke, falls du ihn suchst.«

Sie lachte. »Oje, so bin ich.«

»Ich weiß.«

11

Draußen atmete ich mehrmals tief durch, frische Luft strömte in meine Lungen. Ich wünschte, Doro würde noch bleiben, um den Faden jetzt nicht abreißen zu lassen, der sich ganz zart zwischen uns spannte. Doro zog den Schlüssel aus ihrem Rucksack und schloss ihr Rad auf.

»Wie geht es Antonia und Rafa?«, fragte ich, und sie richtete sich auf.

»Ganz okay. Antonia schwimmt immer noch jeden Tag, macht Kung-Fu, trainiert jetzt die Mädchengruppen und arbeitet wie gehabt als Rettungssanitäterin. Ach ja, und sie war ein paarmal mit einer zivilen Seenotrettungs-NGO im Mittelmeer unterwegs. In zwei Monaten fährt sie wieder raus.«

Wir unterhielten uns über die tödliche EU-Grenzpolitik, die Rolle von Frontex, über illegale Pushbacks und überfüllte Lager. Zumindest bei diesen Themen waren wir uns einig, und beide bewunderten wir Antonia für ihren Einsatz.

Doro und ich hatten sie vor fast fünfundzwanzig Jahren kennengelernt. Eine gemeinsame Freundin hatte sie zu unserer Aktzeichengruppe mitgebracht, die sich einmal im Monat in unserem Wohnzimmer getroffen hatte. Wenn ich an der Reihe war, Modell zu stehen, wenn die anderen mich aufs Papier brachten, war es, als würde mein Körper durch ihre Striche und Skizzen realer.

Antonia war die Älteste von uns und erschien mir unfassbar erfahren. Ich war Anfang zwanzig, sie Anfang dreißig, als sie bei uns ein- und Doros und meine damalige Mitbewohnerin auszog. Die Aktzeichen-Gruppe zerfaserte und zerfiel mit den Jahren. Wir hatten alle weniger Zeit, trugen mehr Verantwortung, arbeiteten härter, verschwanden in festen Beziehungen, und die Ersten bekamen Kinder.

»Ist Antonia immer noch mit Gunnar zusammen?«

Doro nickte. Seit wir sie kannten, führte Antonia eine Fernbeziehung mit ihm.

»Etwas abgekühlt das Ganze. Er hat uns seit Viviens Geburt kaum besucht, aber ab und an fährt sie übers Wochenende zu ihm. Als sie Vivien mal versuchsweise zu ihm mitgenommen hat, ist er die ganze Zeit hinter ihr her, damit sie nichts kaputtmacht.«

»Uff, wie anstrengend. Und was macht Rafa? Ist er immer noch im Messebau?«

Doro kniff ein Auge zusammen und sah auf ihre Uhr. »Okay, ein bisschen habe ich noch. Also, Rafa: Er führt seit fast zwei Jahren eine feste Beziehung mit Laura, kennst du nicht, glaube ich. Und er ist Teil eines Tischlereikollektivs hier in der Stadt, um mehr Zeit mit Vivien verbringen zu können. Er geht voll auf in seiner Elternrolle.« Der letzte Satz klang eine Spur bissig. Doro schien es ebenfalls gemerkt zu haben und hob die Schultern.

»Übertreibt er?«, fragte ich.

»Nein, nein. Einfach sehr engagiert. Ach, du kennst ihn ja. Vergiss es. Er ist toll mit Vivien, und sie liebt ihn, und wir lieben ihn und er uns.« Sie flatterte mit den Händen, als würde sie Eurythmie betreiben. Ihre Augen bewegten sich hin zu mir und weg von mir und wieder zu mir hin, als wöge sie ab, was sie mir erzählen konnte. »Ehrlich, es läuft gut. Nur am Anfang war es schwierig. Rafa war so aufgeregt, als ich gleich beim ersten Versuch schwanger wurde. Ich hatte nicht bedacht, wie das sein würde, diese körperliche Nähe zu einem Mann. Du weißt schon, dauernd Bauch anfassen und Tritte fühlen während der Schwangerschaft. Bei der Geburt zwischen meinen Beinen hocken und zugucken, wie ich aufreiße und gefühlt mein gesamtes Inneres aus mir herausbricht.«

»Aua, das klingt furchtbar.«

»War es auch. Der Horror! Mit dir an meiner Seite wäre es leichter gewesen, obwohl mich Antonia und Rafa auch super unterstützt haben. Besonders nach der Geburt, als ich Wochenbettdepressionen hatte und nur noch geheult habe, als mir alles wehtat und ich nicht mal ohne Schmerzen pissen konnte. Ich kann mir nicht vorstellen, wie Gebärende so etwas alleine durchstehen.«

»Also kein zweites Kind?«

Sie schüttelte so vehement den Kopf, dass es mich nicht gewundert hätte, ihre Halswirbelsäule knacken zu hören. »Keine Schwangerschaft mehr. Wenn Antonia jünger wäre, würde ich ihr liebend gern meine Unterstützung anbieten oder auch Rafa, wenn er ein Kind austragen könnte, aber ich? Nein, danke.«

»Und jetzt? Versteht ihr euch alle wieder gut?« Ein winziger, ein finsterer Teil in mir wollte, dass zwischen ihnen nicht immer alles rund lief, damit ich nicht die Einzige war, die Doros Gunst verspielt hatte. Ein gemeiner Wunsch war das.

Doro nickte. »Meistens jedenfalls. Krisen gibt es ja überall. Ich hätte damals sicher weniger Probleme mit dieser physischen Nähe zu Rafa gehabt, wenn er nicht Viviens biologischer Vater wäre. Zu viele Bilder, Schubladen, Fallen, um hineinzutappen. Uns ist ja klar, dass wir kein Paar sind, aber der Außenwelt nicht. Er und ich sind die offiziell eingetragenen Eltern. Er hat eine Vaterschaftsanerkennung und die Sorgeerklärung abgelegt, weil wir es in dem Moment leicht haben wollten. Vielleicht wäre es besser gewesen, wenn Antonia und ich uns das Sorgerecht geteilt hätten, auch, wenn gleichgeschlechtlich immer sofort viel komplizierter ist und unendlich mehr Hürden bedeutet.«

Doro setzte sich den Helm auf. »Wie gesagt, Rafa hat nichts falsch gemacht. Es war meine Paranoia, plötzlich in eine Box gepackt zu werden, in die ich nie wollte. Und Rafa konnte nichts dafür, dass die Hebamme, die Nachbar*innen und Kolleg*innen ihm alle zur Geburt gratuliert haben, während Antonia kaum Beachtung bekommen hat.«

Sie schwang ihr Bein über die Stange.

»Ich komm noch ein Stück mit in deine Richtung«, sagte ich, und ein Lächeln huschte über Doros Gesicht. Sie nahm den Helm wieder ab und hängte ihn an den Lenker. Schweigend liefen wir nebeneinanderher. Die Luft roch nach Flieder und, obwohl kaum Autos unterwegs waren, nach Abgasen. Ich hätte nur den Arm ausstrecken müssen, um Doro zu berühren.

»Wenn ich dich so frei und ungebunden sehe, dann werde ich schon neidisch, dann kann ich verstehen, warum du kein Kind wolltest, auch wenn ich Vivien um nichts auf der Welt missen will.«

»Das ist wie mit dem nachbarschaftlichen Gras. Ihr führt für mich ein Leben aus der Rama-Werbung. Frühstückt alle zusammen mit karierter Tischdecke, fasst euch vor dem Essen an die Hände und sagt: piep, piep, piep. So wie dir mehr Freiheit fehlt, fehlt mir oft ein kuscheliges Gruppengefühl.«

Doro lachte. »Karierte Tischdecke, das muss ich den anderen erzählen! Aber sei ganz beruhigt. Wir sind noch immer genauso unperfekt wie früher, nur müder und älter.«

»Klingt toll. Klingt nach euch, nach uns.« *Uns* zu sagen fühlte sich groß an. Auch Doro musste es gehört haben. Sie blieb stehen, und wir sahen uns an. »Ihr habt mir gefehlt, die ganze Zeit«, sagte ich, und sie nickte, lächelte, sah dabei aber traurig aus. Wir standen fünf Meter von der Kreuzung entfernt, an der ich links abbiegen musste. Doro räusperte sich und wirkte auf einmal ganz ernst. »Du hast mir auch gefehlt. Du fehlst mir jetzt in diesem Moment. Und Chris, noch etwas«, sie holte tief Luft. »Ich habe mich auch nicht nur toll verhalten, und das tut mir leid. Ich weiß, ich habe dir damals kaum Handlungsspielraum gelassen. Das war wohl die Uhr in meinem Kopf, die so laut getickt hat, dass ich keine Kompromisse eingehen wollte und mir eingeredet habe, wenn das Baby erst einmal auf der Welt ist, wirst du schon mitmachen.«

Wie warmes, duftendes Öl drang ihre Entschuldigung durch meine Poren bis unter die Haut. Schon wieder stiegen mir Tränen in die Augen. Ich atmete mehrmals ein und aus, hätte Doro am liebsten umarmt, wollte sie aber nicht mit meiner Emotionalität überfordern.

»Danke! Das tut gut zu hören.« Und dann streckte Doro ihren Arm nach mir aus und zog mich in eine ungelenke Umarmung, bei der beinahe das Rad umgekippt wäre. Sie fing es auf, lehnte es an einen Zaun und kramte eine Wasserflasche aus ihrem Rucksack, die sie, nachdem sie daraus getrunken hatte, an mich weiterreichte. Während ich trank, setzte sich Doro auf den Bordstein. Ich hockte mich neben sie, nah genug, sodass unsere Schultern sich berührten. Wir befanden uns in einer Wohnstraße. Die Häuser lagen versteckt hinter Zäunen und Vorgärten. In kaum einem der Fenster brannte noch Licht. In der Ferne lärmte die Autobahn, ein einzelner Vogel zirpte, eine Klospülung rauschte in einem der Häuser hinter uns. Da meine Hände zitterten, versteckte ich sie unter den Oberschenkeln.

»Und nun eine rauchen«, seufzte Doro.

Erst jetzt fiel mir auf, dass sie sich den ganzen Abend noch keine angesteckt hatte. Ihr Tabak hatte immer in der Küche auf dem Fensterbrett gelegen. Von der ersten Kippe nach dem Frühstück bis zur letzten kurz vorm Einschlafen hatte sie jeden Zug genossen, hatte mit gespitztem Mund den Qualm ausgeblasen und manchmal Ringe gepustet, ein versonnenes Lächeln im Gesicht. Sie schien meine Verwunderung zu bemerken.

»Ich habe aufgehört, wegen der Schwangerschaft. War superschwer, aber ich halte durch. Wenn ich Lust auf eine habe, muss ich manchmal an Ludwig denken, wie er mir das erste Mal seinen Tabak angeboten hat. Ich weiß noch genau, wie er immer mit seinem staksigen Gang aus dem Atelier in die Küche kam, die Hände voller Farbe, sich die Clogs auszog und die Füße mit der dicken Hornschicht auf den Stuhl legte. Wie er und ich dann zusammen eine qualmten. Ich hab mich so erwachsen gefühlt in diesen Momenten!«

»Ja, er konnte auch nett sein, zum Beispiel Fünfzehnjährige zum Rauchen verführen.«

Doro lachte. »Jaja, der alte Gauner. Echt schade, dass euer Haus bald weg ist.« Dann stieß sie mich mit der Schulter an, rief: »Die Rocker kommen!«, und grinste.

Wir waren ungefähr neun Jahre alt, als wir mit ein paar Nachbarkindern im Garten zelten wollten. Kaum war es dunkel, knatterte eine Gruppe Jugendlicher auf ihren Mofas am Haus vorbei. Sie ließen die Motoren aufheulen, wendeten, eine Fehlzündung knallte, und Timo, der Kleinste von uns, kreischte: »Die Rocker kommen!« Als hätten wir nur auf dieses Stichwort gewartet, rasten wir, getrieben von einer Panik, die sich aus diesen drei Worten speiste, ins Haus und verbarrikadierten uns dort. Weder Ludwig noch unsere Mutter konnten uns dazu bewegen, in unsere Zelte zurückzukehren. Schließlich schleppte meine Mutter Isomatten und Schlafsäcke ins Wohnzimmer, und mein Opa ließ es sich nicht nehmen, uns so lange Spukgeschichten zu erzählen, bis wir vor Angst wimmerten, weil er uns davon überzeugt hatte, dass echte Geister auf unserem Speicher lebten und die Geräusche, die wir für das Knarzen der Balken hielten, in Wahrheit das Knarzen ihrer Gespensterknochen waren.

»Ich hab mich nie wieder so gegruselt!«, lachte Doro und lehnte sich an mich. Gänsehaut breitete sich aus, wo ihre Wärme zu mir herüberkroch. Ich schloss die Augen. In einem Baum uns gegenüber gurrte eine Taube. Ein Zweig knackte, und etwas fiel auf das Pflaster. Ein Zapfen oder ein Stück Rinde vielleicht. Als Doros Magen knurrte, wühlte ich in meiner Tasche und fand eine Tüte mit Haselnüssen, die ich zwischen uns legte. Während wir so friedlich nebeneinandersaßen und knabberten, fühlte ich mich wie verliebt, gefangen zwischen Freude und Unsicherheit. In mir das Bedürfnis, mich erneut zu erklären. »Weißt du, davon abgesehen, dass ich mich nie als Elternteil gesehen habe, hatte ich Angst, es zu vermasseln. Ich habe doch keine Ahnung von Pädagogik. Was, wenn das Kind sich vor mir gefürchtet hätte?«

»Gefürchtet? Wie kommst du denn darauf?«

»Weißt du nicht mehr, wie ich die kleine Mascha damals, als wir picknicken waren, zusammengestaucht habe?«

Zehn Jahre war das her. Doro, Pepper, Mascha und ich waren im Park gewesen, beladen mit einem Picknickkorb und einer Tasche voll Spielzeug. Alles lief gut, bis die fünfjährige Mascha mehrmals mit einem Ball auf unsere Decke gezielt und erst den Kuchen und dann die Getränke abgeschossen hatte. Daraufhin hatte ich sie angeschnauzt, laut, viel zu laut.

»Mascha hat so geweint, selten hab ich mich so mies gefühlt!«

Doro nickte. »Stimmt. Das war heftig.«

Meine Nichte hatte sich in einem Gebüsch versteckt. Mehrmals entschuldigte ich mich bei ihr. Auf meinen Versuch hin, ihr über den Rücken zu streichen, suchte sie sich ein neues Gebüsch. Nachdem sie sich endlich beruhigt hatte, wollte sie weder picknicken noch weiter Ball spielen, sondern nach Hause, bloß weg von ihrer Aggro-Tante. Es dauerte Wochen, ehe sie bereit gewesen war, wieder mit mir Eis essen zu gehen.

»Sie hatte solche Angst vor mir, genau wie ich. Ich hatte auch Angst vor mir, vor dem, was ich sonst noch alles anrichte. Als du dann mit deiner Kinderidee kamst, war mir klar, dass ich die Falsche dafür bin.«

Doro schüttelte den Kopf. »Puh, ja, die Situation mit Mascha war fies, aber manchmal passiert so was eben. Neulich lag ich ausgestreckt vorm Sofa, weil ich von der Arbeit Rückenschmerzen hatte, und Vivien ist von der Lehne aus auf mich drauf gesprungen. Das tat so weh, ich bin völlig ausgeflippt. Auch wenn es mir sofort leidtat und ihr auch, haben wir bestimmt zwei Stunden gebraucht, um uns wieder zusammenzuraufen. Das war nicht toll von mir, im Gegenteil, aber man kann nicht immer alles richtig machen, auch wenn ich wünschte, es wäre so. Aber hey, Mascha hat den Schreck überwunden, da bin ich mir sicher.«

»Sie vielleicht, aber ich nicht. Und Vivien hätte sich bestimmt auch früher oder später vor mir gefürchtet.«

Ich dachte an Linus' verschrecktes Gesicht, als ich mit dem Hammer den Dielenboden traktiert hatte. Die Angst in seinen Augen. Doro sah mich an, den Kopf schräg gelegt. »Was hast du denn für ein Bild von dir? Du tust so, als wärst du ein Monster.«

Ich zog die Schultern hoch und murmelte: »Du hast ja selbst gesehen, wie ich heute dein Bierdeckelhaus vom Tisch gepfeffert habe. Ist doch nichts Neues, dass ich nicht zurechnungsfähig bin.«

Doro schüttelte den Kopf und pfiff dann leise durch die Zähne. »Hängt diese schräge Selbsteinschätzung zufällig mit dieser angeblichen Ähnlichkeit zwischen dir und deinem Opa zusammen?«

Der erste Hitzeanfall des Abends kündigte sich an. Bauch, Rücken, Hals und Kopf, Welle für Welle, als würde mir ein Fön durch die Eingeweide pusten. Doro kannte mich und meine Familie. Sie war früher gefühlt mehr bei uns als bei sich zu Hause gewesen und wusste von den meisten Geheimnissen, die sich hinter unserer Tür abspielten. Die Donnerwetter meines Opas, sein Schweigen, seine Sprüche und natürlich auch die Erzählung von der Ähnlichkeit, die ihn und mich aneinanderband.

»Chris, jetzt hör mir mal zu«, sie drückte meinen Oberschenkel. »Du und Ludwig, ihr habt vielleicht ein paar Gemeinsamkeiten, aber im Gegensatz zu ihm hast du dich bei Mascha entschuldigt, sobald dir klar wurde, dass du einen Fehler gemacht hast. Hat dein Opa sich auch nur einmal bei dir oder Timo entschuldigt?«

Ich schüttelte den Kopf.

»Ganz genau, du und dein Opa – different people!«

Wie mein Opa zu sein war eine Tatsache, nichts, was ich infrage stellte. Wie ein Geruch, der zu mir gehörte. Damals, als Doro die Idee hatte, gemeinsam ein Kind großzuziehen, hatte sich dieser Geruch fast unmerklich verändert. Da hatte ich ihn zum ersten Mal wissentlich wahrgenommen, war mir zum ersten Mal bewusst geworden, wie eng mein Opa, ich und sein Erbe aneinanderklebten. Ich war wie er, er war in mir. Infrage stellte ich die Verknüpfung trotzdem nicht. Sie war eine Tatsache, unverrückbar, so schien es mir.

»Bitte sei jetzt nicht sauer«, sagte Doro, und ich zog unwillkürlich die Schultern hoch. »Aber manchmal wirkt es, als würdest du deinem Opa die Verantwortung für deine Macken zuschieben, um sie nicht selbst übernehmen zu müssen.«

Ich spürte, wie ich rot wurde. »Autsch.«

»Sorry, das klang härter, als es gemeint war. Ich glaube nur, dass es leichter wird, das vermeintliche Ludwig-Erbe mit all seinen Zuschreibungen loszulassen, wenn du es nicht mehr als gegeben ansiehst. Wenn du dem Erbe und deinem Opa die Macht nimmst und den Ludwig mal den Ludwig sein lässt!«

»Den Ludwig mal den Ludwig sein lassen«, wiederholte ich. Doro stieß mich an. Ich lächelte und tat so, als würde ich nicht kurz vorm Heulen sein. Meine Hände waren trotz der sommerlichen Wärme kalt, und ich starrte angestrengt auf die Insekten, die rund um die Straßenlaternen schwirrten. Ich brauchte einen Moment, um Doros Bemerkung zu verdauen. Mit den Augen folgte ich den Nachtfaltern und den anderen Insekten. Ihr Flattern ähnelte dem Flattern in meiner Brust. Der negative Effekt der Außenbeleuchtung auf die Tierchen war mir bekannt. Normalerweise orientierten sie sich an Himmelskörpern und verloren durch die Unmenge an künstlichen Lichtern ihre Richtung. Kreisten stundenlang um eine Lampe, so abgelenkt von der Helligkeit, dass sie nicht zum nächtlichen Bestäuben kamen, wodurch Pflanzen, die auf ihre späten Besucher angewiesen waren, ausstarben. Mein Großvater hatte mir schon vor Jahren von den Nachtinsekten erzählt, die vergaßen, sich zu vermehren, und beim Dauerkreisen vor Erschöpfung tot zu Boden fielen. Aus diesem Grund hatte er rund um das Haus die Beleuchtung abgeschafft und die Straßenlaterne vor unserer Einfahrt immer wieder mit gezielten Tritten außer Betrieb gesetzt. Irgendwann hatte ein Nachbar damit gedroht, ihn anzuzeigen. Trotzdem war der zur Trauerfeier gekommen, schließlich hatten wir gegrillt.

Doro räusperte sich. »Das ist doch bestimmt kein Zufall, dass du ausgerechnet jetzt, wo er stirbt, überlegst zurückzukommen und wieder Kontakt zu uns aufnimmst.«

»Vermutlich nicht.« Meine Stimme war so rau, dass sie mir im Hals kratzte. Dieses geballte Zusammenfallen der Ereignisse, das Leben machte so etwas. Wie Dominosteine oder aufgestellte Bierdeckelhäuschen – klack, klack, eins nach dem anderen. Wann verlief ein Weg schon gerade, wann durchblickten wir schon, welche Reaktion durch welchen Umstand ausgelöst wurde?

»Wenn mein Opa nicht gestorben wäre, hätte ich nicht meiner Mutter beistehen wollen. Deshalb bin ich hier«, sagte ich.

»Ja, aber deine Mutter braucht deine Hilfe offensichtlich nicht, und trotzdem kehrst du nicht in dein Theaterleben zurück. Hast du mal überlegt, dass du damals vielleicht nicht nur vor meinen Kinderplänen davongerannt bist, sondern auch, um Abstand zu deinem Opa zu gewinnen?«

Als würde Doro in meinen Eingeweiden wühlen. Sie kannte mich, kannte uns, kannte meine Familie, die ich in den letzten Jahren kaum gesehen hatte, allen voran meinen Opa. Doch trotz der Distanz war er mir noch immer zu nah. Hallten seine Kommentare bei viel zu vielen Gelegenheiten durch meinen Kopf, kannte ich das Tonband auswendig, das ungebeten die Texte meines Großvaters abspulte. Wenn mir etwas herunterfiel: »Du bist und bleibst ein Trampel!«, oder »Wen soll das bitte interessieren?«, wenn ich mal wieder zu viel redete. Kommentare über mein Aussehen, sein Finger, der auf meine Dellen wies, auf meine Fettringe und geplatzten Adern, meine vorstehende Nase und mein fliehendes Kinn. Dazu die Lästereien über andere, »Guck dir den dicken Arsch von dem an!«, oder: »Peinlich, wie die auf jung macht!« Bösartige Kommentare, die er mir einflüsterte, selbst wenn uns unzählige Kilometer voneinander trennten. Mein Großvater, der ewige Souffleur. Ich sah ihn vor mir, die Oberlippe am linken Mundwinkel angehoben, den Schneidezahn entblößt, messerscharf.

»Du meinst, wenn er nicht so ein Arsch gewesen wäre, hätte ich nicht weggehen müssen?«, fragte ich in bemüht spaßigem Tonfall, obwohl mir nicht zum Spaßen zumute war.

»So einfach ist es dann wohl doch nicht. Du wolltest kein Kind«, sagte Doro und zerbiss laut krachend eine Nuss.

»Nein, das wollte ich nicht.«

Sie lehnte ihren Kopf an meine Schulter und wir schwiegen. Eine Maus huschte durch den gegenüberliegenden Rinnstein und verschwand in einem Garten, in dem ein Vogel verschlafen zirpte. Als ein Rollladen scheppernd heruntergelassen wurde, verstummte er.

Doro sah auf ihre Uhr, und ich nickte. Ächzend standen wir auf und klopften uns die Hosen ab. Bevor ich alleine nach Hause lief und sie auf ihr Rad stieg, umarmten wir uns.

12

Fünf Tage nach ihrer Ankündigung zog meine Mutter aus. Erst nachdem wir die Zimmer leergeräumt hatten, fiel mir auf, wie heruntergekommen sie waren. Die Tapete löste sich an den Stellen, wo die Bahnen aufeinandertrafen. Flecken an der Decke, die sich die Wand herunterzogen, dort wo vor Jahren bei einem Sturm Ziegel vom Dach geweht waren und es hereingeregnet hatte. Verblichene Abdrücke, wo vormals Bilder gehangen und über Jahre ihre hellen Bücherregale und Schränke gestanden hatten. Anders als unten bei meinem Opa waren ihre Möbel aus Kiefernholz, und anstatt Werke von ihm aufzuhängen, auf denen dunkle, kräftige Farben und Formen dominierten, bevorzugte sie skandinavische Kunstdrucke in Pastelltönen mit Blockhütten und Waldseen.

»Was machen wir mit dem restlichen Kram, der noch im Haus ist?«, fragte ich sie, nachdem wir die letzten Kartons sicher im Transporter verstaut hatten.

»Nimm dir, was du willst«, war ihre Antwort auf eine Frage, die ich nicht gestellt hatte. Ich beschloss, das Thema erneut anzusprechen, sobald sie sich bei Fred eingerichtet hatte und zur Ruhe gekommen war.

Bevor wir losfuhren, stiegen wir ein letztes Mal gemeinsam hinauf in die über Jahrzehnte von ihr bewohnten Räume. Ihr Geruch schwebte überall, eine Mischung aus ihrer Orangen-Creme und dem ihr eigenen Körpergeruch drang aus den Poren der Wände und dem hellblauen Teppich. Sie hatte ihr gesamtes Leben in diesem Haus gelebt, bis auf die drei Jahre mit Timos und meinem Vater, in denen sie zusammen eine Wohnung am anderen Ende der Stadt gemietet hatten. Mit achtzehn war sie hier ausgezogen, wurde viel zu schnell und ungeplant mit mir schwanger, das nächste Kind folgte zwei Jahre später. Timos Geburt fiel zeitlich fast mit der Trennung zusammen. Danach zog unsere Mutter zurück zu ihrem Vater, zwei kleine Kinder im Schlepptau.

»Seltsam, zu gehen, oder?«, fragte ich sie.

Sie wiegte den Kopf. »Ja und nein. Ich wäre schon früher gegangen, wenn euer Opa nicht so krank gewesen wäre. Du kannst es vielleicht nicht ganz nachvollziehen, und ich weiß, dass es nicht immer leicht war für euch und für mich, doch trotzdem war es die beste Lösung damals, Chris. Ich war alleine mit euch, die Zeiten waren andere, und ich hätte euch niemals ein Haus mit Garten bieten, hätte nie so viel arbeiten können, ohne euren Opa und Fred.« Sie warf mir einen kurzen Blick zu.

Wir schwiegen. Eine seltsame Stimmung ergriff mich, als würde ich heute gemeinsam mit meiner Mutter dieses Haus für immer verlassen. Nach einer Weile ließ ich sie allein, damit sie in Ruhe Abschied nehmen konnte, und dann fuhren wir zu Fred. Mit seiner Hilfe luden wir den gemieteten Transporter aus, aßen die von Fred vorbereitete Quiche, ich umarmte meine Mutter und lief wieder nach Hause. Verdrehte Welt, als wäre nicht meine Mutter, sondern ein Kind von mir ausgezogen in seine erste WG.

Früher, als ich noch hier gelebt hatte, fand ich es aufregend, das Haus ganz für mich allein zu haben. Die Illusion eines unbegrenzten Raums. Jetzt erschien mir die Atmosphäre im Haus schal und freudlos. Ich riss die Fenster auf und eine laue Brise drückte unmotiviert schwüle Luft herein. Den Kater im Schlepptau, strolchte ich durch die Zimmer. Als der Kuckuck über der Küchentür schrie, erschrak ich. Am Morgen hatte mir meine Mutter erklärt, wie ich die Uhr aufziehen musste. Alle acht Tage, sonst blieb sie stehen. Mein erster Gedanke war gewesen: *super, dann ist endlich Ruhe*, doch ohne das Gekrächze würde mir etwas fehlen. Es gehörte zu diesem Haus wie die Risse in der Wand und der klamme Geruch.

Ich streifte mir die Turnschuhe ab und lief barfuß durch den Garten. Die Gräser kitzelten mich an den Waden. Bis in die

Blumenbeete hinein wucherte die Wiese. Von den Pflanzen hielt sich keine mehr an die ursprünglich gesteckten Grenzen. Die Brombeeren hatten die Garage eingenommen, die Brennnesseln schwappten über die Beetmarkierungen. Der Flaum reifer Pusteblumen schaukelte in der schwülen Abendluft an Rosensträuchern und Staudenresten vom Vorjahr. Gespensterhaare. Ich erschrak, als der Kater mir um die Beine strich und maunzte. Eine süße Schwere waberte in mir, als würde ein Tier in meiner Brust träge mit den Flügeln schlagen. Eine Fledermaus glitt über das Gras und angelte nach Beute. Ein Triller vom Dach, Amsel oder Singdrossel? Mein Opa hätte es mir sagen können. Ich gab der Wäschespinne einen Schubs, und knarzend drehte sie sich wie ein kaputtes Karussell kaum zwanzig Zentimeter weiter.

Als ich siebzehn war und Timo fünfzehn, veranstalteten wir gemeinsam mit Doro hier im Garten eine Party. Mein Opa und meine Mutter waren zu einem Familienevent gefahren, vor dem Timo und ich uns drücken konnten. Die Party war ein offenes Geheimnis. Wir taten so, als würden wir sie ohne Erlaubnis durchziehen, meine Mutter und mein Opa baten uns zum Abschied, die Bude stehen zu lassen und die Musik nicht so laut aufzudrehen.

An die dreißig Leute kamen. Ich war nervös und hin- und hergerissen zwischen dem Wunsch nach einer legendären Feier und der Angst, dass etwas kaputtging. Erst als ich von den Keksen aß, die eine Freundin mir überreichte, ohne dabei zu erwähnen, dass sie Gras enthielten, entspannte ich mich. Entspannte mich so sehr, dass ich gegen zwölf beim Starren in den Sternenhimmel auf dem Rasen einschlief. Ich verpasste, wie Doro endlich die Zwanzigjährige, die sie seit Längerem anhimmelte, zum Knutschen in mein Bett einlud, verpasste, wie Timo ins Kräuterbeet kotzte, wie ein paar Gäste in der Badewanne Eimer rauchten und ein Freund von Timo auf das Garagendach kletterte, wo er auf ein aus Töpfen und Schüsseln zusammengezimmertes Schlagzeug eindrosch. Ich verpasste auch die Ankunft der Polizei und wurde erst wieder wach, als eine

Mitschülerin mich rüttelte. Zu bekifft, um einen kompletten Satz zustande zu bringen, schaffte ich es immerhin, den Beamten zu versprechen, dass wir ab jetzt leise sein würden.

Am nächsten Morgen halfen alle, die bei uns übernachtet hatten, beim Aufräumen. Wie ich feststellte, hatten erstaunlich viele im Garten, auf dem Sofa und in allen verfügbaren Betten geschlafen. Am späten Vormittag öffnete ich die Tür zum Zimmer meines Opas, rechnete nicht damit, dass sich jemand getraut hatte, es zu betreten, und zwischen Schuldgefühlen und dunklem Vergnügen entdeckte ich zwei Freunde von uns, eng umschlungen, ihre Kleider und die Decke in einem Knäuel auf dem Boden.

Bis meine Mutter und mein Opa gegen Abend wiederkamen, war alles aufgeräumt und sauber. Sauberer als vor der Party, da das unsere nie zu den viel geschrubbten Häusern gehört hatte. Fred, der gegen Mittag zufällig hereinschneite und so tat, als hätte er vergessen, dass Ludwig und Erika nicht da waren, half uns bei den letzten Handgriffen und buk danach für alle Pizza.

Der Kater reckte sich hinter mir und versenkte wie zufällig seine Krallen in meinen Fersen. »Hey!« Ich kannte das schon von ihm, wenn die Person, die ihm den Napf füllen sollte, nicht schnell genug auf sein Maunzen reagierte. Auf mein Klatschen hin hüpfte er zur Seite, vollführte ein paar übermütige Sprünge über den Rasen und folgte mir in die Küche, wo ich das Licht anschaltete und Katzenfutter aus dem Kühlschrank holte. Gierig schlang er alles hinunter, was ich ihm in sein Schälchen löffelte. Als ich den Kühlschrank wieder öffnete, um eine Flasche Saft herauszunehmen, maunzte er erneut. »Für dich gibt es heute nichts mehr.« Zu meiner Überraschung akzeptierte er die Ansage, verschwand durch die Terrassentür und löste sich in der Dunkelheit auf.

Ich schenkte mir Saft ein und setzte mich mit dem Glas auf meinen alten Platz am Küchentisch. Hier, auf diesem Stuhl, hatte ich meine gesamte Kindheit und Jugend über die Familienmahlzeiten eingenommen. Ein früher Nachtfalter umkreiste die Küchenlampe. Um ihn von seiner Obsession zu befreien, schaltete ich das Licht aus, in der Hoffnung, er würde seinen Weg hinaus finden. Es war seltsam, hier allein im Dunkeln zu sitzen. Wie im Theater, wenn die Vorstellung vorbei war und die Gäste bereits gegangen. Das Haus um mich herum ächzte, war vollgepackt bis unters Dach. Wir hatten fast immer nur hereingetragen und viel zu selten etwas hinausgebracht. Die Dinge drückten von allen Seiten.

Mein Platz war immer der bei der Tür gewesen, zwischen Timo und Fred. Rechts gegenüber hatte mein Opa gesessen und neben ihm meine Mutter. Ich sah den gedeckten Tisch vor mir, die Teller und Tassen, den Käse und das dunkle Brot. Eine Teekanne auf dem Stövchen, Radieschen oder eine aufgeschnittene Gurke, je nach Jahreszeit. Ich sah die vergangenen Versionen von uns allen, wie wir hier an diesem Tisch zusammensaßen. Die drei Erwachsenen und Timo und ich. Fast wie bei Doro, Antonia und Rafa, nur dass bei ihnen keine zwei, sondern bloß ein Kind am Tisch saß.

Meine Erinnerung beschwor Frequenzen herauf, Szenen und Bilder, wild zusammengesetzt, ein Mosaik. Timo, wie er sich verschluckte und beim Husten vom Stuhl fiel. Fred, wie er Tee aufgoss und beim Einschenken den Deckel der Kanne mit dem Zeigefinger fixierte. Mein Opa, der auf seine Stirnbeinhöcker tippte, diese kleinen Knubbel, rechts und links unter dem Haaransatz. Jedes Mal, wenn ich seiner Meinung nach unartig war. Er brauchte schon gar nichts mehr zu sagen, sondern nur noch darauf zu tippen, und schon wusste ich, dass mir die Teufelshörner gleich aus der Stirn wachsen würden. Der Beweis, dass tief in mir ein Ungeheuer lauerte, das jeden Moment hervorbrechen würde.

Wo war meine Mutter gewesen, wo waren Fred und Timo, wenn mein Opa tippte und ich mir die Hände gegen meine Stirn presste? Soweit ich mich erinnerte, waren die anderen nicht anwesend. War dort, wo sie hätten sein müssen, eine Lücke. Sie waren wie aus dem Bild geschnitten. Die Hörner waren eine Sache zwischen meinem

Opa und mir. Seine DNA, unzählige Spiralen, die sich in mir drehten, um sich selbst drehten, bis ins Endlose hinein. Ich war in ihm, er in mir, seine Gedanken, seine Stimme, jederzeit abrufbar.

Ich lauschte in die Stille hinein und hörte das Echo unserer Stimmen. Wie wir redeten und herumalberten, wie mein Opa fluchte und lachte und von seinem aktuellsten Projekt erzählte. Ich schloss die Augen und spürte genau, wie er mich ansah. Von oben nach unten. Meinen Körper betrachtete. Die Erinnerung daran, wie er »Weiber« sagte, in einem Tonfall, als würde er etwas auf den Boden werfen, ein Stück Müll, einen alten Lappen. *Weiber*, wenn meine Mutter und ich uns stritten oder ihm widersprachen, wenn sie und ich uns einig waren und angeblich eine Opposition gegen ihn bildeten. Wenn eine von ihm als Frau definierte Person ihm die Vorfahrt nahm oder zu laut lachte, ihm Kontra gab und einen Platz für sich beanspruchte, der ihr seiner Meinung nach nicht zustand. *Weiber* waren nervig, so ließ er es durchklingen, waren zweitklassig, waren weniger wert. Er stellte sich darüber, weil er meinte, das Recht dazu zu haben, weil so das Patriarchat funktionierte. Ich wusste früh, dass ich kein *Weib* sein wollte, dann doch lieber ein Junge-Mädchen, irgendetwas dazwischen. Hatte kein Wort für das, was ich sein wollte, wollte einfach nur Ich sein.

Tief in mir wohnte noch immer die fünf-, acht-, zehnjährige Chris, die sich die Hände auf die Stirn presste, die sich wie ein Kind fühlte, auch wenn mir bewusst war, dass ich den Gipfel meiner Lebenszeit ziemlich sicher bereits hinter mir gelassen hatte. Ab hier würde ich nur immer weiter an Wert verlieren, fühlte mich unsichtbarer als je zuvor. Wenn Faktoren wie Fruchtbarkeit, Schönheit und Fuckability schwanden, sich die Form verlor, die Brüste hingen, die Haut schrumpelte, das Haar grau und stumpf wurde und die Vaginalschleimhaut weniger durchblutet, sie weniger Schleim ausbildete, der Sex vielleicht wehtat oder bei einigen nicht mehr so im Fokus stand, dann sank auch der menschliche Gesamtwert gen null. Entgegen den Gerüchten berichteten mir einige meiner Freundinnen, sie hätten selten so viel Spaß beim Sex gehabt wie jenseits des Klimakteriums. Auch wenn ich gern flirtete und Knutschen aufregend fand, musste alles, was darüber hinausging, meinetwegen nicht sein. Doch leider schien Knutschen für viele eine Garantie dafür zu sein, gemeinsam im Bett zu landen. Als würde man mit dem Küssen einen Vertrag unterschreiben.

Ich steckte die Nase in meinen Ausschnitt, schnupperte und verzog das Gesicht. Es war ein langer Tag gewesen. Müde stieg ich die Treppe hinauf, warf im Bad meine Kleider auf einen Haufen und stellte mich unter die Dusche. Das Wasser, das in den Abfluss trudelte, hatte einen Graustich. Doro behauptete, dass die Seifenindustrie Zusätze in ihre Produkte mischte, damit das Wasser schmutziger aussah und die Leute, beeindruckt von ihrem abgesonderten Dreck, häufiger duschten. Doch ich benutzte eine von Freds handgemachten Seifen. Mein Dreck war real.

Nachdem ich mich abgetrocknet hatte, zog ich den fusseligen Bademantel an, der, seit ich denken konnte, an der Tür hing. Der vermutlich schon seit der Erbauung des Hauses dort gehangen hatte, der samt Tür eingebaut worden war. Da der Spiegel beschlagen war, zog ich die Vorhänge zur Seite und öffnete das Fenster.

»Mach die Vorhänge zu, wenn du duschst«, hörte ich die Stimme meiner Mutter als Echo aus der Vergangenheit, das von den Fliesen widerhallte. Hörte das »Ja, ja«, meines eigenen Teenie-Ichs. Im Schein des Mondes oder der Straßenlaternen konnte ich die Umrisse des Ateliers hinten im Garten ausmachen. Ich hätte ungehindert hineinsehen können, wenn das Licht dort gebrannt hätte. Sogar das Fernrohr, mit dem mein Opa Vögel beobachtete, hätte ich erkannt. So viel Misstrauen, und doch war meine Mutter hier bei ihm geblieben. So viel Wissen um die Abgründe ihres Vaters, die sich vermutlich nicht sonderlich von den Abgründen vieler anderer Männer unterschieden. Spätestens ab der Pubertät vermied ich es, mich in seiner Gegenwart auszuziehen, trug weite Pullis und verschränkte die Arme vor der Brust. Wenn ich hier war, zog ich mir einen BH an, auch wenn mir das Gefühl des engen Gummis, das mir die Luft abschnürte, unangenehm war.

»Mach die Vorhänge zu!«, und »Lass dein Tagebuch nicht offen herumliegen«, hatte meine Mutter mich immer wieder ermahnt. Warum, das hatte sie mir nie erklärt, und ich fragte auch nicht, hatte auch ohne zu fragen gewusst, vor wem sie mich warnte.

Die Vorhänge bauschten sich in der leichten Brise, die durchs offene Fenster wehte. Mit den Fingern fuhr ich über die Risse in der Außenwand. Sie reichten bis zur Decke und sahen aus wie Krampfadern. Ich stellte mir vor, wie die Wand Stück für Stück zerbröseln, in Zeitlupe in sich zusammenfallen und von außen den Blick auf mich freigeben würde. Eilig stieg ich im Bademantel die Treppe hinunter, huschte hinaus aus der Tür und hinein in die Garage, wo ich eine Tube mit fast eingetrockneter Spachtelmasse fand. Erst nach dem Aufschneiden gelangte ich an die geschmeidigeren Reste, die ich mit einem Messer in die Badezimmerrisse schmierte. Wulstig sah es aus, wie schlecht verheilte Narben. Als ich im Bad fertig war, verspachtelte ich noch zwei Risse im ehemaligen Schlafzimmer meiner Mutter, einen weiteren im Flur und die letzten in meinem Zimmer gleich neben dem Fenster. Der Spachtelbrei bröckelte von der Wand auf den Boden. Das, was noch im Riss klebte, drückte ich mit den Fingern fest, und dann war die Tube leer. Nichts als Kosmetik, doch hatte ich trotzdem das Gefühl, eine wichtige Aufgabe erledigt zu haben. Es war noch immer das Haus meines Opas. Auch wenn er tot war, besetzte er weiterhin diesen Ort. Nur weil jemand starb, hieß das nicht, dass alles, für das er stand, alles, was rund um ihn gewachsen war, das ganze große Gebilde, verschwand und sich auflöste.

»Mein Haus«, hatte mein Opa immer gesagt. »Solange ihr in meinem Haus lebt«, obwohl er auch nur zur Miete gewohnt hatte. Wir passten auf, nichts zu beschädigen, lernten früh, mit Werkzeugen umzugehen, um herausgebrochene Dübellöcher zu stopfen und Fensterkitt zu erneuern. Die Vermieterin hob die Miete nicht an, dafür reparierte sie auch nichts. In diesem Haus hatte unser Opa uns geduldet. Zwischen diesen Wänden waren sein Schweigen und sein Schreien, waren die Vorhänge, die Teufelshörner und unsere Schuldgefühle gespeichert. Wie sollte ich es anstellen, wie sollte ich den Schalter einfach umlegen, um den Ludwig endlich den Ludwig sein zu lassen?

Nachdem ich die beim Spachteln heruntergefallenen Krümel aufgefegt hatte, kochte ich mir einen Hopfentee und legte mich aufs Sofa unter die Wolldecke. Der Kater miaute vor der Scheibe. »Die Terrassentür ist offen!«, rief ich ihm zu und wedelte in Richtung Küche. Wir hatten noch nicht entschieden, was mit ihm geschehen würde. Freds Vermieter erlaubte keine Haustiere, und Sibels Bruder, der häufig auf Linus aufpasste, litt an einer Katzenhaarallergie, weshalb der Kater nicht zu Sibel und Timo ziehen konnte.

Keine zwei Minuten nachdem er vor dem Fenster gemaunzt hatte, sprang der Kater auf meinen Schoß und krallte sich rhythmisch in die braune Karodecke, die schon immer im Wohnzimmer gelegen hatte. Mit der ich mich als Kind zugedeckt hatte, wenn ich krank auf dem Sofa lag. Ich schnupperte am Stoff – mein Opa, Fred, Feuchtigkeit und kalter Rauch. Wie lange es wohl dauerte, bis der Geruch eines Menschen verflog, bis er sich komplett auflöste?

13

Ich wartete nicht lange mit dem Ausräumen. Gleich am Tag nach dem Auszug meiner Mutter nahm ich mir als Erstes mein altes Zimmer vor, und bald schon türmten sich im Flur Berge mit aussortierten Sachen. Kisten für den Flohmarkt, Kartons für den Verschenkmarkt, zwei Säcke für den Altkleidercontainer und ein Haufen mit dem Kram, den ich behalten wollte. Ich stapelte die Kisten aufeinander und schob sie vor die Zimmertür meines Opas. Dort störten sie am wenigsten, da niemand das Zimmer betrat.

Beim Ausmisten stieß ich auf Sachen, die seit meiner Kindheit und Jugend hier einstaubten, an die ich nie wieder gedacht und die ich nie vermisst hatte. Alte Turnschuhe, Mützen, Taschen und Gürtel. Eingetrocknete Nagellackflaschen, Bücher, Zeitschriften und CDs. Dazu der ganze Krempel, den andere hier abgeladen hatten, da mein Zimmer so praktisch neben der Haustür lag, quasi auf direktem Weg zu den Mülltonnen. Eine einzelne Krücke, abgelaufene Wandkalender, ein Staubsaugerrohr. Der Berg an Aussortiertem wuchs, ich würde einen Container bestellen müssen.

Die ersten beiden Wochen alleine im Haus rasten an mir vorbei. Knapp zwei Monate, so lange würde mein Geld noch reichen. Ich erstellte eine Liste mit Theatern in der Umgebung, die ich von außen besichtigte, einige auch von innen, indem ich Vorstellungen besuchte. Fred begleitete mich. Er war ein ebenso großer Theater-Fan wie ich. Beide begeisterten wir uns für Klassiker, Figurentheater und Musicals, für zeitgenössische Stücke und sogar Schulaufführungen. Wir sahen uns einige Stücke an, und mich juckte es in den Fingern. Zu gern hätte ich hinter der Bühne mitgemischt. Meine Arbeit fehlte mir, und doch wollte ich noch nicht weiterziehen.

Immer wieder verschob ich es, Bewerbungen an die ansässigen Häuser zu schreiben. Mich zu bewerben hätte sich wie eine Entscheidung angefühlt, und Entscheidungen fielen mir schwer. Statt um einen Job kümmerte ich mich weiter ums Ausräumen und nahm mir, nachdem ich mit meinem Zimmer fertig war, die beiden Abstellkammern vor. Niesanfälle vom Staub, ein Haufen schon lange abgelaufener Konserven, eine tote Maus und jede Menge Schimmel. Ich war froh über jedes Teil, das ich wegschmeißen konnte, und nahm das Haus langsam in Besitz.

Hatte ich mich unterwegs auf Tour oft alleine gefühlt, erlebte ich hier im Haus eine andere Form der Einsamkeit. Mich überrollten die Erinnerungen, ständig traf ich auf Versionen meines jüngeren Ichs. Zu gern hätte ich diesen verblassten Abbildern meiner selbst Ratschläge erteilt, auch wenn sie zu spät kamen. Ich gewöhnte mich an ihre Gegenwart, nickte ihnen zu und erschrak, als sie eines Tages zurücknickten. Von da an schwand das Gefühl der Einsamkeit, löste sich die chronische Anspannung in meinem Magen, und ich knirschte seltener mit den Zähnen.

Eines Nachmittags traf ich mich mit Doro in einem Café. Wir redeten von früher, über all das, was wir gemeinsam erlebt hatten, unsere Höhenflüge und Tiefschläge. Das gemeinsame Erinnern brachte uns einander näher. Wir bemühten uns, die alte Verbundenheit wiederzufinden. Es würde vielleicht nie wieder sein wie vor meinem Wegzug, schließlich waren sie und ich nicht mehr dieselben, hatte sich unser beider Leben verändert, doch verbanden uns unsere geteilten Erlebnisse.

Einmal begegnete mir Rafa auf der Straße. Er war in Eile, musste Vivien von einer Freundin abholen. Ich hatte gerade eine Ladung Altpapier weggebracht. Der Bart, den er nun trug, ließ ihn souveräner als früher erscheinen. Neugierig beguckten wir uns. »Du siehst aus wie immer, nur älter«, sagte er.

»Aber dann sehe ich doch anders aus.«

»Nicht wirklich, eher wie durch eine Altersapp gezogen, aber eigentlich genau wie früher.« Er fuhr sich mit der Hand über den Bart. Allein dafür hätte ich auch gern so einen gehabt. Diese Geste, das vorgereckte Kinn, den Mund zu einer Knospe geformt. Wir verabredeten, in der folgenden Woche zusammen bei ihnen zu essen. Die Aussicht, sie alle auf einmal zu sehen, inklusive Vivien, freute und stresste mich gleichermaßen. Ich nahm mir vor, nicht zu viele Erwartungen in das Treffen zu setzen. Als würde ich mich selbst an die Leine nehmen.

Die meisten Abende verbrachte ich allein zu Hause. Ab und an kamen Timo, meine Mutter oder Fred. Fred sichtete mit aller Hingabe Ludwigs Werke im Atelier. Wenn er eine Pause machte, tranken wir Tee oder aßen gemeinsam zu Abend. Gemütliche Stunden und traurige, weil Fred so traurig war. Wenn mir niemand beim Essen Gesellschaft leistete, taute ich von meinem Opa gekochte und eingefrorene Speisen auf. Der Gefrierschrank war so voll, dass ich die Schubladen kaum öffnen konnte. Nach und nach aß ich mich durch seine Polenta, seinen Risotto, seine Kürbissuppe. Jeder Bissen löschte ihn ein Stückchen mehr aus.

Fred fragte immer mal, wie es bei mir weiterginge, ob ich finanziell zurechtkäme. Ich tat dann so, als hätte ich alles im Griff. Schließlich gab ich mir einen Ruck, stellte den Gartentisch unter die Birke und hatte gerade die ersten beiden Bewerbungen an Theater hier in der Stadt abgeschickt, als unsere Nachbarin Karola sich zwischen Garage und Haus vorbeischob und mit einem Ächzen neben mir auf einen Stuhl plumpste. Ihre Haare hatten neue Strähnen, blonde und rötliche, die den Zopf, den sich gebunden hatte, herbstlich färbten. »Sag mal, Chris, suchst du noch einen Job? Bei uns am Marktstand wird dringend eine Aushilfe gebraucht.«

Als hätte sie gewusst, was ich hier gerade tat. Als hätte sie von ihrem Platz hinter dem Gartenzaun aus meine Geldsorgen gerochen. Zuzutrauen war es ihr. »Arbeite ich dann mit dir?«, fragte ich, und sie lachte. »O ja! Und das wird nicht lustig, das kann ich dir versprechen.«

Schon am Tag darauf stellte ich mich auf dem Wochenmarkt vor. Die Chefin war einige Jahre jünger als ich, und ihr bohrender Blick schüchterte mich ein. Während des kurzen Gesprächs erwiderte sie kein einziges Mal mein Lächeln, wodurch ich aus Unsicherheit mehr lächelte, als ich es normalerweise tat. Ich bekam den Job. Zusammen mit meinen restlichen Ersparnissen würde ich damit erst einmal über die Runden kommen.

Am Abend, ich stand gerade vor dem Gefrierschrank und wählte mein Menü aus, klingelte es an der Tür. Als ich öffnete, stand meine Nichte Mascha vor mir. Es war das erste Mal, dass sie mich alleine besuchte.

»Oh, hallo! Alles okay?« Ich winkte sie herein. Auch wenn ihr Blick etwas Gehetztes hatte und sie nicht okay wirkte, nickte sie und holte tief Luft. »Ich wollte dich fragen, ob ich für die Zeit, die du noch hier wohnst, bei dir einziehen darf?«

Ihr Rucksack in der Größe eines Bernhardiners krachte hinter mir im Flur auf den Boden. Anscheinend hatte sie ihre Sachen gleich mitgebracht. Es dauerte einen Moment, bis ich die Tragweite ihrer Frage begriff, und dann war es, als hätte sie ihren Rucksack mit all seinem Gewicht direkt auf meinen Rücken krachen lassen. »Oh.« Mehr brachte ich nicht heraus, während die Gedanken in meinem Kopf aneinanderprallten, umeinander herumwirbelten und von »Mascha nicht enttäuschen« zu einem jubilierenden »Sie ist zu mir, zu MIR gekommen« rasten, von »Timo nicht enttäuschen« und »Kann ich das denn?« zu »Sibel nicht enttäuschen« und »Darf ich das denn?«.

»Wissen Timo und Sibel von der Idee?«, war die Frage, die mir schließlich am dringlichsten erschien.

»Ich rede nicht mehr mit denen!« Mascha sprach abgehackt, als wäre sie gerannt. Vielleicht war sie das auch. Ich schob sie in die Küche, wo ich ihr ein Glas Wasser reichte. »Setz dich erst mal.« Ich nahm neben ihr Platz, nachdem ich mir ebenfalls ein Glas eingegossen hatte. Mascha trank in winzigen Schlucken. Die Tatsache, dass sie ausgerechnet zu mir gekommen war, rührte mich hochgradig. Ich fühlte mich ausgewählt, doch die Latte hing hoch. Erste Glutpunkte im Bauch. Meine Angst, zu versagen, der Verantwortung nicht gewachsen zu sein. Ich atmete mehrmals tief ein und aus, und es gelang mir, die Hitze aufzuhalten.

»Jetzt erzähl erst mal, was passiert ist.« Ich lächelte sie aufmunternd an.

Mascha klammerte sich mit beiden Händen an die Tischplatte. »Papa ist ausgeflippt, weil ich letztes Wochenende auf einer Klimademo war.« Ihre Stimme zitterte vor Empörung.

»Aha«, machte ich und wunderte mich. Schließlich war mein Bruder selbst seit Jahren im Umweltschutz aktiv. Es stellte sich heraus, dass Mascha mit ihrer Freundin Kata in die nächste Großstadt gefahren war, zweihundert Kilometer entfernt. »Mit dem Zug, selbst bezahlt.«

Die zwei Kids hatten ihren jeweiligen Eltern weisgemacht, dass sie den Nachmittag und den Abend im Jugendzentrum verbringen würden. Der Demozug wurde von der Polizei gestoppt und eingekesselt, Wasserwerfer standen bereit. Meine Nichte und Kata harrten über drei Stunden aus, bis der Kessel aufgelöst wurde. Sie hatten Glück, ihre Personalien wurden nicht aufgenommen. Als die Menge sich verstreute, suchten sie gemeinsam mit zwei anderen Kids, die sie im Kessel kennengelernt hatten, erst ein Klo, dann einen Falafelladen und hinterher eine Eisdiele auf. Es dauerte eine Weile, bis sie die richtige S-Bahn zum Bahnhof fanden, wo sie feststellten, dass der letzte Zug nach Hause ausfiel. Um Ärger zu vermeiden, riefen sie ihre Eltern an und behaupteten, sie würden bei der jeweils anderen schlafen. Ihr Plan war, die Nacht durchzumachen und am nächsten Morgen den ersten Zug zurückzunehmen. Die Sache flog auf, weil Timo bei Kata zu Hause vorbeifuhr, um Mascha Schlafzeug und Zahnbürste vorbeizubringen. »Ungefragt«, wie Mascha betonte. »Aber schon auch nett«, hielt ich dagegen.

Ihre Lügen knallten Mascha und Kata um die Ohren, Timo holte sie noch nachts ab, und seitdem war Eiszeit angesagt.

»Ich verstehe das nicht. Ihm ist das mit dem Klima doch auch wichtig. Aber wenn ich mich engagiere, passt ihm das nicht.« Mascha sah mich mit einem derart empörten Ausdruck im Gesicht an, dass er gespielt wirkte.

»Jetzt tu doch nicht so! Du weißt genau, warum er sauer ist. Was sagt Sibel denn dazu?«

»Die ist die ganze Woche auf Fortbildung, hat mich aber natürlich gleich angerufen und zehn Minuten lang runtergemacht.«

Ich fand, Timo und Sibel hatten gute Gründe, sauer zu sein, verstand aber auch, dass Mascha in einem Alter war, in dem Reglementierungen als brutale Einschränkung der eigenen Freiheit empfunden wurden. Nur zu gut erinnerte ich mich, wie mies es sich angefühlt hatte, wenn die Erwachsenen mich ausbremsten, alles besser wussten, mich vor Dingen oder Situationen bewahren wollten, vor denen ich auf keinen Fall bewahrt werden wollte. »Du hast Timo und Sibel angelogen, was erwartest du.«

»Also bist du auf ihrer Seite.« Enttäuschung in Maschas Stimme und ihrem Blick. Jetzt bloß nichts Falsches sagen, sie ist zu dir gekommen, trotz des Picknicks damals, sagte ich mir.

»Ich versuche nur, auch ihre Perspektive zu verdeutlichen.«

»Schon klar. Zufällig weiß ich, dass du früher mit Doro und Papa ins Wendland zum Castortransport getrampt bist, als Papa so alt war wie ich und du nur zwei Jahre älter. Und ihr habt auch gelogen und behauptet, dass ihr bei Doros Tante seid.«

»Woher weißt du das?« Ich merkte, wie ich rot wurde, nicht weil mir die Geschichte peinlich war, sondern weil mir meine Rolle als verantwortungsvolle Große entglitt.

»Das hat Papa mir vor ein paar Monaten erzählt, und da klang er ziemlich stolz auf eure Aktion.«

Mascha wickelte sich eine ihrer dunklen Haarsträhnen um den Zeigefinger und sah mich trotzig an. Ich hatte nicht vor, mich in eine Diskussion über meine und Timos jugendlichen Abenteuer verwickeln zu lassen. Um das Thema zu wechseln, fragte ich, ob sie Hunger habe. Sie zuckte mit den Achseln, was ich als Bestätigung interpretierte. Mein Magen knurrte schon eine Weile. Essen ist wichtig, Essen bildet eine Grundlage, auf der sich Entscheidungen fällen lassen, sagte ich mir, auf der Suche nach dem nächsten Schritt, nach einer Leitlinie, an der ich mich entlanghangeln konnte. Essen und Trinken und ausreichend Schlaf. »Okay, pass auf. Ich wärm uns jetzt was auf, und dann gucken wir weiter. Ratatouille oder Kartoffelauflauf?«

»Ratatouille.«

Bevor ich den Plastikbehälter aus dem Gefrierschrank nahm, hielt ich für einen Moment meinen Kopf in den kühlenden Dampf. Ich wärmte uns zwei Portionen auf, verteilte sie auf unsere Teller und garnierte sie mit frischer Petersilie und Gurkenscheiben.

Schweigend aßen wir, erst als wir fertig waren, sagte ich: »Ich rufe gleich mal Timo und Sibel an.« Mascha antwortete nicht, was hätte sie auch sagen sollen. Nachdem wir gemeinsam den Tisch abgeräumt hatten, verzog sie sich vor den Fernseher. Bevor ich in meinem Zimmer verschwand, um ungestört telefonieren zu können, legte ich ihr die Hand auf die Schulter. Da sie sie nicht direkt abschüttelte, zog ich sie in eine Umarmung. Für ein, zwei Sekunden drückte Mascha sich an mich und bestärkte mich mit dieser Geste in dem Wunsch, sie für eine Weile bei mir zu beherbergen.

Timo hatte noch nicht bemerkt, dass Mascha samt ihrem halben Besitz fehlte, sondern war davon ausgegangen, dass sie beim Handballtraining war. »Die soll ihren Hintern nach Hause bewegen! Hat sie dir erzählt, warum wir uns gestritten haben?«

»Hat sie, sie wirkt ziemlich aufgebracht.«

»Da ist sie nicht die Einzige. Was hätte ich denn tun sollen? Demo, Wasserwerfer, Kessel, und Kata und sie mittendrin, minderjährig und alles. Dazu die Nacht durchmachen wollen und uns anlügen!«

Timo war so laut geworden, dass ich den Hörer auf Abstand hielt. »Sie muss lernen, Verantwortung zu übernehmen«, hörte ich ihn. »Wie soll ich ihr denn vertrauen? Ich hab ihr gleich gesagt, dass sie sich den Urlaub mit Kata an die Backe schmieren kann!«

Mascha und Kata hatten vor, mit Rädern eine Woche an der Elbe entlang zu fahren, von Campingplatz zu Campingplatz.

»Das ist schon etwas streng, findest du nicht?«, fragte ich.

»Du hast keine Ahnung, du hast keine Kinder!«

Wie eine Tür, die vor meiner Nase zuknallte. Auch wenn ich nicht selbst erlebt hatte, wie die eigenen Kinder plötzlich zu jungen Erwachsenen wurden, auch wenn ich diesen besonderen Schmerz der Ablösung nicht kannte, hieß das nicht, dass ich mich nicht in andere hineinversetzen konnte. Timos Kommentar war gemein, unterstellte mir einen Mangel an Empathie, untersagte mir als Nicht-Elternteil den Zutritt zu seiner Welt. Ausgeschlossen zu werden kannten wir beide, er wusste, wie weh das tat.

»Hey«, sagte ich, halb ärgerlich, halb beschwichtigend.

»Jaja, sorry. Hast ja recht, das mit dem Urlaub sehen wir noch.« Er stöhnte, als würde ihm etwas wehtun. »Mascha wächst mir über den Kopf! Ich wäre ja auch gerne der lockere Daddy, der immer alles cool sieht, aber was, wenn ihr was passiert wäre? Sibel und ich tragen die Verantwortung für sie!«

Ich erinnerte mich nur zu gut, wie ich einmal mit der damals vierjährigen Mascha auf dem Spielplatz unterwegs gewesen war.

Mascha: »Dreh die Scheibe so schnell du kannst, und ich spring dann runter!« Ich drehte nur halb so schnell, wie ich konnte, trotz ihres: »Schneller, schneller!«

Mascha: »Ich kann schon alleine aufs Spinnennetz klettern, bis ganz nach oben, guck!« Und ich hinter ihr her, bereit, sie im Moment des Fallens zu packen – am liebsten hätte ich sie mit einem Klettergurt gesichert.

»Ihr habt das doch bisher ganz gut hinbekommen«, sagte ich. Mascha und Timo waren immer ein gutes Team gewesen, ich hatte meinen Bruder oft für seine umsichtigen Entscheidungen und seine Geduld bewundert.

»Ja, bis jetzt. Bis zur fiesen Pubertät. Selbst ihre diversen Trotzphasen haben mich nicht so fertiggemacht. Alles, was ich sage oder mache, ist falsch. Entweder bin ich peinlich oder zu streng, kümmere mich nicht genug oder behandle sie wie ein Kind, wenn ich mich kümmere. Ich versuche, alles richtig zu machen, erkläre ihr, warum ich was wie handhabe, überlasse ihr Entscheidungen, und trotzdem ist sie nur am Stänkern. Ein bisschen erinnert sie mich an dich früher.«

Bei dem Gedanken, etwas an Mascha weitergegeben zu haben, vielleicht sogar eine Art Vorbild für sie zu sein, überkam mich eine Welle der Zuneigung. Die Spur einer Ahnung, warum Eltern stolz auf ihre Kinder waren. Timo seufzte. So manches Mal war ich neidisch auf ihre Vater-Tochter-Beziehung gewesen, die mir immer wie eine stabil gebaute Baumhütte vorkam, gut geschützt in einer Astgabel und mit Sicht bis weit über den Horizont hinaus.

»Ich glaube dir ja, dass es schwer ist, aber überleg doch mal, wie es uns damals ging. Wie wir rebelliert haben«, sagte ich. »Wir haben gelogen, Unterschriften gefälscht und uns abends aus dem Haus geschlichen, um bis zum Morgen unterwegs zu sein, das volle Programm. Ich sag nur Wendland, daran hat Mascha mich eben erst erinnert.« Timo schnaubte, und ich fuhr fort: »Ich habe kein Rezept, wie es richtig geht, das stimmt – wie auch, ich hab ja keine Kinder, wie du eben so schön bemerkt hast –, aber wenn du Mascha jetzt runtermachst oder bestrafst, verhärten sich eure Konflikte nur, meinst du nicht?«

»Toller Tipp. Sie hätte mich doch fragen können, dann wären wir zusammen zur Demo gefahren.«

Ich verkniff mir die Bemerkung, dass die Demo mit dem Papa an der Seite weit weniger interessant gewesen wäre. Um nichts wollte ich mit ihm tauschen. Wir schwiegen, hinter mir aus dem Wohnzimmer ertönten schrille Fernsehstimmen. Ich stellte mir vor, wie

Mascha auf den Bildschirm starrte, wie sie vielleicht versuchte, Fetzen von Timos und meinem Gespräch aufzuschnappen. Ich fragte: »Und jetzt? Was machen wir denn jetzt? Sie ist mit ihrem ganzen Kram hier aufgelaufen. Wegen mir kann sie gern ein paar Tage bleiben, wenn euch das hilft und ihr meint, dass euch der Abstand guttut.«

Die Vorstellung, die Verantwortung für meine Nichte zu übernehmen, stresste und begeisterte mich zugleich. Weichgezeichnete Bilder von mir und ihr schoben sich in meine Gedanken: wie wir nebeneinander auf dem Rasen herumlümmelten und lange Gespräche führten, wie sie sich mir anvertraute, beste Freundinnen, sie und ich, stundenlang am Kaffeetrinken, TV-Dinner, Eis essen und auf Konzerten. Die Bilder spulten sich vor mir ab, und gerade als sich ein Lächeln in mein Gesicht stahl, machte Timo ein seltsames Geräusch. Erst dachte ich, er hätte einen Schluckauf, doch dann begriff ich, dass er weinte. Schnell wischte ich mir das Lächeln vom Gesicht und murmelte beruhigende Worte.

»Sie entgleitet mir!« Er schluchzte leise. »Ich will sie nicht verlieren, aber auch nicht dauernd schimpfen. Dabei verstehe ich ja, dass sie mich gerade scheiße findet. Aber was, wenn ihr was zustößt, weil sie sich nichts sagen lassen will und glaubt, sie sei schon erwachsen? Und dann ist Sibel auch noch die ganze Woche auf Fortbildung, und ich bin alleine mit dem Betrieb und dem Haushalt und den Kids.«

Er, der Kleine, und ich, die Große, die ihn in den Arm nahm, die ihm die aufgeschlagene Stelle am Ellenbogen wegpustete. Nach und nach beruhigte Timo sich, und wir verabredeten, dass er mich zurückrufen würde, sobald er mit Sibel telefoniert hatte. Ich legte auf und setzte mich zu Mascha aufs Sofa.

»Und?« Sie sah nicht auf, tat, als sei sie ganz auf den Film konzentriert.

»Sie beratschlagen erst einmal.« Die nächsten zwanzig Minuten starrten wir schweigend auf den Fernseher. Mehrmals sah ich zu Mascha hinüber, wollte etwas sagen, sie beruhigen, aufmuntern.

Doch sie hatte die Stirn in Falten gelegt, die Arme vor der Brust verschränkt und wirkte, als wollte sie auf keinen Fall angesprochen werden. So schaltete ich nur eine kleine Lampe ein, die den Raum in ein warmes Licht tauchte, und bot ihr eine Decke an, die sie mit einem Kopfschütteln ablehnte. Als endlich mein Handy klingelte, verschwand ich erneut in mein Zimmer.

»Okay, bis zum nächsten Wochenende kann sie erst einmal bleiben. Aber sieh zu, dass sie zur Schule geht.«

Ich war aufgeregt, als hätte ich eine Auszeichnung gewonnen, ein Kribbeln im Bauch bis hinauf in den Hals – und dann die Angst, der Auszeichnung nicht gerecht zu werden und alle zu enttäuschen. Ich versprach, mich so gut es ging um Mascha zu kümmern, und Timo versprach, zwischendurch vorbeizukommen. »Und Sonntagmorgen frühstücken wir zusammen und bereden, wie es weitergeht«, sagte er zum Abschied.

Mascha sah mir mit aufgerissenen Augen entgegen, als ich meine Tür öffnete, es war ihr nicht egal. Natürlich nicht.

»Bis zum Wochenende erst mal. Los, wir richten dir oben ein Zimmer ein.« Ich lächelte sie an, und sie stieß ein lautes »Puh« aus. Tränen stiegen ihr in die Augen, die sie mit einer ärgerlichen Bewegung wegwischte. Diesmal erlaubte sie mir nicht, sie in den Arm zu nehmen, sondern stapfte vor mir her die Treppe hinauf.

Sie suchte sich das ehemalige Schlafzimmer meiner Mutter aus, mit Blick auf den Garten. Wir schleppten Timos Matratze aus seinem alten Zimmer über den Flur, dazu ein Regal und einen Tisch. »Daran kannst du Hausaufgaben machen«, sagte ich, und Mascha zog als Antwort die Augenbrauen hoch, nickte aber schließlich. Ich wünschte ihr eine gute Nacht, stellte mir den Wecker auf sechs Uhr und lag lange wach. Mich drückte die Verantwortung, auch wenn es zunächst nur fünf Tage waren. Timo hatte recht, ich hatte keine Ahnung. Meine Erfahrungen mit Jugendlichen beschränkten sich auf die Zeit, als ich selbst jung gewesen war. Ich hoffte, dass ich nicht die Geduld mit ihr verlieren, ich es nicht wieder verpatzen würde.

14

»Darf eine Fünfzehnjährige schon Kaffee trinken?«, fragte ich Mascha am ersten Morgen und kassierte dafür einen mörderischen Blick von ihr. Ich verzichtete darauf, mich bei Timo zu erkundigen, ob sie zu Hause auch welchen bekam, und kochte einfach halb mit, halb ohne Koffein. Ein guter Kompromiss, fand ich. Den Kaffee servierte ich ihr ans Bett, ein Service des Hauses, es gab keine Beschwerden.

Ich bemühte mich, ihr entgegenzukommen, ohne mich aufzudrängen, genoss es, sie um mich zu haben, mich um sie kümmern zu dürfen. Ihr Alltag gab dem meinen Struktur: Frühstück vorbereiten und Abendessen kochen, einkaufen und ihr helfen, das Zimmer wohnlicher zu gestalten. Sie ließ meine Fürsorge widerstandslos über sich ergehen, war es gewohnt, dass man sich um sie kümmerte.

Am dritten Abend nach Maschas Einzug war ich mit Doro, Antonia und Rafa bei ihnen zu Hause verabredet. Endlich würde ich Vivien kennenlernen. Bevor ich mich auf den Weg machte, bereitete ich Mascha und ihren zwei Freundinnen, die sie für den Abend eingeladen hatte, Pasta zu und versalzte sie prompt in meiner Aufregung vor dem Treffen mit Doro und den anderen.

Ich versprach Mascha, gegen elf wieder zu Hause zu sein. Kurz bevor ich aufbrach, traf ihr Besuch ein. Wenige Meter vom Haus entfernt bemerkte ich, dass der Nachtisch, den ich zu meiner Einladung mitbringen wollte, noch im Kühlschrank stand, und drehte wieder um. Die drei Teenies redeten durcheinander und alberten herum, doch kaum betrat ich die Küche, verstummten sie. Für sie war ich eine Art Elternteil, eine Rolle, die mich abschreckte und mir gleichzeitig gefiel.

Meine Fußsohlen kribbelten, und meine Beine waren ganz weich, als ich das erste Mal nach über sechs Jahren den Weg zu meiner alten Haustür entlanglief, vorbei an Mülltonnen, Kinderrädern und vergessenem Spielzeug. Jeder Meter war mir vertraut, als würde ich ein altes Familienalbum durchblättern, und mit jedem Meter wurde ich nervöser. Auf der Treppe blieb mir vor Aufregung für einen Moment die Luft weg. Bevor ich klingelte, schloss ich die Augen und zählte von hundert runter, bis sich meine Atmung beruhigte.

Antonia öffnete mir. Sie zögerte kurz, dann zog sie mich mit einem Strahlen im Gesicht in ihre Arme, und ich tauchte ein in ihren Geruch, in ihren Körper. »Komm rein, komm rein!«, rief sie. Ein Kloß in meinem Hals, ich räusperte mich und schluckte. Beim Eintreten fiel mir als Erstes der ungewohnte Geruch auf. Subtil, aber wahrnehmbar. Keine Überraschung, schließlich lebte seit fast sechs Jahren ein neuer Mensch hier. Antonia seufzte und schüttelte lächelnd, mit Tränen in den Augen, den Kopf.

»So schön, dich zu sehen!«, sagte sie, und ich nickte. Ihr Haarschnitt war noch immer derselbe, kurz und praktisch, inzwischen ganz grau. Ihre dunklen Augen strahlten, genau wie ihr großer Mund, dessen Lippen immer schon erstaunlich rot gewesen waren, obwohl sie sich in der Regel nicht schminkte. Sie winkte mich herein, und ich folgte ihr mit weichen Knien.

Trotz der Veränderungen, die sie und Doro in den letzten Jahren durchgeführt hatten – neuer Anstrich, abgeschliffene Dielen, Möbel umgestellt –, war mir die Wohnung verstörend vertraut.

In der Küche stand noch immer links an der Wand das alte Buffet von Doros Oma, gleich gegenüber vom antiken Waschtisch, der als Esstisch diente und unter dem Pepper in ihrem Korb schlief, so tief, wie nur alte Hunde schliefen. Sie hatte nichts von meiner Ankunft mitbekommen. Erst als ich mich zu ihr hinunterbeugte, wachte sie auf und wedelte so begeistert mit dem Schwanz, dass er mit hohlem Geräusch gegen das Tischbein peitschte. Sie schwang sich von einem tiefen Brummen, das in meiner Brust vibrierte, hinauf zu einem zarten Geheul und hauchte mir ihren abgestandenen Hundeatem entgegen. In meiner Brust wurde es warm und weich. Diese überschwängliche Freude, das faltige Gesicht und die alten Augen, zwei schimmernde Perlmuttstücke, milchig-blau im verfilzten Fellgesicht. Nachdem ich Pepper ausgiebig gestreichelt hatte, stand ich auf und verstaute meinen mitgebrachten Nachtisch, eine Erdbeercreme, im Kühlschrank.

»Willst du was trinken?«, fragte Antonia.

»Danke. Ein Glas Leitungswasser, wenn du hast.«

Sie sah mich an, und wieder standen ihr Tränen in den Augen. »Du hast mir echt gefehlt!« Sie breitete erneut ihre Arme aus, und noch einmal hielten wir uns fest und weinten ein bisschen.

»Bin ich froh, dass du hier bist!« Sie reichte mir ein Glas Wasser, nachdem wir uns voneinander gelöst hatten. Während ich trank, schnippelte sie die letzten Radieschen für den Salat. Ich durfte nicht helfen, also sah ich mich weiter um.

Vivien und ihre Basteleien hatten überall in der Wohnung Spuren hinterlassen. Gleich beim Hereinkommen war mir der blaue Tretroller aufgefallen, der neben der Tür an der Wand lehnte. Der Kühlschrank – ein moderneres Gerät als früher – verschwand unter selbst gemalten Bildern. An der Wand prangte der Gipsabdruck einer Kinderhand, und am Türrahmen hatte jemand Striche gezogen, einen für jedes Jahr. Der Tisch war für fünf Personen gedeckt. Mein Magen zog sich in einem Anflug von Nervosität zusammen, nicht nur wegen Doro, Antonia und Rafa, sondern auch wegen der Tretrollerfahrerin.

Als sich die Wohnungstür öffnete, drehte ich mich um. Doro schob sich mit einer Wanne Wäsche herein. Wir gaben uns über den Kleiderberg hinweg einen Wangenkuss, wobei unsere Nasen aneinanderstießen. Noch stand uns die Unsicherheit im Weg. Bei Antonia war das anders. Antonia war gut im Umarmen. Sie streichelte gern, kraulte gern Haare und Nacken und hielt gern Händchen. Nach dem Bruch hatte mir die körperliche Nähe zu ihr gefehlt. Die Nächte, in denen wir im selben Bett schliefen und uns im Arm hielten, weil eine von uns traurig war, kalte Füße hatte oder wir einfach nicht alleine schlafen wollten.

»Rafa kommt gleich mit Vivien hoch, sie machen noch Blätterteigtaschen«, sagte Doro und nickte mir zu. »Setz dich doch schon mal.«

»Kann ich nicht doch was helfen?«

Antonia schüttelte den Kopf. »Ist alles fertig.«

Also suchte ich mir einen Stuhl aus, Doro nahm gegenüber von mir Platz, und kurz darauf erschien Rafa und mit Rafa Vivien, die sich sofort auf ihren Roller stürzte. Zum Glück befand sich unter uns die Wohnung von Rafa, so würde sich niemand über das Geratter beschweren. Vivien raste den Flur entlang, lugte jedes Mal auf Höhe der Küche kurz herein, rollerte weiter, wendete, fuhr zurück und so weiter, bis Antonia sagte: »Wir essen jetzt, Vivien!« Ich sah ihnen bei allem, was sie taten, zu, als säße ich im Theater, erste Reihe. Wie sie miteinander redeten, ihr unaufgeregt-freundlicher Ton, wie sie sich, aufeinander eingespielt, Schüsseln und Gläser reichten, wie sie mit Vivien umgingen, sie ansahen, sie berührten.

Vivien setzte sich zwischen Antonia und mich. Sie so nah neben mir zu haben berührte mich an einem Punkt gleich hinter dem Brustbein, knapp unter der Kehle. Ein kitzelndes Gefühl, das ich weder benennen noch einordnen konnte. Ich stellte mich vor. »Hi, ich bin Chris.«

Sie kicherte, als wäre das lustig.

»Ich heiße wirklich so«, sagte ich, und sie kicherte noch mehr. Rafa erklärte mir, dass der Hamster von Viviens bestem Freund denselben Namen trug.

»Echt?« Ich plusterte die Wangen auf.

Noch mehr Gekicher.

»Ist das deine Hand?« Ich zeigte in Richtung Wand, wo der Gipsabdruck hing.

»Ja!«

»Und ist sie seitdem gewachsen?«

Sie gab mir den Auftrag, das Kunstwerk vom Haken zu nehmen, und presste ihre Hand in die Form. »Guck, jetzt ist sie größer.«

Sie betrachtete mich, wie man ein Bild oder ein Ausstellungsstück betrachtete. Neugierig, ohne Verlegenheit. Dieses ungenierte Starren von Kindern. Ich blickte zurück. Prägte mir ihre braunen Augen ein, die gewölbten Brauen, die Lippen, die Nase. Als wir fertig mit Gucken waren, aßen wir den Salat und die Blätterteigtaschen, und als wir auch damit fertig waren, gab es meine Erdbeercreme.

Nach dem Essen fuhr Vivien noch ein paar Mal mit dem Roller den Flur auf und ab, und wir Großen räumten den Tisch ab. Der Plan war, dass Rafa sie in seiner Wohnung ins Bett brachte und danach zu uns heraufkam. Zum Abschied winkte Vivien mir zu, eine freundliche Geste. Ich atmete tief durch und winkte zurück.

Antonia erklärte mir, dass Vivien ein Zimmer bei Rafa hätte und eins bei ihnen in der Wohnung. Wenn möglich, übernachtete sie immer sieben Tage am Stück im selben Bett, damit es nicht zu viele Wechsel gab. Eine Woche brachte Rafa Vivien morgens zum Kindergarten, Antonia holte sie nach ihrer Frühschicht wieder ab, und Doro hatte in der Woche weitestgehend kinderfrei. Nach dem Abholen verbrachten Antonia und Vivien den Nachmittag zusammen, abends aßen sie meist alle gemeinsam, und danach brachte Rafa Vivien ins Bett. In der nächsten Woche sprang jedes Elternteil eine Position weiter, und so ging es Woche für Woche.

Beladen mit unseren Gläsern zogen Doro, Antonia und ich ins Wohnzimmer um, wo ich in der Mitte des Raumes stehen blieb und mich umsah.

»Mach's dir doch bequem!«

Hier als Besucherin behandelt zu werden, in dieser Wohnung, in meinem alten Zuhause, war wie im falschen Film zu sitzen. Ich ließ mich aufs Sofa fallen, während die anderen beiden hierhin und dorthin huschten. Nach zwei, drei Minuten stand ich wieder auf, um mir die Bücher im Regal anzusehen. Antonia brachte eine

Flasche Wein, und Doro öffnete das Fenster und machte Klaviermusik an, die sich mit dem Zwitschern der Vögel draußen vermischte.

»Was hältst du von Pepper? Sieht gut aus, oder?«, fragte Doro, und ich nickte, anstatt ihr zu verraten, dass mich Peppers Gebrechlichkeit erschreckte. Sechs Jahre, in denen ich sie nicht gesehen hatte. Fast ein halbes Hundeleben.

Doro ließ sich auf dem Teppich gegenüber vom Sofa nieder. Schon immer saß sie am liebsten auf dem Boden. Sie lehnte sich mit dem Rücken ans Bücherregal, das wir eines Nachts auf der Straße gefunden und quer durch die Stadt bis hierher geschleppt hatten.

Obwohl es bisher gut lief, war ich verkrampft, und durch die anhaltende Anspannung stieg mir die Hitze vom Bauch hinauf bis in die Brust und in den Kopf. Ich stellte mich ans Fenster, versuchte gegen den Schweißausbruch anzuatmen und fächelte mir mit einer Zeitung, die auf dem Fensterbrett gelegen hatte, Luft zu.

»Alles okay?«, fragte Antonia.

»Schweißausbruch, Wechseljahre«, sagte ich.

»Oha, du auch?« Sie zog eine mitfühlende Grimasse. »Ich hatte so starke Blutungen, dass mir meine Gynäkologin Hormone verschrieben hat. Deshalb hatte ich kaum Symptome. Aber vor vier Monaten haben wir die Pillen abgesetzt, und so langsam wird es interessant. Benutzt du auch so eine Vaginalcreme mit Hormonzusatz, um dem Abbau der Schleimhaut entgegenzuwirken? Ich habe ja Probleme mit der Trockenheit, Brennen und so.« Sie setzte sich aufs Sofa, und nachdem mein Anfall abgeklungen war, hockte ich mich neben sie.

Körperliche Vorgänge faszinierten Antonia. Mit Vorliebe sah sie Dokus, in denen Leute komplizierten Operationen unterzogen wurden. Als sie selbst eine Meniskus-OP gehabt hatte, war sie begeistert gewesen, nur eine örtliche Betäubung zu bekommen und alles live mitverfolgen zu können.

»Wenn ich nicht so schlecht in der Schule gewesen wäre, hätte ich Medizin studiert«, hatte sie mir vor Jahren verraten. Sie hatte erst einen Hauptschulabschluss gemacht, dann den Realschulabschluss, war danach ein Jahr durch Europa gereist und hatte sich bei ihrer Rückkehr für die Ausbildung zur Rettungssanitäterin entschieden.

Doro gähnte laut und reckte sich. »Ich menstruiere ja noch brav jeden Monat, aber in Sachen Gesichts- und Brustbehaarung kann ich einiges beitragen. Die wird von Jahr zu Jahr üppiger.« Sie zupfte an einem Haar an ihrem Kinn, und wir wetteiferten, wer von uns mehr davon vorzuweisen hatte. Wir kicherten und zeigten uns unsere altersbedingten Furchen und Dellen, und die Situation erinnerte mich an Zeiten, in denen Doro und ich unsere pubertären Transformationen miteinander verglichen hatten. Jetzt wieder unsere Körpererfahrungen zu teilen stellte eine neue Nähe her, half uns, die Kluft, die durch den Bruch und die lange Zeit ohne Kontakt entstanden war, zu überbrücken.

»Und auch sonst kommen immer mehr Zipperlein.« Doro dehnte ihren Rücken, machte ein paar kreisende Bewegungen mit den Armen und seufzte. »Mein Job macht mich fertig.« Seit über zwanzig Jahren arbeitete sie als Physiotherapeutin. Antonia und Doro grinsten sich an, und dann verrieten sie mir, dass Doro eine neue Arbeitskollegin hätte, die ihr eine Spur zu gut gefiel. »Wir sind nur noch am Flirten.«

Sie schwärmte von ihrer Kollegin, und es fühlte sich so richtig an, hier zu sein, auf dem Sofa neben Antonia, in unserem alten Wohnzimmer und meinen ehemals engsten Freundinnen zuzuhören.

»Wisst ihr, manchmal habe ich Angst, dass mir durch die Wechseljahre die Lust auf Sex vergeht«, sagte Doro jetzt.

»Das ist doch bei allen anders, bei mir trifft das zum Beispiel gar nicht zu, im Gegenteil.« Antonia goss uns Wein ein, wir stießen an und tranken. Auch wenn Antonia sich offensichtlich freute, dass ich hier war, kam es mir doch seltsam vor, dass sie unseren Bruch, meinen Auszug und die Stille der letzten Jahre zwischen uns gar nicht erwähnte. Sie schien einfach weitermachen zu wollen. Ich riss mich nicht um eine Auseinandersetzung, aber befürchtete, dass unsere zukünftige Beziehung ohne Aufarbeitung auf wackeligem Grund stehen würde.

Sie legte mir den Arm um die Schultern, gab mir eine Kurzzusammenfassung ihrer letzten sechs Jahre und landete schließlich bei ihrem Job als Rettungssanitäterin. »Inzwischen bin ich für die Kollegen nur noch die nervige Alte, die niemand ernst zu nehmen braucht. Bei jeder zweiten Blutlache kippen sie fast aus den Latschen, aber glauben trotzdem, Oberwasser zu haben. Einer hat mir neulich ernsthaft die Augen zugehalten, weil er mich vor dem furchtbaren Anblick am Unfallort schützen wollte!« Sie schüttelte den Kopf, und ich lachte laut auf. Lachen half, um nicht zu schreien. Eigentlich war es nicht lustig.

»Ich hoffe, du hast ihm eine verpasst«, sagte Doro.

»Ich musste ihn richtig wegschubsen, und er hat eine Abmahnung bekommen. Zum Glück bin ich bald wieder auf dem Schiff, so hart die Einsätze dort sind, der Umgang im Team ist meistens angenehm.«

Ich zweifelte nicht an Antonias Problemen mit den männlichen Kollegen. Auch ich hatte mir von Anfang an meinen Platz als Technikerin erkämpfen müssen. Die Männer klopften sich zur Begrüßung auf Schultern und Rücken, mich klopften sie nie. Irgendwann hatte ich mir durch meine langjährige Erfahrung Respekt erarbeitet. Doch mittlerweile fühlte ich mich wieder fast so wenig gesehen wie ganz am Anfang meines Berufslebens.

Obwohl ich sicher immer noch mehr positive Aufmerksamkeit erhielt, als ich sie als nicht *weiße* Frauen oder Frau mit Behinderung bekommen hätte. Wurde ich damals aufgrund meiner Unerfahrenheit nicht ernst genommen, so sprachen sie mir heute nicht mehr nur wegen meiner Genderzugehörigkeit die Kompetenz ab, sondern auch wegen meines Alters. Selbst einige der wenigen Kolleginnen, die in der Technik arbeiteten und die ich sonst zu meinen Verbündeten gezählt hatte, trauten mir nicht mehr zu, noch auf dem neuesten Stand zu sein. Meine Arbeitserfahrung hatte keinen Wert, ich wurde immer seltener um Rat gefragt. »Ab fünfundvierzig ist man Boomer«, behauptete neulich eine Lichttechnikerin, was so nicht stimmte, doch wollte sie mir augenscheinlich zu verstehen geben, dass ich die Bühne im wahrsten Sinne des Wortes für sie, für die nachfolgende Generation, zu räumen hatte. Ein doppelter Schlag, erst jahrelang für die Anerkennung von Frauen im Technikbereich zu kämpfen, um dann von den jüngeren Kolleginnen zur Seite geschubst zu werden, anstatt Solidarität zu erfahren. Meine Wut über diese Abwertung vermischte sich mit Scham. Eine Scham, die mir von außen übergestülpt wurde. Mich für meinen alternden Körper schämen zu müssen, für mein angebliches Abgehängtwerden. Doch durch den Austausch hier mit meinen ältesten Freundinnen über die gemeinsamen Erfahrungen fühlte ich mich gleich stärker, selbstbewusster und weniger isoliert.

Doro stand auf, verschwand im Flur und kam kurz darauf mit zwei übereinandergetürmten Wäschewannen zurück. »Sorry, ich dachte, wir nutzen die Zeit zum Zusammenlegen. Hat sich schon wieder so viel angesammelt.«

»Gute Idee.« Antonia schob unsere Gläser zur Seite, und ich zog einen Packen T-Shirts aus dem Korb, die ich auf dem runden Wohnzimmertisch faltete. »Du brauchst uns nicht zu helfen«, sagte Doro, aber ich winkte ab. »Kein Problem, oder ist euch das unangenehm?«

»Quatsch, auf keinen Fall!« Antonia holte zwei weitere Wannen, und wir falteten einträchtig. Das Zimmer färbte sich im Abendlicht orange, und von außen sah es bestimmt so aus, als würde ich wieder hier wohnen. Doch wenn ich tatsächlich hier wohnen würde, hätte mir Doro nicht gesagt, dass ich nicht zu helfen bräuchte, und ich hätte nicht gefragt, ob ihnen meine Hilfe unangenehm sei.

15

Ein Schlüssel drehte sich in der Wohnungstür. Das schabende Geräusch mit dem darauffolgenden Klicken hätte ich unter Hunderten von Türschlössern herausgehört. Mit dem Babyfon wedelnd, betrat Rafa das Wohnzimmer. »Dreimal ›Kleiner Esel Benjamin‹.«
»Oh, das ist gerade ihr Lieblingsbuch.« Doro lachte. »Von dem konnte ich früher auch nie genug bekommen!«
»Wir müssen aufpassen, dass das nicht einreißt mit dem Vorlesen«, sagte Antonia. Doro antwortete: »Bei mir ist sie gestern schon nach einer Runde eingeschlafen.« Die beiden sahen sich an, kommunizierten wortlos miteinander.
»Ich meine ja nur, dass wir das im Blick behalten sollten.« Antonia nickte den anderen beiden zu, und die nickten zurück. Ich fragte mich, ob sie die Diskussion aus Rücksicht auf mich abgekürzt hatten, ob sie sich sonst ins Endlose gezogen hätte.

Mit Schwung schmiss sich Rafa in den Sessel, der genau dort stand, wo zu meinen Zeiten der unbeliebte Sitzsack gelegen hatte, zwischen dem Fenster und dem großen Bücherregal. Er schnappte sich den Haufen einzelner Socken, die wir zur Seite gelegt hatten, und machte sich auf die Suche nach zueinanderpassenden Paaren.

»Legt ihr immer gemeinsam Wäsche zusammen?«, fragte ich.

»Nee, nur wenn du da bist und wir vorführen wollen, wie toll wir uns ergänzen.« Er grinste, und obwohl ich wusste, dass es ein Scherz war, versetzte es mir einen Stich.

»Vivien hat eben erzählt, dass sie und ihr bester Freund für das Kita-Abschiedsfest eine Zaubernummer einstudieren wollen«, redete er weiter. Sie diskutierten über das Fest und das Buffet, für das sie einen Salat machen mussten. Antonia hatte ihre Schicht für den großen Tag noch immer nicht tauschen können. Sie organisierten, wer das Geschenk für den Kindergeburtstag besorgte, zu dem Vivien am nächsten Tag eingeladen war, und erörterten, wo Viviens Fahrradhelm sein könnte. Antonia sah mich verlegen an: »Welcome in unserem Leben. Eigentlich dreht sich meistens alles um Vivien.« Dabei zeigte sie auf das Babyfon, das in unserer Mitte auf dem Tisch stand.

Sie alle zusammen in ihrem Alltag zu erleben, der auch meiner hätte sein können, rührte an eine unangenehme Sehnsucht, die mir schmerzhaft an den Nervenenden zog. Rafa war fertig mit den Socken und schnappte sich als Nächstes einen Pulk verknoteter Kinderstrumpfhosen. »Wie sieht es denn in deinem Leben gerade aus?«, fragte er, und ich erzählte vom Theaterjob, meinem Opa und dem Haus und hoffte, Doro würde sich nicht langweilen, alles ein zweites Mal zu hören.

»Und ich arbeite ab jetzt auf dem Wochenmarkt. Übermorgen ist meine erste Schicht.«

»Heißt das, du bleibst hier?« Rafa warf mir einen interessierten Blick zu.

»Solange wir das Haus noch haben, auf jeden Fall, und danach? Keine Ahnung. Vielleicht finde ich ja hier an einem der Theater einen Job.« Antonia drückte meinen Arm und strahlte mich an. Ich goss Wasser in mein Glas und trank. »Ach ja, und meine Nichte ist für ein paar Tage bei mir eingezogen, was sehr aufregend ist.«

»Echt? Mascha ist bei dir? Warum das denn?« Doro zwängte ihre Hand in einen von Viviens Pulloverärmeln, der auf links gedreht war. Sie zerrte, schien festzuhängen, wedelte mit dem Arm, und der Pulli kreiste wie ein Propeller um ihr Handgelenk. »Aah!«, machte sie, da löste er sich und flog in hohem Bogen aufs Regal.

»Interessante Technik.« Rafa lachte, und Doro sprang auf und holte sich den Pulli zurück. »Also, was ist jetzt mit Mascha?«

Ich erklärte ihnen die Situation.

»Siehst du«, Doro zwinkerte mir zu, »sie hat das Picknickdrama vergessen oder hat es dir längst verziehen.«

»Fünfzehn ist echt kein leichtes Alter. Da war ich auch ein harter Brocken«, sagte Antonia.

»Das glaub ich sofort.« Rafa grinste. »Ich dagegen habe mich zwischen vierzehn und siebzehn in meinem Zimmer versteckt, traurige Musik gehört und Reiseführer gelesen.«

Antonia: »Echt? Das wusste ich gar nicht.«

Rafa: »Tja. Fernweh. Dabei war ich viel zu ängstlich, um alleine zu verreisen, und wir hätten es uns auch gar nicht leisten können.« Ich wusste, Rafas Mutter war Konditorin, und das italienische Diplom in Biologie seines Vaters wurde in Deutschland nicht anerkannt, weshalb er lange arbeitslos war, bevor er schließlich eine Umschulung zum Bibliothekar gemacht hatte.

»Für mich bestand meine Pubertät vor allem daraus, zu verstehen, auf wen ich eigentlich stehe«, erklärte Doro. »Chris war dauerverknallt in alle möglichen Jungs und fragte immerzu: Wen findest du gut, wen findest du gut? Und ich: Frau Herbst. Das war die Referendarin. Ui, die war toll! Und Chris nur am Kichern und wollte mir nicht glauben.«

»Aber dann schon, nur erst nicht. Tut mir immer noch leid.«

»Ist okay, ich bin drüber weg.« Sie grinste mich an.

Bis zu jenem Zeitpunkt hatten Doro und ich uns mehr oder weniger parallel entwickelt. Als Kinder hatten wir uns verkleidet, Kronen, Pfeil und Bogen gebastelt, waren durch die Gegend gezogen und hatten die Nachbarschaft mit Klingelstreichen und Wasserpistolen traktiert. Später schnitten wir uns gegenseitig die Haare, stritten, gingen ins Kino, tanzten auf Konzerten und trauten uns zusammen ins Jugendzentrum. Wir liefen untergehakt auf Demos rund um die Innenstadt, logen füreinander, betranken uns und fuhren gemeinsam in den Urlaub. Erst als ihr bewusst wurde, dass es sie nicht zu Jungen hinzog, ging sie mehr eigene Wege. Ich bemühte mich, sie auf der Suche nach ihrer sexuellen Identität so gut es ging zu begleiten, doch es war ihr Weg, nicht meiner. Doro besuchte von da an regelmäßig das wöchentlich stattfindende Schwul-

Lesbische Café und tauchte tief in die queere Szene ein. Zwar hatte es auch vorher schon durch das autonome Zentrum oder den feministischen Jugendtreff Überschneidungen gegeben, doch nun lernte Doro gezielt neue Leute kennen, mit denen sie sich austauschte. Sie schöpfte aus dem Vollen. So wie ich mich seit ich dreizehn war ständig neu verliebt hatte, probierte Doro sich nun aus. Ich kam kaum noch hinterher, mit wem sie schlief, welche sie gerade toll fand und welche schon nicht mehr. Ärgerliche Stimmen am Telefon, Krisengespräche, manchmal wurde ich dazugeholt, um zu vermitteln und für Versöhnung zu sorgen, was mir nur selten gelang.

Gleich nach dem Abi waren Doro und ich dann zusammengezogen. Da wir seit unserer Kindheit viel Alltag miteinander geteilt hatten, klappte unser Zusammenleben von Anfang an erstaunlich gut.

»Ich war früher ja eher der Schwärmer aus der Ferne.« Rafa wurde rot und lächelte verlegen.

»Klingt wie eine Tarotkarte.« Antonia lachte.

Obwohl die Stimmung zwischen uns friedlich schien, fühlte ich mich wie bei einem Vorsprechen für eine Rolle, die ich unbedingt haben wollte. Es gelang mir nicht, mich zu entspannen. Zu viel Zeit, die wir weit weg voneinander verbracht hatten, schwebte zwischen uns im Raum und forderte Aufmerksamkeit. Ich verschwand kurz im Bad, wusch mir das Gesicht, und als ich zurückkam, ich wieder neben Antonia saß und sie mir einmal leicht über den Rücken strich, überwand ich mich. »Ich wollte noch sagen, dass es mir leidtut, euch damals so enttäuscht zu haben.«

Doro nickte mir zu. Rafa wickelte einen mehrere Meter langen Verband auf, den er aus einer der Wäschewannen befreit hatte, und Antonia knetete ein Unterhemd zwischen den Händen. Ihre kurzen Haare standen ab, als stünde sie unter Strom.

»Einfach abzuhauen war nicht gerade toll«, sagte ich.

Als hätte Vivien gehört, worüber wir sprachen, hustete sie, und das Babyfon knisterte. Dann war es wieder still, bis auf ein Auto, das draußen vorbeifuhr.

»Stimmt, toll war das nicht.« Rafa nickte, und ich hob an, meine Gründe darzulegen, zu erklären, was mich meiner und Doros Meinung nach zu dem Schritt, sie alle zu verlassen, bewogen hatte, doch da unterbrach mich Rafa. »Doro hat uns schon eine Zusammenfassung von eurem Gespräch letztens gegeben.«

Sie hatte mich nach unserer Aussprache um Erlaubnis gebeten, das Besprochene mit den anderen teilen zu dürfen.

»Ich weiß nicht, wie ihr das seht, aber wegen mir können wir auch versuchen, einen Strich unter die Sache zu ziehen.« Rafa lächelte unsicher, und ich hob die Schultern. Mir kam sein Vorschlag fast ein wenig zu schnell. Der Weg zu unserer Versöhnung musste Schlaglöcher und Kurven aufweisen, so stellte ich mir vor. Er durfte nicht zu leicht sein. Aber warum eigentlich, fragte ich mich. Vielleicht hatte Rafa ja recht, vielleicht war es gar nicht gut, immer alles zu zerreden, die alten Themen wieder und wieder ans Licht zu zerren. Ich sah zu ihm hinüber. Er schien ganz vertieft zu sein in seinen Verband, als würde ihn das Thema kaum etwas angehen.

Antonia nahm einen Schluck von ihrem Wein und räusperte sich: »Danke, dass du das ansprichst, Chris, und auch für deine Entschuldigung. Ich war die ersten Monate wirklich verletzt, konnte aber nach und nach akzeptieren, dass du einen Cut brauchtest. Ich finde allerdings, dass du nicht die Einzige bist, die Fehler gemacht hat. Ihr wisst ja, dass ich immer schon ein Kind wollte und es nie geklappt hat. Als Doro uns dann eingeladen hat, mitzumachen, hatte ich keine Lust, mich mit deinen Ängsten, Widerständen oder Gegenargumenten auseinanderzusetzen. Das tut mir echt leid.«

Ich schluckte am Kloß, der sich in meinem Hals gebildet hatte, trank von meinem Wein und kippte direkt ein Glas Wasser hinterher. Ich wusste nicht, was ich sagen sollte. Als Antonia meine Hand in ihre nahm, rollten die Tränen. Dieses Schweigen, wenn eine Person weint und die anderen drumherum sitzen, betroffen und ohne zu wissen, wie damit umgehen. Antonia umarmte mich, und nach einigen Minuten schaffte ich es, mich zu beruhigen. Unsicher lächelte ich in die Runde, und die anderen lächelten zurück.

»Ach ja, und ich wollte dir noch sagen, dass du nicht wie dein Opa bist.« Antonia nickte mit Nachdruck. Ich wurde rot und sah Doro an. Sie hatte offensichtlich nichts von unserem Gespräch ausgelassen. Umso besser, denn so musste ich nichts erklären.

»Manchmal etwas aufbrausend, aber definitiv kein Ludwig«, bestätigte Rafa. »Und ich kenne mich aus mit Zuschreibungen. Mir wurde früher immer eingeredet, ich sei unsportlich, woran ich nie gezweifelt habe, bis ich anfing, Tischtennis zu spielen, just for fun. Und auf einmal haben alle behauptet, dass ich Talent hätte. Ich dachte, die wollen nur nett sein oder haben Mitleid. Da haben Sportunterricht und Bundesjugendspiele ganze Arbeit geleistet und mir einen schönen Stempel aufgedrückt.«

»Bei mir war es genauso mit Mathe«, sagte Doro und verzog das Gesicht. »Na ja, fast genauso. Ich bin aber auch echt mies im Rechnen, da gab es nie ein Happy End.« Wir lachten.

»Und ich war immer schon die Böse«, sagte ich, »die Unausgeglichene, das Teufelchen und Timo das Engelchen.«

Rafa schüttelte den Kopf und grinste. »Teufelchen passt aber ganz gut. Weißt du noch, wie du die Pralinen, die ich extra für meine Mutter aus Italien mitgebracht habe, aufgefuttert hast?!« Er bildete ein Kreuz mit den Zeigefingern und hielt sie mir entgegen.

Ich stöhnte. »Nicht schon wieder diese Geschichte! Sie waren in *unserem* Kühlschrank!«

»Aber nur zwischengeparkt! Eine ganze Schachtel an einem Abend! Dass du nicht gekotzt hast, ist Beweis genug, dass da diabolische Kräfte am Werk waren.« Er beschrieb den Umfang der Schachtel, übertrieb maßlos und riss die Augen auf. Ich protestierte, lachend riefen wir durcheinander, und ich warf ihm einen von Viviens Pullis an den Kopf.

»Mir drängt sich gerade die Frage auf, ob du deshalb damals

beim Krippenspiel so scharf auf die Rolle des Engels warst, quasi als Tarnung«, kicherte Doro.

Ich lachte laut los. »Wer weiß. Und warum wolltest du unbedingt die Maria spielen?«

»Ich hätte alles gespielt, solange es die Hauptrolle war, du weißt schon, Einzelkindsyndrom. Aber dein Rülpser ... Engelskostüm hin oder her, das waren Schwefeldämpfe direkt aus der Hölle.«

Sie machte mich nach, wie ich mit auf der Brust gefalteten Händen gestanden und versucht hatte, heilig auszusehen, während mir der Rülpser entfuhr. Dabei verschluckte sie sich am Wein, bis er ihr aus der Nase floss. Das Lachen vibrierte in mir, halb heulte ich, und mein Zwerchfell krampfte. »Puh!« Ich wischte mir die Tränen ab. Auch wenn die Witze nicht besonders lustig waren, half uns das Lachen, die Spannung abzubauen, unsere Verlegenheit aufzulösen. Nur ein leichter Nachgeschmack war geblieben, weil Rafa das Thema so schnell abgewürgt hatte. Doch freute ich mich über Antonia, die so aufrichtig zugewandt war wie immer.

Nach und nach beruhigten wir uns wieder. Doro putzte sich die Nase und wusch ihr mit Wein besprenkeltes T-Shirt aus, während wir anderen die fertig gestapelte Wäsche in den Wannen verstauten. Fast fühlte es sich an, als würde ich wieder dazugehören. Sicher nicht so wie vorher – die Zeit ließ sich nicht zurückstellen –, doch ich durfte wieder mitspielen, auch wenn es ohne Zweifel noch den einen oder anderen Rückschlag geben würde. Momente, in denen ich mich ausgeschlossen fühlte, in denen ich zu spüren bekam, dass mir sechs Jahre fehlten. Doch jetzt gerade, da fühlte es sich an, als dürfte ich wieder Teil ihrer Gruppe sein.

16

Am Freitagabend legte ich mich abends um halb zehn ins Bett. An meinem ersten Arbeitstag wollte ich unbedingt fit sein – ein Vorsatz, der solchen Druck erzeugte, dass ich mit klopfendem Herz wach lag und darauf lauschte, wann Mascha endlich heimkam. Sie war mit Freundinnen vom Handball unterwegs und sollte um halb elf zu Hause sein. Halb elf war eine halbe Stunde länger, als Timo und Sibel ihr erlaubten. Mit der geschenkten halben Stunde hoffte ich, einen Deal ausgehandelt zu haben, der es ihr erleichtern würde, pünktlich zu kommen.

Der Kuckuck krakeelte aus der Küche, erst um zehn, dann um halb elf. Ich hatte es noch immer nicht über mich gebracht, ihm den Saft abzudrehen beziehungsweise mit dem Aufziehen der Uhr aufzuhören. Meine Anspannung stieg, Mascha hatte es mir versprochen. Um Viertel vor elf hörte ich endlich das Quietschen des Garagentors und kurz darauf die Haustür.

»Hey!«, rief ich, und Mascha öffnete meine Zimmertür.

»Noch wach?«

»Du bist zu spät.«

»Aber nicht viel.«

»Sag nächstes Mal Bescheid, wenn du später kommst.«

»Mach ich, versprochen.«

»Und versprich nichts, was du nicht vorhast zu halten.«

Sie grinste und wandte sich zum Gehen.

»Das war kein Scherz«, rief ich ihr hinterher, doch sie antwortete nicht und schloss die Tür.

Danach lag ich weiterhin wach und fragte mich, wie ich damit umgehen sollte, wenn Mascha mich nicht ernst nahm, sich nicht an die Regeln hielt. Ich hatte doch keine Ahnung von Kindern oder

Jugendlichen, wie Timo mir erst vor wenigen Tagen vorgeworfen hatte. Hatte keine Ahnung, welchen Handlungsspielraum ich als Übergangs-Verantwortliche hatte, wie weit der Radius war, innerhalb dessen ich agieren durfte.

Ich malte mir zig Situationen aus, in denen Mascha etwas zustieß, weil ich nicht aufgepasst oder nicht richtig gehandelt hatte. Fast hoffte ich, dass Timo und Sibel sie am Sonntag zurückbeordern würden, und wünschte mir gleichzeitig, dass sie hier bei mir bleiben dürfte.

Fred fiel mir ein, mit ihm musste ich reden. Als wir klein waren, hatte er so viel Zeit mit Timo und mir verbracht und uns immer wieder auf behutsame Weise gezeigt, wo die Grenze verlief. Fred hatte das gekonnt, ruhig zu bleiben, auch wenn wir mit ihm stritten.

Meine Gedanken plätscherten vor sich hin, durch tiefere und höhergelegene Schichten, zwischendurch döste ich fast ein, nur um im letzten Moment wieder aufzuschrecken. Gegen halb eins trieb mich ein Hitzeanfall vor die offene Kühlschranktür, wo ich die Kälte durch die Haut einsaugte. Nachdem das Glühen abgeklungen war, fühlte ich mich zu unruhig, um mich gleich wieder ins Bett zu legen. Stattdessen wischte ich die Besteckschublade aus, aß erst ein Knäckebrot mit Tomate, dann eins mit Marmelade, machte einen Obstsalat fürs Frühstück, putzte mir erneut die Zähne, wischte den Badezimmerspiegel sauber und legte mich dann wieder ins Bett. Gegen zwei schlief ich ein, und vier Stunden später klingelte der Wecker.

Erstaunlich wach schwang ich mich aus dem Bett. Aufregung wirkte ähnlich wie Kaffee. Mascha schlief noch. Ich schrieb ihr einen Zettel, dass im Kühlschrank Obstsalat für sie stand, und radelte kurz darauf gut gelaunt durch den Morgennebel zum Wochenmarkt.

Mit meinem Job und meiner Nichte im Haus war es, als hätte mein Dasein nun eine größere Berechtigung. Der Wert einer Person richtete sich nach ihrer Produktivität, so hatten wir es gelernt, so funktionierte das System. Erschreckend, wie nutzlos ich mich in den letzten Wochen oft gefühlt hatte, und noch erschreckender, wie geläufig mir das Wort ›nutzlos‹ als Wertmaßstab war. Wie würde es sich anfühlen, wenn ich irgendwann zu alt oder zu krank war, um noch zu arbeiten? ›Nützlich‹ und ›nutzlos‹ waren Wörter, deren Zweck darin zu bestehen schien, zu verletzen, herabzuwürdigen, zu demütigen.

»Sei fleißig wie ein Bienchen, sei brav wie ein Kaninchen, sei sauber wie ein Kätzchen, dann bekommst du bald ein Schätzchen.« Diesen Spruch hatten Doro und ich vor Jahren auf einem Flohmarkt entdeckt, in Schnörkelschrift in ein Brettchen gebrannt. Es war auf allen Ebenen so daneben, dass wir es einfach kaufen mussten und es im Klo aufhängten. Eine Freundin warf es aus dem Fenster. Die Nachbarin aus dem ersten Stock fand es im Gebüsch und stellte es ins Treppenhaus, woraufhin Doro es wieder in unser Bad hängte und die Freundin es bei ihrem nächsten Besuch erneut aus dem Fenster warf. So durchwanderte das Schild mehrmals denselben Kreislauf, bis es eines Tages endgültig verschwand. Wir fanden nie heraus, an welcher Stelle es aus diesem Zirkel ausgebrochen war.

Nachdem ich mein Rad abgeschlossen hatte, schlängelte ich mich an den anderen Marktständen vorbei zu meinem neuen Arbeitsplatz, wo ich zunächst eine grobe Einweisung bekam. Karola zeigte mir, wie die Kasse funktionierte, die Chefin händigte mir eine Schürze aus, und los ging es.

Obwohl wir ununterbrochen Ware über den Tisch reichten und kassierten, wuchs die Schlange mit den Wartenden ab neun Uhr stetig. Karola gab mir den Tipp, mich ausschließlich auf die Person zu konzentrieren, die ich gerade bediente, und den Rest der Kundschaft zu ignorieren. Zum Glück rechnete die Kasse für mich, und zum Glück war neben unserem Stand ein Bäckereiwagen, bei dem ich mich mit Gebäck und Kaffee versorgen konnte. Dreck sammelte sich unter meinen Fingernägeln von der Erde, die an den Kartoffeln und den ungewaschenen Möhren klebte, und die Haut meiner Hände wurde rissig von der Feuchtigkeit, die am Blattgemüse haftete.

Karola schien ganz in ihrem Element: »Leg mal für den Herrn Weber noch zwei Kartoffeln drauf, das kann der wohl vertragen«, und *schwupps* packte sie eigenhändig zwei Kartoffeln in die von mir bereits abgewogene Tüte.

»Die Möhren sind aber mickrig, kannst ruhig ein paar kräftigere nehmen, dann muss die liebe Ida nicht so viel schälen, nicht wahr?« Ida, eine Frau im Alter meiner Mutter, nickte und gab mir zwinkernd ein großzügiges Trinkgeld.

Karola kannte ihre Kundschaft, seit Jahren kümmerte sie sich um sie. »Und jetzt mal Tempo«, sagte sie alle zwanzig Minuten und machte mich damit ganz nervös, woraufhin der Mangold sich noch mehr sträubte, in die Tüte gestopft zu werden, und mir die Äpfel von der Waage rollten.

Außer Karola und der Chefin, die sich gelassener und freundlicher als befürchtet zeigte, arbeitete eine weitere Aushilfe namens Pia am Stand. Mit Pia kam ich gut klar. Wenn sie und ich uns aus derselben Kiste bedienten, ließen wir uns gegenseitig den Vortritt, und bald schon grinsten wir uns an, wenn Karola mal wieder in meinen Tüten herumwühlte und uns zur Eile antrieb.

Am Ende meiner Schicht zählte mir die Chefin meinen Lohn in die Hand und sagte: »Lief doch gut.«

»Ha!«, hätte ich Karola gern zugerufen, doch die verstaute gerade die restlichen Kisten im Anhänger.

Nachdem wir den Stand abgebaut und uns am aussortierten Obst und Gemüse bedient hatten, lief ich gemeinsam mit Pia zu unseren Fahrrädern. Den ganzen Tag schon kam sie mir bekannt vor, doch wusste ich nicht, wo wir uns schon begegnet waren.

»Wir sind auf dieselbe Schule gegangen, die IGS an den Fischteichen, weißt du nicht mehr?«, fragte sie, und da fiel es mir wieder ein. Sie war zwei Jahrgänge über mir gewesen. Ihr Coming-out hatte sie erst nach ihrem Abi gehabt. Pias bei der Geburt zugewiesenes Geschlecht war das eines Jungen. Doch, wie sie mir ein paar Wochen später erzählte, war ihr bereits zum Ende der Schulzeit bewusst, dass sie ein Mädchen beziehungsweise eine Frau war.

Wir schlängelten uns an den Hängern anderer Händler vorbei. Kistenstapel türmten sich rechts und links von uns, Transportertüren knallten, während wir uns über Leute von früher unterhielten. Klatsch und Tratsch, Pia war gut informiert. Zum Abschied gab sie mir zwei Wangenküsse, und dann fuhr ich im gemächlichen Tempo nach Hause. Auch wenn mir der Rücken von der Müdigkeit und vom vielen Stehen schmerzte, war ich zufrieden. Der Tag war besser gelaufen als befürchtet.

Den restlichen Nachmittag verbrachten Mascha und ich in der Stadt, kauften ihr einen neuen Badeanzug für den Urlaub und mir ein Paar Schuhe, da bei meinen die Sohle gebrochen war. Wir holten uns Pommes und setzten uns in den Park, wo Mascha neben mir einschlief und ich sie beim Schlafen beobachtete. Die Vorstellung, dass Vorübergehende sie für meine Tochter halten könnten, erfüllte mich mit Stolz. Worauf genau ich stolz war, konnte ich nicht sagen.

Am Sonntagmorgen stand ich früh auf, weckte Mascha mit einem Kaffee halb-halb, fuhr zur Bäckerei und kaufte Brötchen. Ich deckte den Tisch, schnitt Tomaten, Gurken und Äpfel und öffnete die Tür, noch bevor Timo, Sibel und Linus Gelegenheit hatten zu klingeln.

Das Gespräch verlief ruhig. Niemand schrie, bis auf Linus, als der Kater ihm eine verpasste. Ein dicker Kratzer quer über der Kindernase. An diesem Morgen bemühten sich alle, freundlich zu sein. Wir ließen uns gegenseitig ausreden und lächelten viel. Ich schenkte fortwährend Tee und Kaffee aus und rührte für Linus den von meinem Opa eingekochten Holundersirup ins extra aufgesprudelte Wasser. Als müsste ich unter Beweis stellen, wie gut ich darin war, mich zu kümmern. Dabei waren auch so alle damit einverstanden, dass Mascha noch länger bei mir blieb. »Unter der Bedingung, dass du regelmäßig zur Schule gehst!« Timo zog die Augenbrauen hoch, und Mascha sah mich an. Ich nickte ihr zu, und dann nickte auch sie. »Versprochen«, sagte ich, und »versprochen«, wiederholte sie. »Was hältst du von der Idee, uns ein- oder zweimal die Woche zu treffen?«, fragte Timo seine Tochter. »Nur wir zwei, und dann unternehmen wir was Schönes zusammen. Schwimmen oder essen gehen, ins Theater oder ins Kino oder so?« Unsicherheit flackerte in seinem Blick auf, ich hätte am liebsten seine Hand genommen. Mascha saugte an ihrer Unterlippe, und dann lächelte sie. »Klingt gut.« Ich atmete aus, hatte nicht bemerkt, dass ich die Luft angehalten hatte.

Timo und Mascha umarmten sich zum Abschied. Mein Bruder schluckte an seinen Tränen, während Mascha ihre laufen ließ. Ich bewunderte ihn dafür, dass er seiner Tochter den Raum gab, den sie sich wünschte, dafür, dass er zu Eingeständnissen bereit war, um ihre Beziehung zu verbessern. Er liebte sie. Er wollte, dass es ihr gut ging, und wusste, wann es besser war nachzugeben. Und ich liebte ihn für seine Bereitschaft, loszulassen, auch wenn es ihm wehtat. Sibels Beziehung zu Mascha war harmonischer, doch sie bestärkte Timo und ihre Tochter in allem, was nötig war, damit sie wieder zueinander fanden. Sie hatte mir vor zwei Tagen am Telefon erzählt, wie sehr ihr die Spannung zwischen Timo und Mascha zusetzte und wie schwer es ihr fiel, Mascha, seit sie bei mir wohnte, im Alltag kaum noch zu sehen, auch wenn es nur für einige Wochen war. Wie so oft lächelte Sibel, statt zu weinen. Als sie die Tassen in die Spüle stellte und uns kurz den Rücken zuwandte, erhaschte ich einen Blick auf ihr Gesicht, nur eine Sekunde, in der ihr das Lächeln wegrutschte.

17

Mascha und ich fanden schnell zu einem gemeinsamen Rhythmus. Ich passte mich ihrem an, forderte wenig, und so gab es keinen Stress. Es fiel mir nicht schwer zu erkennen, wann sie lieber ihre Ruhe wollte (morgens und gleich nach der Schule), wann sie in Plauderlaune war (eher abends) und welche Hafermilchsorte ihre bevorzugte war. Auch der Kater durchschaute bald, dass Mascha zwar bereit war, ihn zu kraulen, aber Füttern nicht in ihren Bereich fiel, da ihr das Dosenfleisch Brechreiz verursachte. Dem Kater gefiel die Umstellung auf die Billigmarke nicht. Doch das Markenfutter, das er sonst bekommen hatte, konnte ich mir nicht leisten. Noch immer zahlte ich die Miete für mein Zimmer in Belgien, dem winzigen Zufluchtsort, an dem ich mich zwischen zwei Jobs versteckte, um drei Tage bei ausgeschaltetem Telefon im Bett zu liegen, zu schlafen, zu glotzen und zu lesen.

Meine Bewerbungen hatten bisher nichts ergeben, obwohl ich den Radius immer größer zog und mich nicht mehr nur bei Theatern, sondern auch anderen Veranstaltungshäusern bewarb. Vielleicht schreckte die Personalbüros mein Alter ab, und niemand traute mir mehr zu, auf Leitern zu klettern, die neueste Technik zu durchschauen und Scheinwerfer zu schleppen. Glücklicherweise hatten mich die Kompanien, mit denen ich seit Jahren zusammenarbeitete, noch nicht aufgegeben, und hin und wieder flatterte eine Anfrage herein. Obwohl ich gerade wenig Lust verspürte, erneut meine Koffer zu packen und wieder auf Tour zu gehen, schloss ich diese Joboption nicht aus. Zwar tat mir das ruhigere Leben hier in der Stadt gut, und ich genoss es, mich meiner Familie, Doro und den anderen wieder anzunähern, doch gleichzeitig fehlten mir der Trubel am Theater und mein Einkommen.

Die schlauere Herangehensweise wäre sicher gewesen, mir erst eine passende Arbeit und ein neues Zuhause zu suchen, bevor ich die Pfeiler hinter mir abriss. Trotzdem rief ich meine Vermieterin in Belgien an und teilte ihr mit, dass ich meinen Unterschlupf nicht mehr benötigte. Ihr kam meine Kündigung gelegen, und ich versprach, meine Sachen so schnell wie möglich abzuholen. Es waren so wenige, ich würde sie in zwei Koffern mit der Bahn transportieren können.

Bevor ich meinen Rückzugsort gefunden hatte, war ich von einer Zwischenmiete zur nächsten gesprungen. Wenn ich Lücken von Tagen oder Wochen überbrücken musste, schob ich entweder kleine Reisen ein oder nahm einen zusätzlichen Job an, übernachtete auf dem Sofa einer Freundin oder einer Kollegin oder im Bett eines zwischenzeitlichen Lovers.

In meinem unsteten Leben blieb kaum Platz für große Romanzen. Meine letzte Affäre, ein Regisseur, lag fast ein Jahr zurück. Er hatte mir den Laufpass gegeben, weil ich zu wenig Zeit für ihn hatte. Genau wie Klas, ein Musiker, der erst mit Anfang dreißig den Kontrabass für sich entdeckt hatte und der mir nach vier Monaten verkündete, dass er zu seinem Ex, einem Automechaniker, zurückginge, weil es ihm fehle, dass jemand da sei, wenn er von einer Tour nach Hause käme.

Zwischenlösungen gehörten zu meinem Leben. Wenn ich mal nicht wusste, wohin mit mir, war ich nie in Panik verfallen, weil es immer dieses Haus gegeben hatte. Mein Notfallplan, auf den ich nie zurückgegriffen hatte. Die Sicherheitsleine, die nie zum Einsatz kam. Jetzt war es, als würde ich mit einem Paragleiter über unbekanntes Terrain fliegen. Schluchten, Abgründe und schillernde Landschaften. Irgendwie und irgendwo würde ich landen.

Am kommenden Samstag hatte Mascha ein auswärtiges Handballturnier und würde erst gegen zwanzig Uhr nach Hause kommen. Ich plante, den Nachmittag mit Doro und Vivien zu verbringen und den Abend mit Mascha zu Hause, wo wir gemeinsam einen Film gucken wollten.

Es war das erste Treffen mit Doro und Vivien, seitdem ich bei ihnen zum Essen gewesen war. Eigentlich hatten wir auf den Spielplatz gehen wollen, doch da es regnete, trafen wir uns bei ihnen zu Hause. Pepper lag, wie schon bei meinem ersten Besuch, in ihrem Korb unter dem Tisch und wedelte euphorisch mit dem Schwanz, als ich mich zu ihr hinunterbeugte. Vivien hockte sich dazu und erklärte mir, wie die Tierärztin Pepper die Krallen geschnitten hatte. »Weil Pepper nicht mehr so viel läuft, sind die Krallen ganz lang, und dann stolpert sie immer darüber.« Wir fuhren mit den Fingern über das schartige Horn und verglichen unsere Fingernägel damit. Ich freute mich über Viviens Aufgeschlossenheit, und gleichzeitig hätte ich mich am liebsten mit Pepper im Arm den Rest des Nachmittags unter dem Tisch gelegt und das Gesicht in ihrem Fell vergraben. Ein ziehender Schmerz von Verlust. Nicht über den Verlust einer Person oder eines Kindes, das ich nie gehabt hatte. Eher ein rückblickender, verspäteter Einsamkeitsschmerz, den ich zuvor unter Arbeit und Unterwegssein vergraben hatte. Bevor ich ganz darin versinken konnte, kam Doro herein, klatschte in die Hände und fragte, ob wir einen Vorschlag für den Nachmittag hätten.

»Pizza machen!«, brüllte Vivien, und ich wühlte mich aus dem Korb und aus meinem Selbstmitleid. Doro bot an, die fehlenden Zutaten im Laden nebenan zu besorgen, und ließ uns allein. Als ich Vivien vor wenigen Wochen hinter der Hecke hervor beobachtet hatte, war sie mir unerreichbar erschienen, wie eine Figur aus dem Fernsehen. So kam es mir beinahe irreal vor, dass wir nun beide nebeneinander in meiner alten Küche standen und vierhändig Pizzateig kneteten. Wir stellten ihn auf die Fensterbank, und ich sagte: »Hier kann er in Ruhe gehen«, und wusste, als Vivien mich angrinste, was als Nächstes käme. »Wohin soll er denn gehen?«, fragte sie, und wir lachten. Offensichtlich hatte sie den Ausdruck nicht zum ersten Mal gehört und den Witz nicht zum ersten Mal gerissen.

Nachdem Doro zurück war und den Einkauf ausgeräumt hatte, verzog sie sich aufs Sofa, und ich zeigte Vivien, wie sie die Pilze schneiden und den Käse reiben konnte, während ich die Tomatensauce zubereitete. Nebenbei erfuhr ich von einer zersprungenen Scheibe in der Kita, vom dem Mädchen, das einem anderen mit der Schere ein Loch in den Pulli geschnitten hatte, und Vivien zeigte mir ein Foto von ihrem Freund Cem, dessen Hund den Postboten gebissen hatte. »Aber nur ein bisschen, war nicht so schlimm.«

»Na, dann ist ja gut.«

Schließlich schoben wir die Pizza in den Ofen, mischten den Salat, und dann fehlte nur noch der Nachtisch. Ich hatte Blaubeeren vom Markt mitgebracht, die wir auf Vanilleeis servieren wollten. Doch eine kleine Portion gönnten wir uns schon vor dem Essen.

Als gegen sechs die anderen kamen, deckten wir den Tisch. Antonia hatte Spätschicht, sie würde nicht mitessen. Rafa brachte seine Freundin Laura mit, die mich freundlich begrüßte und ein sympathisches Lächeln hatte. Der Geruch der Pizza füllte die Küche, Vivien hob ihre rechte Hand, und ich klatschte ein. Es war schwer zu sagen, wer von uns auf das gemeinsam erstellte Menü stolzer war, sie oder ich. Rama-Werbung, dachte ich und war froh, als ich mir den Gaumen an der Pizza verbrannte. War froh, als Pepper unterm Tisch einen ziehen ließ und wir stöhnend das Fenster aufrissen. Und als Vivien Krawall schlug, weil sie ihre Pizzareste nicht in ihr Glas spucken durfte.

Beim Essen unterhielten sich Rafa und Doro darüber, dass Antonia demnächst wieder für sechs Wochen mit dem Seenotrettungsschiff unterwegs sein würde. Ihre Mutter und Rafas Vater würden dieses Mal Vivien mit betreuen. Ich hätte zu gern angeboten, während Antonias Abwesenheit ebenfalls einzuspringen. Doch zum einen wusste ich nicht, wo ich in zwei Monaten sein würde, zum anderen war ich nicht sicher, inwiefern ich schon wieder aktiv an ihrem Leben teilnehmen durfte.

Wir Köchinnen zogen uns ins Wohnzimmer zurück, und die anderen räumten die Küche auf. Ich las ein Buch über einen Hasen und eine Maus vor, die sich erst stritten und dann wieder vertrugen. Immer das Gleiche, dachte ich. Nachdem wir zu Ende gelesen hatten, verabschiedete ich mich, um pünktlich zu meiner Verabredung mit Mascha zu Hause zu sein.

»Kommst du bald wieder?«, fragte Vivien.

»Gerne.«

»Und was kochen wir dann?«

In mir drin wurde es weich wie Hefeteig. Wir verabredeten, das nächste Mal Kartoffelpuffer und Apfelmus zu machen. Nicht mein Lieblingsessen, doch Vivien schien begeistert zu sein. Doro und Pepper begleiteten mich noch ein Stück, und wir spazierten hinter der Hündin her, die die Straße entlangwackelte.

»Ich bewundere, wie gut ihr das als Gruppe alles hinbekommt«, sagte ich.

»Ja, meistens sind wir ein gutes Team, bis auf das eine oder andere pädagogische Thema, zum Beispiel die Frage, wer wofür zuständig ist, wie viel Vivien selbst bestimmen darf und wo sie Vorgaben benötigt. Stundenlange zermürbende Diskussionen, nicht immer konfliktfrei. Darum unternehmen Rafa und Antonia gerade eher selten was zu dritt mit Vivien, weil die beiden zurzeit gerne mal aneinandergeraten.«

»Oh«, machte ich. Doro winkte ab. »Halb so schlimm, ist nur eine Phase, das renkt sich wieder ein. Aber hey, ich glaube, Vivien hat eure Kochsession gefallen!«

»Mir auch!« Doros Bemerkung freute mich, und dann traute ich mich einen Schritt weiter. »Wenn ihr mal wen braucht, du weißt schon, um Vivien von der Kita abzuholen oder so, sagt gern Bescheid.« Hitze stieg mir ins Gesicht.

»Danke! Das ist voll lieb. Vielleicht könntet ihr euch vorher noch ein- oder zweimal treffen, um euch besser kennenzulernen, und dann werden wir bestimmt darauf zurückkommen.«

Zentimeter für Zentimeter. Mein Mund verzog sich zu einem breiten Lächeln, Doro hakte sich bei mir ein, und im Gleichschritt liefen wir weiter. Als Pepper sich hinhockte, zitterten ihre Hinterbeine. Ich widerstand dem Impuls, sie zu halten. Noch schaffte sie es alleine.

»Wie läuft es mit Mascha?«, fragte Doro.

»Ganz gut. Sie weiß ja, dass sie zurück zu Timo und Sibel muss, wenn es Probleme gibt. Ich vermute, dass sie sich deshalb relativ vorbildlich benimmt.«

»Sie hat echt Glück. Stell dir mal vor, du hättest als Teenie so eine coole Tante in Reichweite gehabt! Ich hätte einiges dafür gegeben!«

»Vergiss nicht, dass wir Fred hatten!«

»O ja! Das stimmt!«

Ich wünschte mir, eine Art Fred für Mascha zu sein. Vor ein paar Tagen war er vorbeigekommen, um das Atelier weiter auszusortieren. Auf meine Frage, wie es ihm ginge, sagte er: »Ich vermisse Ludwig.« Tränen standen ihm in den Augen. »Aber mit Erika fühle ich mich nicht so allein. Wenn du keine Partnerschaft hast und keine Kinder, ist im Alter die Gefahr groß, zu vereinsamen.«

Ich wusste, was er meinte. Ich trug dieselbe Angst in mir. »Aber du hast ja auch noch uns, Timo und mich.« Ich legte den Arm um ihn. Klapprig fühlte er sich an, unter seiner verfilzten Strickjacke. Ein großer, trauriger Vogel mit sprödem Gefieder.

Als ich nach Hause kam, war Mascha noch nicht da. Ich bereitete einen Snack vor, auch wenn ich von der Pizza noch satt war. Doch Mascha würde nach dem Turnier Hunger haben. Als sie um Viertel nach acht noch immer nicht da war, stellte ich Getränke bereit, füllte Erdnüsse in eine Schale und schrieb ihr schließlich eine Nachricht.

Ich: Wo bist du?

Mascha: In der Stadt. Alles safe. Wann soll ich zu Hause sein?

Offensichtlich hatte sie unsere Verabredung vergessen.

Ich: Dachte, wir glotzen heute Abend.
Mascha: Mist, vergessen. Morgen?
Ich: Ja, vielleicht.
Mascha: Wann soll ich heute da sein?
Ich: Wie immer, halb elf. Und wenn du es nicht pünktlich schaffst, sag Bescheid, dann hol ich dich mit dem Rad ab.
Als Antwort schickte sie einen Fisch-Emoji. Was auch immer das bedeuten sollte.

Es verletzte mich, von Mascha versetzt zu werden. Ich ging hinaus in den Garten, versuchte zu lesen und kraulte den Kater, der mir auf den Schoß gesprungen war. Anscheinend mochte er es nicht, am Bauch gestreichelt zu werden, jedenfalls holte er aus und verpasste mir einen Kratzer am kleinen Finger, der zum Glück nur oberflächlich war und kaum blutete. Als ich fluchte, sprang er von meinem Schoß und stolzierte mit hochgerecktem Schwanz über den Rasen davon. Der Kratzer brannte, und auch sonst spannte die Haut an meinen Fingern. Karolas Hände kamen mir in den Sinn, denen man die Jahre auf dem Markt ansah. Ob meine auch irgendwann so aussehen würden? Mit feinen Rissen an den Fingerknöcheln, die Haut aufgerieben? Ich wollte doch nicht den Rest meines Lebens Gemüse auf dem Wochenmarkt verkaufen. *Wie Karola, die alte Marktschreierin. Da kannst du doch was Besseres.* Die Stimme meines Opas. Dabei war er auch nur Maurer gewesen. Für das »nur« schämte ich mich augenblicklich. Maurer war ein harter Beruf. Bei Wind und Wetter. Wie viele Tonnen Steine er wohl in seinem Leben aufeinandergesetzt hatte. Unvorstellbar. Eine gigantische Mauer musste das sein.

Ich ging in mein Zimmer, um mir die Hände einzucremen. Der Deckel der Cremetube fiel herunter und rollte unter meinen Nachttisch. Als ich mich auf den Boden kniete, entdeckte ich eine Mappe, die hinter dem Schränkchen klemmte. Ich musste sie nach meinem Auszug bei Doro und Antonia dort versteckt und dann vergessen haben. Sie enthielt all die Aktzeichnungen, die während unserer

Gruppentreffen von mir entstanden waren. Eine unserer Abmachungen war gewesen, alle fertigen Zeichnungen der Person, die Modell gestanden hatte, zu übergeben. Auf einer war meine linke Schulter kaum vorhanden, fiel einfach herab, während die rechte stark hervorgehoben war. Mein Kiefer war auf einem Bild breiter als mein Oberschenkel, auf einem so eckig wie mein Ellenbogen. Eins zeigte meine Füße nach innen gestellt, auf dem nächsten waren sie nach außen gedreht. Doch alle Zeichnungen hatten gemeinsam, dass sie mich darstellten.

Um Punkt halb elf kam Mascha nach Hause, riss den Schrank auf – Glas, Wasserhahn, trank, verschluckte sich, kicherte, erzählte, dass sie den dritten Platz von sechs belegt hatten, und hustete. Ich war beleidigt und fand mein Beleidigtsein gleichzeitig peinlich. Nachdem Mascha fertig mit Erzählen war, berichtete ich vom Pizzabacken und dass ich wegen des Films extra früh nach Hause gegangen sei. Die Bemerkung rutschte mir heraus, wollte nicht drinbleiben, wollte ihr ein schlechtes Gewissen machen.

»Tut mir echt leid. Wollen wir das morgen nachholen?«, fragte sie.

Verlegen nickte ich, und Mascha klatschte in die Hände und umarmte mich. Wir wünschten uns eine gute Nacht, und zwei Stufen auf einmal nehmend verschwand sie nach oben. Ich setzte mich allein ins Wohnzimmer, zappte unmotiviert durch die Kanäle, aß dabei so viele Erdnüsse, bis mir schlecht war, als mir auf einmal etwas einfiel.

Eine Erinnerung wie ein schlechter Geruch, der durch die Wand drang, ausgehend vom alten Bad, das gleich neben dem Wohnzimmer lag. Ich sprang auf, drei Schritte bis zur Tür, die gegen die Waschmaschine knallte, als ich sie aufriss. Dieses Bad hatten vor allem mein Opa und ich benutzt. Rechts von der Tür befand sich das Waschbecken mit den Sprüngen, darüber ein Spiegel, dessen rostfleckige Oberfläche aussah, als wäre sie mit Blut besprenkelt. Unter dem Fenster, in praktischer Reichweite von der Toilettenschüssel, stand ein Schränkchen, sein aufgeklebtes Furnier von der Feuchtigkeit gewellt. Der ganze Raum stank nach Schimmel. Ich hockte mich hin und ruckelte an der Schranktür. Sie klemmte und quietschte laut, als sie schließlich aufsprang. Monatsbinden und Tampons, aufgequollen in ihrer Plastikumhüllung. Im unteren Teil des Schranks klamme Gästehandtücher. Ich wusste, was darunter lag, seit ich als Sieben- oder Achtjährige bei verstörenden Sitzungen auf dem Klo darauf gestoßen war. Ich kannte sie genau, die Pornohefte meines Opas. Mithilfe eines der Handtücher schob ich sie aus dem Schrank, um sie nicht berühren zu müssen.

Meine ersten bewussten Lusterlebnisse waren geprägt von diesen Bildern, von den Fantasien meines Opas, die so gewöhnlich wie frauenfeindlich waren. Die Hefte spiegelten eine Welt, in der es um Macht und Unterwerfung ging, gepaart mit Gewalt und rassistisch geprägten Klischees, zeigten keinen einvernehmlichen Sex. Männer unterwarfen Frauen, und wenn die Männer in Ausnahmefällen abgewiesen wurden, setzten sie sich brutal über das Nein hinweg, suchten das Nein sogar, denn das erhöhte den Reiz.

Die Sexualität meines Opas hatte die meine mitgeprägt, war wie ein übel riechender Schleim, der sich in glitschigen Schlieren durch meinen Kopf zog. Fantasien, die sich mir eingeschrieben hatten und die ich nicht wieder loswurde. Das beklemmende Gefühl, dass er neben meinem Bett stand und mir zusah, wenn ich Sex hatte. Der Blick auf meine Performance durch seine Augen.

In den letzten Wochen hier im Haus hatte ich den Schrank nicht ein einziges Mal geöffnet. Hatte es geschafft, seine Existenz einfach auszublenden. Die Hefte beschämten mich. Die Scham der Mitwisserin. Ein dumpfes Gefühl von Gefahr, das von ihnen ausging, jedes Mal, wenn ich sie betrachtete, Gefahr gepaart mit einem verstörenden Lustempfinden. Ich fühlte mich hineingezogen in das Verlangen meines Opas, das viel zu nah war, brechreiznah. Er machte mich zu seiner Lust-Komplizin, denn natürlich musste er gewusst haben, dass das Kind Chris die Hefte finden würde, teilten wir uns doch das Bad. Nach meinem Auszug dachte ich immer seltener an unser Geheimnis, obwohl mir klar war, dass die Tür des Schränkchens jederzeit aufspringen konnte. Mir wäre es gern erspart geblieben, von seinen misogynen Fantasien zu erfahren, zu wissen, auf was er und ein, wie ich vermutete, erschreckend hoher Prozentsatz an Cis-Männern sich einen herunterholten.

Mascha sollte mit diesen Bildern nicht in Berührung kommen. Selbst wenn sie durchs Internet schon ganz anderes gesehen hatte, besaßen die Darstellungen aus dem Netz keinen persönlichen Bezug zu ihr. Waren es nicht die, an denen sich ihr Uropa aufgegeilt hatte, an denen seine Wichse klebte. Ich nahm ein Desinfektionsspray vom Regal über dem Klo und sprühte die Hefte ein, den Schrank und meine Hände. Am liebsten hätte ich mein Inneres auch gleich mit desinfiziert, die Bilder aus mir herausgeschabt. Der Frauenhass, der aus ihnen sprach, griff mich an. Auch ich war gemeint, auch mich galt es zu unterdrücken, zu brechen und zu formen.

Mit Doro und anderen Freundinnen hatte ich Pornos mit feministischen Ansprüchen gesehen, die einer ganz anderen Ästhetik folgten. In denen die Agierenden respektvoll miteinander umgingen und die Grenzen der anderen bewahrten und achteten.

Ich stopfte die Hefte in eine Plastiktüte, fuhr mit dem Rad zum nächsten Altpapiercontainer und stopfte sie tief hinein. Sollten sich im Zimmer meines Opas oder im Atelier weitere befinden, würden sich meine Mutter und Fred darum kümmern müssen. Ich wäre ihnen dankbar gewesen, wenn sie das schon vor Jahren, vor Jahrzehnten getan hätten.

18

An einigen Morgen fand ich Mascha schlafend im Wohnzimmer auf dem Sofa vor, wo sie offensichtlich während des Glotzens eingeschlafen war. »Hol wenigstens dein Bettzeug von oben, dann ist es bequemer«, hatte ich beim ersten Mal gesagt, und sie hatte: »Okay, ja«, geantwortet und es dann doch nicht getan. Ich war mir sicher, dass sie zu Hause nicht vor dem Fernseher schlafen durfte, doch unser beider Zusammenleben war eine Ausnahmesituation. Ich wählte den bequemen Weg, ließ ihr vieles durchgehen, um meinen Tolle-Tanten-Bonus nicht zu verspielen. Aus Angst, so streng wie mein Opa zu sein, setzte ich ihr kaum Grenzen, zumal sie den Eindruck erweckte, ausreichend Regeln in ihrem Leben kennengelernt zu haben, um in der Welt zurechtzukommen.

Noch fünfeinhalb Wochen blieben uns, bevor wir das Haus räumen mussten. Mir war klar, dass ich eine Sonderrolle einnahm. Sie war bereits eigenständig und verantwortungsbewusst zu mir gekommen. Ich hatte nicht jahrelang darum kämpfen müssen, sie großzuziehen, zu ernähren, ihr die Grundprinzipien solidarischen Zusammenlebens zu vermitteln, ihr Empathievermögen zu stärken und sie zur Schule zu zwingen. Wobei Letzteres auch in meinen Aufgabenbereich fiel.

Mich faszinierte, wie selbstbewusst sie durchs Leben ging. Wie sie mir ohne Umschweife verdeutlichte, wenn sie ihre Ruhe wollte, dabei den Mund seitlich zu einer bedauernden Miene verzog und sagte: »Sorry, ich hatte einen echt anstrengenden Tag, mir ist gerade nicht nach Reden.«

Ich kam nicht umhin, mich mit ihr im gleichen Alter zu vergleichen. Niemals hätte ich so souverän und mit solch einem Gesichtsausdruck meinem Großvater oder einem anderen Erwachsenen mitgeteilt, dass ich allein gelassen werden wollte. Mein Opa hätte mich ausgelacht, sich tagelang über mich lustig gemacht: »Oho, Ihre Hoheit braucht Ruhe«, und hätte mir aus Karton eine Begrenzung rund um meinen Teller gebastelt, die mich während der gemeinsamen Mahlzeiten von den anderen abschirmte. Genau das hatte er einmal getan, nachdem ich ihn während eines Streits angeschrien hatte, dass ich ihn nie wieder sehen wolle.

Mascha hätte sich von seinem Getue nicht beeindrucken lassen. Sie schien eine Schutzschicht aus Selbstbewusstsein zu umgeben. Mein Bruder und Sibel hatten gut daran getan, ihren Kindern zu vermitteln, wie wichtig es war, die eigenen Grenzen ernst zu nehmen. Ganz offensichtlich hatte Mascha das von klein auf gelernt. Für meinen Neid, der sich manchmal einschlich, schämte ich mich. Neid, weil ich nicht mit so viel Empowerment aufgewachsen war. Weil es in meiner Kindheit kein Bewusstsein oder keine Zeit dafür gegeben hatte. Meine Mutter war müde, wenn sie von ihrem harten und mies bezahlten Job nach Hause kam. Sie war müde, wenn sie aufstand, müde an den Wochenenden, wenn sie die in der Woche liegen gebliebene Hausarbeit erledigte. Augenränder und drei verschiedene Strickpullover aus Synthetik, die sie im Wechsel trug. Fast nie kaufte sie sich etwas Neues. Die Pullis zog sie weit hinunter bis über ihre Hüften, die sie zu breit fand. Der Stoff bekam Noppen und leierte aus, hing schlaff an ihr hinunter und verlor an Elastizität.

Ich konnte und wollte meiner Mutter keinen Vorwurf machen. Sie war permanent für uns über ihre eigenen Limits gegangen, da war keine Energie für Empowerment übrig gewesen. Sie kam aus einer anderen Generation. Ihr Vater hatte den Krieg miterlebt. Die Kriegstraumata ihrer Eltern lebten in ihr fort. Wir hingegen, wir hatten den Puffer einer Generation dazwischen. Und Mascha, Linus und Vivien sogar noch einen Puffer mehr.

Alle paar Tage rief Timo an. »Läuft alles gut?«

»Alles bestens, deine Tochter duscht regelmäßig, geht morgens aus dem Haus und kommt nachmittags zurück. Ich vermute, dass sie die Schule besucht. Wir essen mehrmals täglich, trinken ausreichend Wasser, und was sie abends treibt, weiß ich nicht.«

»Wie, das weißt du nicht?«

»Ich renne doch nicht hinter ihr her. Ich habe ihr nur gesagt, dass sie nicht nach halb elf zu Hause sein soll.«

»Zehn! Nicht nach zehn!«

»Bei mir um halb elf, da kriegen wir keinen Stress. Meist ist sie pünktlich. Glaube ich jedenfalls, vor den Markttagen gehe ich um zehn ins Bett.«

Timo grummelte.

»Hör mal, ich habe nicht darum gebeten, ihre Aufpasserin zu sein. Mascha ist fast sechzehn, sie ist kein kleines Kind mehr.«

»Jaja. Apropos, ich wollte dich fragen, ob du dir vorstellen könntest, regelmäßig montagnachmittags auf Linus aufzupassen. Sibels Bruder sittet ihn sonst, aber der arbeitet ab jetzt montags und hat keine Zeit mehr. Ich könnte Linus nach dem Mittagessen bei dir vorbeibringen.«

»Na klar. Mascha freut sich bestimmt auch, ihn ab und an zu sehen.«

Die Verantwortung für Mascha wog mit jedem Tag, den sie bei mir wohnte, leichter. Bisher war es zu keinen schlimmen Szenen gekommen, hatte ich sie weder angebrüllt noch sie mich, oder war ihr etwas zugestoßen. Und soweit ich beurteilen konnte, machte sie sogar ab und an Hausaufgaben.

»Ich stecke nicht mehr Energie in die Schule als nötig und hab mir genau ausgerechnet, welche Noten ich in welchem Fach brauche, um durchzukommen«, vertraute sie mir eines Abends an und machte den Eindruck, alles im Griff zu haben. »Angesichts der Klimakrise und aller anderen Katastrophen ist es eh egal, ob ich einen Zweier- oder einen Dreierabschluss habe.« Aus demselben Grund wolle sie auf keinen Fall Kinder bekommen, hatte sie mir vor wenigen Tagen verraten. Mir zog es das Herz zusammen.

Das Zusammenleben mit Mascha, unsere Rituale, mein Marktjob, Pias und meine noch zarte Freundschaft, die Versöhnung mit Doro und den anderen, das halb ausgeräumte Haus, Peppers fortgeschrittenes Alter und der Tod meines Opas, all das zusammen fühlte sich wie eine Vorwärtsbewegung an. In den letzten Jahren verband ich mit meiner Heimatstadt vor allem vergangene Zeiten, Erinnerungen und Erlebtes samt ihrer Auswirkungen. Doch nun war mir, als könnte hier für mich ein neues Kapitel anbrechen. Als wäre es vielleicht sogar schon angebrochen. Nur manchmal fühlte ich mich beengt, hatte das Gefühl, ein Laufgeschirr zu tragen, dessen Reichweite eine Spur zu knapp eingestellt war, auch wenn mir der neue Rhythmus und mein soziales Umfeld insgesamt guttaten.

Selbst mit meiner neuen Chefin kam ich klar. Bald kannte ich viele der Kaufenden mit Namen, wusste von ihren Obstvorlieben und reichte Kochtipps gratis zusammen mit dem Gemüse über den Verkaufstresen. Der Job war wie eine Rolle, in die ich schlüpfte, die mir meistens Spaß machte und die ich auf dem Weg zum Fahrradständer wieder abstreifte.

Pia und ich tauschten Gemüsewitze aus, die außer uns niemand verstand, und dekorierten unaufgefordert den Stand mit Gesichtern aus Tomatenaugen, Frühlingszwiebelhaaren, Karottennasen und Gurkenmündern. Die Chefin ließ uns gewähren, rang sich sogar ab und an ein Lächeln ab. Nur Karola schnalzte mit der Zunge und konnte es sich nicht verkneifen, die gebastelten Gesichter gleich wieder zu zerpflücken und ihre Einzelteile zu verkaufen. Das Grinsen, das ihr dabei übers eigene Gesicht huschte, verriet, dass sie ihren Spaß dabei hatte. »Und jetzt mal Tempo«, sagte sie und scheuchte uns herum.

Nach der Schicht tranken Pia und ich oft noch einen Kaffee im Stehcafé neben dem Markt und tauschten uns nach einigen Wochen nicht mehr nur über die Arbeit und geteilte Schulerfahrungen aus. Wir redeten über unsere Familien, über Träume und Traumata und Pläne für die Zukunft. Pia schrieb gerade an ihrem ersten Roman und fragte, ob ich etwas daraus hören wolle. Ich fühlte mich geehrt und wertete es als einen Vertrauensbeweis, dass sie mir daraus vorlesen wollte. Dank Pias Anwesenheit, dem Spaß, den wir miteinander hatten, und der wachsenden Vertrautheit zwischen uns freute ich mich auf die Markttage, so anstrengend sie auch waren. Noch immer brachte ich viel zu viel angeschlagenes Obst und Gemüse mit nach Hause, das Mascha und ich nur selten aufbrauchten, da wir mehrmals die Woche von den eingefrorenen Gerichten meines Opas aßen.

»Auch Lust auf Lu-Frost heute Abend?«, fragte mal sie, fragte mal ich, und dann wühlten wir im Gefrierschrank.

Anders als für mich, schienen diese von Ludwig gekochten Mahlzeiten für Mascha weder einen sentimentalen noch morbiden Beigeschmack zu haben. Sie aß ohne Hemmungen, während ich das Gefühl nicht loswurde, symbolisch auf dem Fleisch meines Opas herumzukauen, auch wenn es sich bei den von ihm vorgekochten Gerichten ausschließlich um vegane Speisen handelte. Meistens schmeckte es hervorragend, und doch waren diese Essen kein Genuss für mich, sondern eher etwas, das getan werden musste. Mit jedem Bissen, den ich schluckte und wieder ausschied, entfernte er sich, verlor er an Macht. Ich erzählte Mascha nichts davon. Es war eine Sache zwischen ihm und mir.

Der Container, der seit einer Woche in unserer Einfahrt stand, füllte sich. Das Geräusch, wenn die hineingeworfenen Gegenstände auf das Metall prallten, hatte etwas Befriedigendes. Noch befriedigender war es, wenn fremde Leute in unserem Sperrmüll wühlten und Dinge fanden, die ihnen gefielen und einen Nutzen für sie hatten. Im Flur vor der Zimmertür meines Opas türmten sich Kisten über Kisten. Die meisten Räume hatte ich bereits ausgemistet, die Ausnahme bildeten Timos altes Zimmer, das er selbst leerräumen musste, das Zimmer meines Opas, um das sich meine Mutter kümmern wollte, und das Atelier, das Fred übernahm.

Auf meinem Plan stand als Nächstes die Garage. Bevor ich überhaupt richtig angefangen hatte, krachte mir ein Regal mit über

Jahrzehnten angesammeltem Schrott entgegen. Eine Hacke mit abgebrochenem Stiel kratzte mir den Arm auf, und ein Korb knallte mir mit Wucht gegen die Nase, sodass mir Tränen in die Augen traten. Bei dem Versuch, das Regal erneut an die Wand zu lehnen, schwankte es zur Seite, klappte in sich zusammen, und ich klemmte mir den Finger. Ein Schmerz, der mir bis in die Schulter schoss. Laut fluchend trat ich gegen die verkeilten Bretter aus uraltem Pressspan, die zerfielen, als wären sie Knäckebrot.

»Scheiße!«, brüllte ich und hielt mir den Finger. Das Brüllen half. Mein Schrei hallte in der Garage wider, wurde von der niedrigen Decke, den rissigen Wänden zurückgeworfen. Ich trat erneut gegen das Regal. Staub tanzte in der Luft, ich nieste, hustete und zerstampfte fluchend Bretter. *Du bist wie ich!* Die Stimme meines Opas. »Halt die Fresse!«, schrie ich, und mein Fuß trat zu, bis das Holz splitterte. Mein Finger schmerzte, Tränen liefen mir über die Wangen. Ohnmacht und Kontrollverlust. Ich wütete, und zur selben Zeit stand ich neben mir und beobachtete, wie die Monster aus mir herausbrachen, wie sie die Fäuste ballten, alles niederwalzten und Hörner sich aus ihren Stirnen wanden.

Ausgerechnet in diesem Moment kam Mascha aus dem Haus, die Sporttasche über der Schulter, auf dem Weg zum Handballtraining. Die Scham, eine kochend heiße Dusche. Meine Wangen brannten, und ich schmiss mich vor das Chaos, in dem aussichtslosen Versuch, es zu verdecken. Die Erinnerung an Mascha beim Picknick, fünf Jahre alt, der Schrecken in ihrem Gesicht, die Angst in Linus' Gesicht, als ich auf den Nagel einschlug.

Du bist wie ich! Das hätte auch ins Auge gehen können.

»Mir war doch, als hätte ich was gehört«, grinste Mascha. »Entrümpeln, so nennst du das also.«

Sie schien völlig unbeeindruckt von meinem Anfall, kicherte, schob mich zur Seite und trat nun ebenfalls gegen ein Regalteil, das mit elegantem Schwung in sich zusammenklappte.

»Yeah!«, jubelte sie. »Wir könnten aus der Garage einen Rage

Room machen, wo wir mal so richtig alles rauslassen können!« Sie kickte erneut, Holz splitterte, und sie lachte laut auf. Benommen hockte ich mich auf einen umgedrehten Eimer. Wutausbrüche, Schreianfälle, Dinge zertreten – das war für andere, nicht für mich. Mit Mühe entkrampfte ich meine geballten Fäuste, den Kiefer, hatte die Zähne so stark aufeinandergepresst, dass sie schmerzten. Mehrmals atmete ich tief ein und aus, hatte doch eigentlich gelernt, meine Wut zu kanalisieren. Impulskontrolle. Zählen bis in den fünfstelligen Bereich, tiefe Atemzüge, kalte Duschen, Schreie ins Kissen, Tritte gegen unempfindliche Wände, gegen Sofas und Matratzen.

Mascha trat erneut zu, es krachte, und Staub rieselte auf ihr dunkelblaues Hosenbein.

»Verletz dich nicht«, sagte ich, und meine Stimme klang rostig.

»Mach ich nicht. Los, du auch noch mal! Das macht Spaß!« Sie zog mich hoch und platzierte mich neben sich. Meine Beine trugen mich kaum. Ich sah sie an, in ihrem Gesicht stand keine Angst. Übermütig lachte sie, knuffte mich, und auf drei zertraten wir den Rest der Bretter. Einfach so. Danach drehte sie sich mit einem »Juchu!«, um, schob ihr Rad aus der Garage, winkte mir fröhlich zu und ließ mich mit den Bruchstücken des Regals, dem Schrott, der darauf gelegen hatte, und meinen aufgewühlten Emotionen allein. Die Reste meines Ausbruchs glühten in mir nach, Verbrennungen ersten, zweiten und dritten Grades. Am liebsten hätte ich mich in mein Versteck hinter der Garage verzogen. Ein Ballon blähte sich in meiner Brust, der auf die Luftröhre drückte, der langsam kleiner wurde und wieder in sich zusammenschrumpfte.

Mit dem Schneeschieber schob ich die Trümmer in eine Ecke, achtete darauf, dass keine Nägel oder Schrauben im Weg lagen, und schloss das Garagentor. Nachdem ich in der Küche meine Wunden versorgt hatte, stellte ich mich unter die Dusche und schleppte mich danach hinaus in den Garten, wo ich mich auf den Rasen fallen ließ und schlief, bis es anfing zu nieseln. Später im Haus kochte ich Vanillepudding für Linus, auf den ich am nächsten Tag zum ersten Mal aufpassen würde. Mascha hatte mir erzählt, wie sehr er Pudding liebte. Als der süße Dampf die Küche erfüllte, heulte ich Rotz und Wasser.

Timo brachte Linus am nächsten Nachmittag vorbei. Die erste halbe Stunde schaukelte mein Neffe, und ich schubste ihn an. Schubste so lange, bis wir Hunger bekamen. Der Pudding schmeckte Linus nicht, ohne dass wir herausfanden, woran es lag. Stattdessen schmierte ich ihm ein Marmeladenbrot, und damit fing der Spaß an.

Ich verschwand nur für einen Moment aufs Klo, und als ich wiederkam, hatte Linus einen einwandfreien marmeladefarbenen Handabdruck auf der Küchenwand hinterlassen. Wir standen nebeneinander und betrachteten sein Werk.

»Na, das leck mal ganz schnell wieder ab«, sagte ich, und Linus starrte mich an, den Mund zu einem O geformt, schien unsicher, wie ernst gemeint mein Vorschlag war. Auf mein Grinsen hin schlackerte er albern mit den Armen, streckte die Zunge elendig weit heraus und keckerte wie eine Elster. Ich bewunderte ihn für seine Körpersprache, so frei von Hemmungen, und Verlegenheit. Gleich fielen mir genug Gelegenheiten ein, in denen ich mich genauso gefühlt hatte, in denen mir eine solche Performance sicher bei der Verarbeitung oder Überbrückung von überfordernden Situationen geholfen hätte.

»Sieht doch super aus, oder nicht?« Ich zeigte auf die kirschrote Hand an der Wand, was Linus vor lauter Verlegenheit zu weiterem Schlackern und Keckern ermutigte.

»Mir kommt da eine Idee«, sagte ich. »Hast du Lust zu malen?«

Als er nickte, holte ich die guten Acrylfarben meines Opas aus dem Atelier und drückte von jeder Farbe eine großzügige Portion auf einen Unterteller. Linus zog sich ein altes Karohemd seines Urgroßvaters über, und dann legte er mit kräftigen Pinselstrichen los. Kleckse landeten auf seinem Haar, Farbe tropfte auf die Dielen, lief die Wand hinunter, bildete Unterwasserlandschaften. Die Vermieterin würde eh grundsanieren, wenn sie das Haus nicht gleich ganz abriss.

Ich schnitzte eine Kartoffel zurecht, mit der wir Sterne stempelten, die Linus mit energischen Strichen verband, ein Sternbild nach dem anderen. Als Nächstes schnitzte ich eine Sonne, eine Maus, einen Fisch, und die Wand füllte sich. Der Kater legte sich in unsere Mitte und wälzte sich auf dem Boden.

Als Mascha aus der Schule kam, dauerte es keine zwei Minuten, bis auch sie stempelte und einen riesigen Flamingo malte. Sie holte ihre Box, und wir drehten die Musik auf. Ich fand einen kleinen Bilderrahmen in einer der Flohmarktkisten, entfernte das Rückenteil und hämmerte einen Nagel über Linus' Ursprungswerk aus Marmelade. Eingerahmt kam es noch besser zur Geltung. Auf Maschas Flamingo folgten ein Fahrrad, ein Boot und ein Schwimmreifen. Linus malte inzwischen mit beiden Händen, patschte und wischte und kreischte: »Ein Frosch! Ein Auto! Eine Katze! Eine Katze! Noch eine Katze!«

Wir erschraken alle, als Timo durch die Terrassentür hereinkam und plötzlich in der Küche stand. »Los, mach mit!«, riefen seine Kinder.

Erst zierte er sich, sagte, er könne nicht malen, doch einmal angefangen, wollte er gar nicht mehr aufhören. Noch so eine Zuschreibung, die es loszulassen galt. Unser mangelndes Talent, unzählige Male von unserem Opa bejammert. Timo stellte sich auf einen Stuhl und pinselte Efeu rund um die Fenster, pinselte ein Spinnennetz an die Decke, das eine gesamte Ecke ausfüllte, darin eine Vielzahl von mit riesigen Flügeln schlagenden Insekten.

Als er schließlich zum Aufbruch drängte, schmiss sich Linus auf den Boden und brüllte, warf mit Farbtuben und Pinseln um sich. Erst als ich ihm versprach, dass wir am nächsten Montag weitermalen würden, war er bereit, sich zu verabschieden.

Mascha und ich räumten auf und deckten den Abendbrottisch.

»Das hätte mir auch gefallen, als ich klein war«, sagte sie. Nach dem Essen brach sie wieder auf, um sich mit einem Freund zu treffen und ich öffnete mir, zufrieden mit dem Tag, ein Bier. Als der Kater auf meinen Schoß sprang, kraulte ich ihn, darauf bedacht, ihn nicht an einer falschen Stelle zu berühren. Dabei betrachtete ich das Kunstwerk, beobachtete, wie die einsetzende Dunkelheit die Farben anders einfärbte und die Kontraste verstärkte.

19

In der folgenden Woche rief ich ohne Erfolg bei mehreren Zimmeranzeigen von WGs an. Jedes Mal bekam ich zur Antwort, dass sie jüngere Leute suchten. *Schnöde Spießer-Studies*, mein Opa war auf meiner Seite. Die Bemerkung klang nach ihm, doch vielleicht war es auch meine eigene Stimme, die seinen Tonfall imitierte.

Nach der dritten Absage mit mehr oder weniger demselben Inhalt fragte ich mich, ob es hier in dieser Stadt für eine wie mich überhaupt Platz gab. Von den Theatern hatte sich auch noch keines gemeldet.

Mit hastigem Schritt stapfte ich die Straßen entlang, und durch den Filter, den mir mein Frust über die Augen gelegt hatte, erschienen mir die Leute, denen ich begegnete, allesamt unsympathisch. Dieses »Haalloo!«, auf der ersten Silbe betont, auf der zweiten Worthälfte nach unten sackend, sodass es möglichst vorwurfsvoll klang, jedes Mal, wenn so ein ehrgeiziger Radler von hinten mit dem Rad angebraust kam. Jedes Mal, wenn wer zu langsam war oder nicht ganz akkurat auf der korrekten Seite fuhr. Sollten sie doch ihre Radwege, ihre popeligen WG-Zimmer und ihre Jobs für sich behalten. Wenn sie mich nicht wollten, konnte ich auch wieder verschwinden. All die Behaglichkeit und Geborgenheit, mit der diese Stadt in den vergangenen sechs Jahren immer wieder aus der Ferne gelockt hatte, erschienen mir plötzlich eng und starr. Es war, wie in der Badewanne – eine verlockende Vorstellung, aber irgendwann kühlte das Wasser ab, wurde die Wanne zu kurz und sackte der Kreislauf in den Keller. Ich bemühte mich, nicht vollständig im Selbstmitleid zu versinken.

Früh an einem Sonntag fuhr ich mit der Bahn nach Belgien, räumte mein Zimmer aus, schlief drei Stunden und nahm am nächsten

Morgen den ersten Zug zurück. Mascha hatte die Nacht zu Hause bei Sibel und Timo verbracht und würde nach der Schule zurück zu mir kommen. Jetzt, da ich die gemietete Kammer aufgegeben hatte, erschien mir die Zeit bis zu Maschas und meinem Auszug erschreckend kurz. Etwas mehr als ein Monat blieb uns noch. Wenn ich kein Zimmer fand, würde ich wieder auf Tour gehen müssen.

Auf vereinzelte Anfragen von Kompanien schob ich Familienangelegenheiten vor. Ihre verständnisvollen Reaktionen ließen mich hoffen, dass sie auch in Zukunft weiterhin mit mir zusammenarbeiten würden.

Nachts, wenn ich wach lag, drehten sich meine Gedanken in endlosen Spiralen um die Frage, ob ich bleiben oder weiterziehen wollte.

Meine neu gewachsenen und frisch reparierten Beziehungen waren es, die mich in dieser Stadt hielten. Mascha, die mir wieder so nah war wie damals, als sie ein Kind war und ich zusah, wie sie mit anderen Knirpsen über Turnmatten kullerte. Linus, der mir von Mal zu Mal mehr vertraute und immer frecher wurde. Und natürlich Vivien. Ich war fest entschlossen, sie besser kennenzulernen. Aus diesem Grund traf ich mich pünktlich zur Abholzeit erst mit Doro und in der folgenden Woche mit Rafa vor der Kita. Freudiges Flattern im Bauch, als Vivien mich an der Hand hinter sich her zerrte, um mir ein Vogelnest im Baum hinter ihrem Gruppenraum zu zeigen. Wir versteckten uns hinter der Rutsche, sie stützte sich auf meiner Schulter ab, lehnte ihren Kopf an meinen, und so lauschten wir dem hungrigen Piepsen, als die Alten mit Nachschub kamen.

Rafa schlug vor, noch am Fluss spazieren zu gehen. Vivien preschte auf ihrem Roller voran, und Pepper schlich hechelnd und keuchend hinter uns her. Um ihr Zeit zum Ausruhen zu geben, setzten Rafa und ich uns auf eine Bank.

»Sie ist echt klapprig«, sagte ich und streichelte die Hündin.

»Ja, auch wenn Doro das nicht wahrhaben will.«

»Na ja, es tut halt weh, zu sehen, wie Pepper sich langsam verabschiedet.«

»Das gehört aber doch dazu, wenn man sich einen Hund anschafft.«

Sein Spruch nervte mich, aber ich hatte keine Lust, mit ihm zu streiten. Dafür war alles noch zu wackelig, hatten er und ich die Lücke, die die letzten Jahre in unsere Beziehung gerissen hatten, noch nicht überwunden. Anders als mit Doro und Antonia, mit denen ich mich Stück für Stück der alten Vertrautheit annäherte, fremdelten Rafa und ich nach wie vor. Anstatt also auf seinen Spruch einzugehen, beobachtete ich, wie Vivien ohne Pause den Deich hoch- und runterraste und alle paar Sekunden rief: »Guckt mal! Und guckt mal jetzt!« »Super!«, rief ich zurück, klatschte in die Hände und sah aus den Augenwinkeln zu Rafa hinüber. Es waren nicht nur die Brille und der Bart. Die Ausgelassenheit und Unbekümmertheit, die er sonst mit sich herumgetragen hatte, waren hinter einer trockenen Ernsthaftigkeit verschwunden, als hätte er sich den Glitter aus früheren Jahren von den Schultern gewischt. Der Schalk in seinen Augen hatte einem fast schon strengen Ausdruck Platz gemacht. Fremd war er mir, und ich wusste nicht, wo ich ihn wiederfinden sollte, meinen alten Freund, oder ob ich einfach akzeptieren musste, dass der alte Rafa sich in einen neuen verwandelt hatte.

Vivien fiel hin. Bis ich bei ihr war, stand sie schon wieder und wischte sich die dreckigen Hände an der Hose ab. »Tat weh?«, fragte ich.

»Ein bisschen. Aber nicht so schlimm.« Sie ratterte weiter, und ich legte mich zu Pepper ins Gras, die sich auf den Rücken drehte und mir ihren Bauch zum Kraulen darbot.

»Rafa«, sagte ich. »Geht's dir eigentlich gut?«

Für einen kurzen Moment sackten seine Züge in sich zusammen, sah er fast verblüfft aus, dann strafften sie sich, und er nickte. »Ja, doch! Ein bisschen müde vielleicht. Doro, Antonia und ich hatten gestern unsere zweite Mediationssitzung. War sehr hilfreich, vor allem für Antonia und mich. Manchmal haben wir unsere kleinen Zwistigkeiten, nichts Dramatisches. Abgesehen davon ergänzen wir drei uns super, und wenn du jetzt wieder hier bist, wird es noch leichter.«

Seine letzte Bemerkung überrumpelte mich, die Selbstverständlichkeit, mit der er mich einplante. Doch bevor ich darauf reagieren konnte, wechselte er schon das Thema. »Laura fand dich übrigens nett, das hat sie mir neulich abends nach dem Essen erzählt.«

Ich dachte an den Abend zurück. Meine Aufmerksamkeit hatte vor allem Vivien und unserem Menü gegolten. Für Laura war kein Platz mehr gewesen. Ich rief mir ihr Gesicht ins Gedächtnis und erinnerte mich immerhin, wie freundlich sie mich angelächelt hatte.

»Ich fand sie auch sympathisch.«

Rafa nickte und räusperte sich. »Es ist ein echtes Geschenk für mich, Laura getroffen zu haben.« Er wurde rot, und dahinter erkannte ich ihn plötzlich wieder, den alten Rafa.

»Das freut mich so für dich! Das hast du dir doch immer gewünscht!«

»Ja, stimmt!« Er beugte sich zu mir und legte mir eine Hand auf die Schulter. »Was ich dir jetzt erzähle, darfst du niemandem weitersagen. Das heißt, Doro und Antonia hab ich es schon verraten, aber sonst kaum jemandem.«

Ich nickte und legte mir die Hand auf die Brust. Ein Schritt und noch einer, mit ihm brauchte es einfach länger.

»Laura ist schwanger«, sagte er und klang euphorisch.

Auf einmal sah ich die Bereitwilligkeit, mit der er mich an ihrem Leben teilhaben lassen wollte, mit der er bei unserem letzten Treffen eine Versöhnung vorgeschlagen hatte, in einem anderen Licht. Nicht undenkbar, dass daraus die Sorge sprach, in Zukunft weniger Zeit für Vivien zu haben, dass er mich einplante, um die Lücke zu füllen, die er hinterlassen würde, wenn er sich um ein weiteres Kind kümmern musste.

»O wow! Das ist ja eine Überraschung!« Ich setzte mich auf, um ihn zu umarmen. Vielleicht irrte ich mich auch und las in sein Verhalten zu viel hinein. Bestimmt war er verwirrt und überfordert und meine Rückkehr hatte, gemessen an den aktuellen Veränderungen in seinem Leben, nur geringe Bedeutung. Vermutlich machte er sich weniger Gedanken über unsere Beziehung als ich.

Vivien fiel erneut hin, und ich beobachtete, wie sie aufstand, ihre Hose am Knie untersuchte und dann weiterratterte. »Weiß Vivien schon davon?«, fragte ich.

»Wir wollen es ihr erst nach den kritischen drei Monaten sagen.« Ich nickte, und er nickte, und beide sahen wir Vivien zu.

»Kümmert ihr euch dann alle gemeinsam um das Kind?«

Er schüttelte den Kopf und schloss kurz die Augen. »Laura wäre das zu viel. Sie kennt Doro und Antonia noch nicht so gut, und wir haben Angst, dass es zu chaotisch wird.«

»Also Kleinfamilie.«

»Eher Patchwork. Wenn du denn ein Label brauchst.«

Sein letzter Satz klang bissig, augenscheinlich hatte ihn meine Bemerkung geärgert. Welches Recht hatte ich auch schon, über Form und Struktur seiner Familie zu urteilen?

»Entschuldige«, sagte ich, doch er reagierte nicht. Sein Blick ging in die Ferne, er war mit den Gedanken woanders.

Nach einer Weile fragte ich: »Ziehst du dann aus?« Ich dachte an seine winzige Wohnung. Er zog die Stirn kraus. »Keine Ahnung, so weit ist es ja noch nicht. Das muss ich in Ruhe mit Laura und den anderen besprechen.« Mit Laura und den anderen, nicht mit mir. Rafa hatte mir zwar anvertraut, dass Laura schwanger war, was mich rührte, doch darüber hinaus würde er die Details nicht mit mir diskutieren. Ich gehörte nicht zu ihrer Familie, ich hatte meine Entscheidung vor Jahren gefällt.

»Wann ist es denn so weit?«, versuchte ich, unser Gespräch am Laufen zu halten. Rafas Stirn entspannte sich, und er erzählte vom letzten Ultraschall, vom Geburtstermin und von Lauras Eltern, die ihnen eine Reise geschenkt hatten. Danach fiel uns nichts mehr ein, und er tippte auf seinem Handy herum, und ich beobachtete Viviens Rollerkunststücke. Als sie eine Pause brauchte, verspeisten wir die von mir mitgebrachten Blaubeeren und brachen kurz danach auf. Zum Abschied nahm Rafa mich in den Arm und drückte mich so fest, dass mir kurz die Luft wegblieb. Aus der Wucht seiner Umarmung schloss ich, dass ich ihm nicht egal war. Es fühlte sich an, als wolle er die Distanz zwischen uns mithilfe physischer Kraft überbrücken.

Zu Hause roch es nach Zimt. Mascha buk einen Kuchen und hatte die Musik aufgedreht. Ich schloss die Küchentür, schloss meine Zimmertür und ließ mich erschöpft aufs Bett fallen. Das Treffen mit Rafa hatte in mir eine Leere hinterlassen, auch wenn ich mich freute, mit welcher Selbstverständlichkeit er mich eingeladen hatte, sie bei Viviens Betreuung zu unterstützen.

Es war vermutlich zu viel verlangt, zu erwarten, ich könnte mit allen dreien einfach so nahtlos wieder anknüpfen. Ich sollte mich freuen, dass Doro und ich uns von Woche zu Woche näherkamen, dass Antonia und ich wieder fast das gleiche Level an Vertrautheit erreicht hatten wie vor dem Bruch. Antonia verzieh schnell und gern. Doro war nachtragender, doch ihre und meine Geschichte ging so tief, hatte so viele Schichten, dass es uns nicht schwerfiel, wieder anzudocken, nachdem wir erfolgreich die ersten Hürden genommen hatten.

Die Bässe wummerten durch die Wände. Bevor ich aufstehen und Mascha bitten konnte, die Musik leiser zu drehen, war ich schon eingeschlafen und wachte zwanzig Minuten später wieder auf. Zurück in der Küche, schnitt mir Mascha ein Stück vom Kuchen ab und reichte es mir.

»Besonderer Anlass?«

Sie schüttelte den Kopf. »Nur so.«

»Hmm, lecker.« Der Kuchen dampfte, und die heiße Süße füllte meinen Mund komplett aus. »Genau das Richtige! Dafür erledige ich nachher deinen Küchendienst«, bot ich Mascha an, und sie schnipste mit den Fingern und tanzte ein, zwei Schritte zur Musik.

Ihre Aufgaben im Haus waren überschaubar. Wir hatten vereinbart, dass sie ihre eigene Wäsche wusch, nach dem Essen abspülte oder wahlweise das an der Luft getrocknete Geschirr wegräumte und die Küche fegte. Seit sie hier wohnte, büßten die Küchenschränke ihre jahrzehntelang etablierte Ordnung ein, was mir ein trotziges Vergnügen bereitete. Mascha erledigte ihre Aufgaben wenig hingebungsvoll, doch ohne größeren Protest. Unser einziger Streitpunkt waren die Tassen und Gläser, die sie in ihr Zimmer hinauftrug, ohne sie je wieder herunterzubringen.

Insgesamt lief es gut zwischen uns, solange ich respektierte, dass sie morgens nur schwer in die Gänge kam. Die Augen halb geschlossen, schlürfte sie stumm ihren Halb-und-halb-Kaffee und schaufelte Müsli in sich hinein, bis ich sie sachte drängelte, damit sie pünktlich mit einem Frühstück im Magen und gepacktem Schulrucksack in den Tag marschierte. Meistens saß sie auf dem Stuhl unter dem Foto ihrer Uroma. Wenn ich ihre beiden Gesichter verglich, kam ich nicht umhin, die Ähnlichkeit zwischen ihnen zu bemerken. Irgendwann rutschte mir schließlich ein Kommentar dazu heraus. Ein Fehler. Mascha zeterte los und wedelte mit ihrem Müslilöffel, sodass die Haferflocken sich quer über den Frühstückstisch verteilten. »Ihr immer mit euren Familienähnlichkeiten! Ich kapier das nicht! Ich bin ich, und das reicht jawohl! Es interessiert mich nicht, wessen Ohr oder Nasenscheidewand ich geerbt habe. Dauernd werden mir Teile von mir weggenommen. Dabei gehört mein Körper nur mir, und niemand sonst hat einen Anspruch darauf!« Sie wischte sich mit dem Handrücken über den Mund, wo Reste ihres Frühstücks klebten, war aber noch nicht fertig mit ihrem Vortrag. »Davon abgesehen sind wir über Ecken mit allen Menschen auf der Welt verwandt, und wenn ich mich anstrenge, kann ich mit all diesen entfernt Verwandten eine Ähnlichkeit feststellen. So what? Was bringt es mir, einer Frau, die ich nie kennengelernt habe, zu ähneln?« Sie zeigte auf das Foto über sich. »Was bringt es mir, dass ich weiß, wem ich vermutlich meine Rechtschreibschwäche, meine Unordentlichkeit oder meine Plattfüße zu verdanken habe? Bedeutet das, dass ich nicht dafür verantwortlich bin, was ich bin und tue, weil meine Ahnen mir meine Veranlagungen ins Blut gelegt haben und ich lediglich ein Opfer meiner Gene bin?!«

Meine weise Nichte hatte einen Punkt getroffen, den auch schon Doro angedeutet hatte. Vielleicht stimmte es, dass ich es mir zu einfach machte, indem ich Teile meines Handelns und Seins auf die angeblich von meinem Großvater ererbten Eigenschaften schob.

Ich entschuldigte mich, sie zu so früher Stunde mit solch schweren Themen belästigt zu haben. Die Ironie ging an ihr vorbei, und ich zeigte auf die Kuckucksuhr, woraufhin sie fluchend aufsprang und ins Bad rannte.

Nachdem sie sich Türen schlagend auf den Weg gemacht hatte, blieb ich am Tisch sitzen. In Teilen stimmte ich Mascha zu. Hinter der Suche nach Gemeinsamkeiten verbarg sich meist die Suche nach Zugehörigkeit. Die konnte allerdings, wenn es nicht gut lief, Vereinnahmung und Zuschreibungen mit sich bringen und beinhaltete das Risiko, dir die eigene Individualität zu nehmen, bis du nur noch ein Produkt deiner Ahnen warst. Ich goss mir noch einen Kaffee ein und stellte mich vor das Bild meiner Uroma, um jede Rundung und jeden Winkel ihres Gesichts zu betrachten. Familie, ein Wort, das Beklemmung und Sehnsucht bei mir auslöste, stand es doch gleichzeitig für Schutz und Gefahr. In jedem zweiten Krimi wurde erwähnt, dass die meisten Gewalttaten und Übergriffe innerhalb der Familie passierten, dass Kinder ihren Eltern, Frauen ihren Männern ausgeliefert waren. Andererseits konnte Familie die letzte, die einzige Unterstützung sein, wenn alles andere versagte, wie für Personen auf der Flucht, für alte oder kranke Menschen oder für Gefangene.

20

Die Wandmalerei hatte bei Linus' zweitem Besuch bereits ihren Reiz für ihn verloren. Stattdessen stand stundenlanges Anschubsen auf der Schaukel an, obwohl er schon selbst Schwung holen konnte. Aber schöner war es, wenn ich ihn anstieß und er sich vom höchsten Punkt aus in die Tiefe stürzen konnte. Einmal kam es zu einer Kollision, als der Kater genau in dem Moment vor die Schaukel rannte, als Linus gen Rasen flog und sich ihre Wege überkreuzten. Erst nach langem Betteln und Locken und einer extra Portion Futter kam der Kater aus seinem Versteck unter dem Rhododendron gekrochen. Mit Linus war ich entspannter als mit Vivien, was weniger am Kind lag als am Kontext und den Eltern. Bei ihr war die Angst größer, etwas falsch zu machen.

Als ich sie das erste Mal allein von der Kita abholte, war ich viel zu früh dort und wartete gemeinsam mit den Eltern anderer Kinder vor der Tür. Nach zwanzig Minuten wurden wir endlich eingelassen. Nachdem die Erzieherin geprüft hatte, dass ich abholberechtigt war, zeigte Vivien mir ihren Gruppenraum und welches der Bilder im Flur sie gemalt hatte. Kaum draußen, setzte sie sich den Helm auf, sprang auf ihren Tretroller und düste los. Ich hechelte hinter ihr her und witterte an jeder Ecke Gefahren. Autos, Schlaglöcher, Radfahrer. Bis wir bei ihr zu Hause waren, war ich nervlich völlig am Ende. Ich wusste nicht, inwiefern sie in der Lage war, Gefahren einzuschätzen, wusste nicht, welche Verkehrsregeln sie bereits kannte.

Nachdem wir es uns endlich mit Saft auf dem Sofa gemütlich gemacht hatten, beruhigte sich mein Puls allmählich. Ich las ihr zwei Bücher vor, wir bauten ein Lego-Schloss für Tiere, und dann ging es an die versprochenen Kartoffelpuffer. Die Vorbereitungen verliefen entspannt. Wir hörten eine CD mit Kindermusik, und Vivien sang laut mit. Bald kannte ich einige der Texte und begleitete sie. Stressig wurde es erst wieder beim Part mit der heißen Pfanne und dem heißen Fett. Sie wollte mithelfen, wollte alleine wenden, wollte auf einem Stuhl am Herd stehen in direkter Nähe zu dem spritzenden Öl, und akzeptierte keinerlei Unterstützung oder Einmischung.

»Ich kann das aber schon!«, schrie sie und stampfte auf ihrem Stuhl herum.

»Das mag sein, aber wir machen das zusammen!«

Sie schob das Kinn vor, trat gegen den Backofen, sprang auf den Boden und rannte ins Wohnzimmer, wo sie sich aufs Sofa schmiss und das gerade gelesene Buch immer wieder gegen die Lehne knallte. Ich ließ sie eine Weile in Ruhe, nahm die Pfanne vom Herd, lüftete und wartete ab. Nach außen tat ich so, als sei ich die Ruhe selbst, doch in mir mischten sich die Erinnerungen an die widerspenstige, tretende und schimpfende kleine Chris mit den Bildern von Viviens gerade stattfindendem Frustanfall, mit den Bildern von Linus, der sich auf den Boden schmiss, weil er nicht nach Hause wollte, weil Wändeanmalen spannender war. Ich verstand den Kinderärger. Mein eigener Ärger als Kind war vermutlich ähnlich motiviert gewesen, und doch hatte ich gelernt, dass meine Grenzen falsch waren. Nicht zählten. Ich aushalten musste, bis ich nicht mehr aushalten konnte und ausflippte.

Nach einer Weile leistete ich Vivien Gesellschaft und fragte, ob sie mir weiter mit den Puffern helfen oder lieber das Apfelmus in kleine Schüsseln füllen und mit Blaubeeren verzieren wolle. Sie entschied sich zu meiner Erleichterung für die zweite Option. Die Stimmung stieg wieder, als der Küchentisch und ihr Shirt mit Brei bekleckert waren. Ich hatte das Mus in Doros und Antonias Vorratskammer gefunden. Dem Datum nach hatte ich noch hier gelebt, als wir es eingemacht hatten. Ich erinnerte mich an die Abende, an denen wir zusammen Äpfel schnitten, sie einkochten und durch die flotte Lotte drehten. An den Apfelduft, der sich tagelang in der Wohnung hielt.

Nachdem Vivien und ich je vier Puffer verspeist hatten, zogen wir unsere Schuhe an und drehten erneut eine Runde. Sie wieder mit dem Roller vorweg, Pepper und ich hinterher, Pepper in ihrer Welt, ich gestresst. Ich fragte mich, wie Doro das an jenem Abend hinbekommen hatte, an dem ich sie hinter der Hecke hervor beobachtet hatte. Wie sie den Arm gehoben und Vivien zum Halten gebracht hatte, als das Auto ihnen die Vorfahrt nahm. Bei Doro hatte es so routiniert und entspannt gewirkt.

Ich war froh, als der Spaziergang ohne Katastrophen überstanden war und Antonia nach Hause kam. Am liebsten hätte ich mich bei ihnen auf dem Sofa eingerollt und geschlafen, so erschöpft war ich.

»Dass du so ängstlich bist, hätte ich nicht gedacht!«, sagte Antonia. »Wenn du Vivien besser kennenlernst, kriegst du ein Gefühl dafür, was sie schon alles kann. Und notfalls fragst du uns oder sie einfach.«

Ich blieb noch zum Abendessen, und danach lieh mir Doro ihr Rad, und Antonia und ich trafen uns in der Kneipe mit ein paar Freundinnen von ihr, einer lustigen Runde. Wir lachten viel, und ich war in bester Stimmung, als Antonia und ich uns zu später Stunde gemeinsam auf den Heimweg machten. Nur noch wenige Fußgänger*innen waren unterwegs. Bis auf ein, zwei Kneipen und einen Imbiss war alles geschlossen. Wir radelten nebeneinanderher, hingen beide unseren Gedanken nach, als uns ein Auto die Vorfahrt nahm und beim Einbiegen in eine Seitenstraße von links quer über den Radweg schoss. Antonia riss im letzten Moment ihren Lenker herum und wäre beinahe gestürzt. Ich schaffte es gerade noch zu bremsen, wich zur Seite aus und schrammte mit der Pedale an der Beifahrertür entlang, bevor ich zum Stehen kam. Die Karre hielt an, ein Typ riss die Tür auf, sprang raus und brüllte mich an. »Wenn da was am Lack kaputt ist, bist du dran!«

»Geht's noch, Alter?! DU hast uns doch die Vorfahrt genommen! Fast hättest du uns umgefahren!«, schrie ich zurück.

Auf sein »Fresse, Fotze!« raste die Wut durch mich hindurch. Ich hielt sie nicht zurück, sondern öffnete den Zwinger, ließ sie von der Leine. Flackern vor den Augen, ein lautes Dröhnen in meinem Kopf, als würden Tausende Moskitos durch meine Eingeweide und Hirnwindungen brausen. Schwungvoll holte ich mit dem rechten Bein aus und trat mit aller Kraft gegen den Seitenspiegel. Obwohl das Geräusch, mit dem er abknickte, enttäuschend leise war, überkam mich im Moment des Tretens ein Gefühl von Macht, ein lustvoller Moment.

Antonia hinter mir ließ ein Japsen hören. Ich riss den Kopf zu ihr herum, wir tauschten einen Blick, und bevor der Typ reagieren konnte, saßen wir schon wieder auf unseren Rädern und machten, dass wir davonkamen. Rasten im Zickzack, immer in entgegengesetzte Richtung der Einbahnstraßen, nahmen einen schmalen Weg, der mithilfe eines Pollers für Autos gesperrt war, traten in die Pedalen, bis wir völlig durchgeschwitzt bei mir zu Hause ankamen. Zwischendurch klang es, als würde Antonia kichern, doch vielleicht keuchte sie auch nur von der Anstrengung.

Ich zitterte, als ich die Garage öffnete und wir unsere Räder hineinschoben, zitterte, als ich das Tor zuschob, die Haustür aufschloss und wir uns in der Küche auf zwei Stühle fallen ließen. Mir war schlecht vor Anstrengung, vor Anspannung und Angst. Angst, dass der Kerl uns aufspüren, uns zusammenschlagen würde, Angst, dass Antonia mein Handeln verurteilen, es unangemessen und übertrieben aggressiv finden würde. Ich traute mich nicht, sie anzusehen. *Du bist wie ich!*

Das einzige Geräusch war unser Ringen nach Luft, das sich nach und nach beruhigte, dann sprang die Kuckucksstür auf, und der Vogel krächzte zwölfmal. Antonia schreckte zusammen, und ein Lachen brach aus ihr heraus. »Meine Fresse, Chris, geile Aktion! Ich glaube, jetzt brauch ich erst mal einen Schnaps!«

Ich öffnete den Kühlschrank, holte Ludwigs Mandellikör heraus und goss uns beiden zwei Fingerbreit ein.

»Genau das Richtige!«, kicherte Antonia, nachdem sie daran genippt hatte. Ihr Lachen verunsicherte mich. Sie lehnte sich vor und zog mich in eine verschwitzte Umarmung. »Du Heldin!«

»Von wegen Heldin! Was ist, wenn der uns sucht, wenn wir dem noch mal über den Weg laufen und er uns fertigmacht? Was, wenn er uns direkt dort fertiggemacht hätte?«

Das hätte ins Auge gehen können! Timos Narbe, die Stiche, der leuchtend weiße Verband, meine Schuld.

»Ha, der weiß nicht, dass ich Kung-Fu mache, das wäre ein Spaß geworden!« Antonia lachte erneut und stieß mit der Faust in die Luft.

Ich mit drei im Kindergarten, mit der Schaufel dem anderen Kind auf den Kopf hauend. Ich mit vier auf dem Spielplatz, an die Rutsche geklammert, brüllend und um mich tretend. Ich mit sechs in der Schule, ein Tritt gegen die Tafel, hinter die ich verbannt worden war. Mit acht beim Zahnarzt, der mir wehtat, und mein Biss in seinen Finger, der Geschmack von seinem Blut in meinem Mund. Ich mit neun, mit zehn, zwölf, vierzehn, mit Mitte vierzig, das zerstörte Bierdeckelhaus, der Hammer auf den Dielen, das zertretene Regal. Der Seitenspiegel war nur ein weiteres Glied einer langen Kette.

»Es tut mir leid«, sagte ich, so wie ich es immer sagte.

Estutmirleidestutmirleidestutmirleid
Estutmirleidestutmirleidestutmirleid
Estutmirleidestutmirleidestutmirleid

»Was tut dir leid? Dein Kick war doch genau die richtige Reaktion. Mit der Nummer konnte der Arsch doch nicht durchkommen!« Sie nahm mein Gesicht zwischen ihre Hände, und ihr Blick war so liebevoll, dass er mein Estutmirleidestutmirleidestutmirleid dämpfte. Das Bild von Vivien, wie sie das Buch gegen die Sofalehne knallte, von Linus, wie er sich auf dem Fußboden wand, brüllte und kreischte.

»Chris, du hast nichts Falsches gemacht«, sagte Antonia, und ganz langsam sickerte es zu mir durch. Wie ein ewig verstopftes Rohr, aus dem sich Brocken für Brocken Ablagerungen lösten. Antonia hielt mich im Arm und wiegte mich, während ich weinte.

Schließlich atmete ich mehrmals tief ein und aus und boxte mir mit der Faust aufs Bein. Antonia umschloss meine Hand, bis ich sie sinken ließ, dann entkorkte sie die Flasche mit dem Likör und schenkte uns nach. Wir tranken, und ich sagte: »Als Doro uns damals von ihrem Vorschlag erzählte, bin ich in Panik geraten, ohne in dem Moment zu verstehen, warum. Klar wusste ich, dass ich kein Kind wollte, aber ich hatte Angst, euch zu verlieren, wenn ich nicht mitmache. Ich war mir sicher, es in den Sand zu setzen und dass das Kind Angst vor mir hätte. Ich hatte selber Angst vor der Angst vor der Angst. Erst jetzt, wo mein Opa tot ist und ich wieder hier bin, fange ich an zu verstehen, wie sehr mich der Glaube, wie er zu sein, gefangen hält, und bekomme eine winzige Ahnung, wie es sein könnte ohne diese Zuschreibungen.«

Antonia nickte. »Wie Rafas Unsportlichkeit.«

»Ganz genau. Und seit einiger Zeit habe ich den Verdacht, dass ich vielleicht sportlicher bin als vermutet. Also im übertragenen Sinne.«

»Jaja, schon klar.«

Antonia schlief in dieser Nacht bei mir. Bevor wir uns hinlegten, schlich ich nach oben, öffnete leise Maschas Zimmertür und horchte auf ihre ruhigen Atemzüge. Der Schreck hing mir noch immer im Körper wie Muskelkater, nur kälter. Ich schlief in Antonias Arm, schlief erstaunlich tief. Am nächsten Morgen frühstückten wir, und erst als sie weg war, kehrte der Schreck zurück, alleine, ohne die Scham. Ihr Ausbleiben war stärker als die Angst vor der Rache des Autofahrers. Dort, wo sie sonst lauerte, gemeinsam mit der Schuld und dem schlechten Gewissen, war kein Druck, war nicht einmal eine Leere, sondern eine Leichtigkeit, die so wenig wog, dass ich sie nicht bemerkt hätte, wäre sie nicht so neu.

21

An einem Abend mitten in der Woche überraschte uns Timo mit einem spontanen Besuch und veganer Pizza. Mascha wischte den Tisch im Garten ab, und wir aßen unter der Birke. Eine Amsel zwitscherte vom Dachfirst herunter, eine leichte Brise spielte mit den Blättern, die wie das Tröpfeln eines Bachs klangen. Wir unterhielten uns über die letzten Wahlergebnisse, die mal wieder alarmierend waren, über Maschas und Katas Radtour und den ungewöhnlich warmen Sommer. Timo und Mascha gingen entspannt miteinander um, ließen sich aufeinander ein, hörten sich gegenseitig zu, und ich lehnte mich zurück und freute mich für sie. Als Mascha sich nach dem Essen verabschiedete, um sich mit Kata zu treffen, sah Timo ihr mit enttäuschtem Blick nach.

»Wenn du unangemeldet hier auftauchst, kannst du nicht erwarten, dass sie alles stehen und liegen lässt. Außerdem seid ihr doch übermorgen schon wieder zum Eisessen verabredet.«

»Ich weiß.«

»Und es läuft doch insgesamt ganz gut mit euch, oder nicht?«

»Zum Glück. Endlich bin ich nicht mehr nur der zeternde Vater, sondern kann auch mal wieder der nette Typ sein, mit dem sie Spaß hat und dem sie ihre Sorgen anvertraut.«

Ich erzählte ihm, wie Mascha wegen meines Kommentars über ihre Ähnlichkeit mit unserer Großmutter mit mir geschimpft hatte. Timo lachte und gestand, ihm sei die Ähnlichkeit auch schon aufgefallen, doch hätten ihn früher ebenfalls die Kommentare genervt, wie sehr er unserem Vater äußerlich ähnlich sehe. »Er war schließlich der Abtrünnige, über den alle gelästert haben. Ich wollte nicht wie er sein.«

So hatten wir alle unsere Päckchen. Ich schaute in die Birke hinauf, die im leichten Wind tanzte. »Die bleibt wohl hier, wenn wir gehen«, sagte ich und tätschelte ihren Stamm. Gemeinsam drehten wir eine Runde durch den Garten, und Timo zeigte auf die Beerensträucher und Stauden, die er bei sich einpflanzen wollte. Es war nicht die beste Jahreszeit zum Umpflanzen, die Sträucher trugen schon Früchte, doch uns blieb keine Zeit, zu warten.

»Ich finde es auch nicht angenehm, Opa zu ähneln!« Die Worte brachen aus mir heraus.

Timo grinste. »Das verstehe ich, aber die buschigen Augenbrauen und die Fingernägel, einfach unverkennbar.«

»Sehr lustig. Das meinte ich nicht.«

»Ich weiß. Aber ehrlich gesagt habe ich nie verstanden, warum immer alle behauptet haben, dass du wie er bist. Ich hab das nie so gesehen.«

»Echt nicht? Wäre schön gewesen, das mal früher zu hören.«

Offensichtlich hatte er keine Ahnung, welche Qualen mir diese Zuschreibungen mein Leben lang bereitet hatten.

»Ich glaube, er wollte gern, dass du wie er bist. Mit mir konnte er nichts anfangen, ich war zu charakterlos, weißt du doch, also lagen alle Hoffnungen auf dir.« *Charakterlos*, so hatte unser Opa ihn bezeichnet. Wie gern hätte ich dem Alten allein für diese Bemerkung nachträglich mit einem seiner Clogs vors Bein getreten.

»Früher wäre ich gern wie du gewesen«, sagte Timo. »So mutig und wütend. Du hast ihm Kontra gegeben, während ich immer nur der Kleine und Stille war, der dich bewundert und beneidet hat. Die große Chris, die gegen den Alten rebelliert, obwohl wir doch dankbar zu sein hatten, bei ihm wohnen zu dürfen. Ich war immer nur der langweilige Timo, der aussieht wie sein Vater.«

»Du bist weder langweilig noch charakterlos, und das warst du auch nie. Gib Opa nicht die Macht, über dich zu urteilen!«

Solch verletzende Bemerkungen vergaß man nie. Sie schnitten sich tief, sehr tief ein in die Haut, ins Gedächtnis, in den Körper und hinterließen Narben. Es war gut, meinen Bruder zu haben, einen Zeugen, Mitwisser und Verbündeten. Es war gut, ihm sagen zu können, wie toll er war, und von ihm zu hören, dass ich so schlimm nicht war. Er gab mir einen Kuss auf die Wange, und ich legte ihm einen Arm um die Schultern. So gingen wir ins Haus.

Im Flur öffnete Timo einige der Kartons und wühlte darin herum. »Das kannst du doch nicht wegschmeißen!« Er schwenkte ein Schlüsselbrett, das er in der vierten Klasse im Werkunterricht gebastelt hatte. Mit einer Laubsäge ausgesägte Katzen, die seit über dreißig Jahren von inzwischen verrosteten Schlüsselhaken durchbohrt würden.

»Wollte ich auch nicht, das ist eine Flohmarktkiste. Aber nimm es mit, bitte. Ich kann nicht bei jedem Teil fragen, ob irgendein nostalgisches Herz daran hängt, sonst werde ich nie fertig!«

»Guck doch mal, wie süß!« Er hielt mir die Kätzchen vor die Nase, streichelte mir damit über den Kopf und maunzte. Ich lachte, schob seine Hand weg, und er folgte mir miauend bis in die Küche, wo ich mir ein Glas Wasser einschenkte. Dann wühlte er sich durch einen Sack mit Klamotten und begeisterte sich für einen alten Strohhut von unserem Opa. »Für die Arbeit im Sommer!«

»Du machst Witze! Ich erinnere mich genau, wie du früher über diesen Hut gelästert hast!«

»Da war ich noch jung und garstig und hatte volles Haar. Heute weiß ich, wie gefährlich so ein Sonnenstich ist.«

Er lief ins Bad und besah sich im Spiegel, den Hut neckisch in den Nacken geschoben. »Gut, oder?«, fragte er.

»Zuckersüß! Willst du nicht noch mehr mitnehmen? Den Kleiderschrank von Opa? Alles Vollholz! Oder den Nachttisch!«

»Bloß nicht, da sitzt bestimmt sein Geist drin und beobachtet mich nachts aus einem Astloch heraus. Außerdem müssten wir erst die ganzen Kartons zur Seite räumen, die du so schön vor seinem Zimmer gestapelt hast.«

»War der beste Platz, damit sie nicht im Weg stehen.«

»Haha, schon klar. Du hast doch nur Schiss, dass er nachts rauskommt und durchs Haus geistert.«

Ich zog eine Grimasse und schüttelte mich. »Danke, jetzt kriege ich bestimmt Albträume.«

Er wühlte noch ein wenig weiter und stieß auf einen Regenmantel und zwei Paar Clogs von unserem Opa, die er sich einpackte.

»Denkst du an dein Zimmer oben? Den Kram musst du leider selbst aussortieren«, sagte ich zum Abschied.

»Aaah, ich weiß. Nächstes Wochenende, versprochen.«

Er fuhr los, und ich sah seinem Transporter nach. Es tat gut, meinen Bruder wieder häufiger zu sehen. Die Nähe zu ihm half mir, den Zaun, den ich zwischen meiner Vergangenheit, zwischen meiner Kindheit, meiner Jugend und meinem erwachsenen Ich errichtet hatte, Latte für Latte einzureißen. Es wäre schön gewesen, wenn wir früher mehr zusammengehalten hätten. Wenn wir uns nicht dauernd hätten spalten lassen und mit dem Finger auf den anderen gezeigt hätten, um selbst besser dazustehen.

Am nächsten Tag war wieder Markt. Nach der Schicht tranken Pia und ich gerade unseren Feierabendkaffee im Stehcafé, da fragte sie mich: »Suchst du eigentlich noch immer ein Zimmer?«

»Ja, unbedingt!«

»Das ist gut. Seit mein Ex ausgezogen ist, kann ich mir meine Wohnung eigentlich nicht mehr alleine leisten. Bis jetzt habe ich mich dagegen gewehrt, ein Zimmer zu vermieten, aber dich als Mitbewohnerin, das kann ich mir vorstellen.«

Ihre Trennung war schon ein halbes Jahr her, Pia hatte mir davon erzählt. Schlimmer als der Auszug vom Ex war für sie der Verlust ihrer Katze. »Aber ich konnte in dem Moment nicht kämpfen, zumal er aufs Land gezogen ist, wo Mietzi den ganzen Tag über Wiesen und Felder streifen kann. Bei ihm geht es ihr bestimmt besser als bei mir«, hatte sie mir mit Tränen in den Augen erzählt.

»Ich könnte, wenn du es willst«, fuhr sie jetzt fort, »mein Arbeitszimmer an dich abtreten.«

Vor einigen Tagen hatte ich Pia das erste Mal besucht. Ihre Wohnung lag im ersten Stock und hatte einen Balkon, der zum Garten hinausging. Dort hatten wir gesessen und Wein getrunken und die Fledermäuse beim Insektenjagen beobachtet, während Pia mir aus ihrem Romanmanuskript vorlas. Ihr Arbeitszimmer war das alte Zimmer ihres Freundes. Es war zwar klein, aber mit hoher Decke und zwei Fenstern zur Straße hin.

»Ernsthaft?«, fragte ich, und Pia nickte. Wir kannten uns zwar noch nicht sehr lange, wenn man die flüchtige Bekanntschaft aus der Schulzeit ausklammerte, aber ich stellte mir das Zusammenwohnen mit ihr angenehm vor. Sah uns beide schon sonntagmorgens mit dampfenden Kaffeetassen auf dem Balkon sitzen, einen Korb frischer Brötchen und mehrere Sorten Marmelade zwischen uns auf dem Tisch.

Ich stellte meine Tasse ab, und wir umarmten uns. Die Miete überschritt zwar mein persönliches Limit, doch irgendwie würde ich es hinbekommen. Aufgeregt machten wir Pläne. Das zweite Regalbrett im Bad, auf das ich meine Sachen stellen würde. Das Wohnzimmer mit der ausziehbaren Couch, auf der Mascha übernachten könnte, wenn sie zu Besuch kam. Die Küchensachen, die ich mitbringen würde, und die Badewanne, auf die ich mich freute. Wir leerten unseren Kaffee und fuhren direkt zu ihr, damit ich mein zukünftiges Zimmer erneut besichtigen konnte. Der Boden bestand aus unregelmäßigen Dielen, die golden schimmerten, und eine prächtige Kastanie wuchs draußen zwischen den beiden Fenstern des Zimmers.

»Perfekt!«, sagte ich, und Pia umarmte mich erneut, holte eine Flasche Sekt aus dem Kühlschrank, und wir besiegelten unser Zusammenwohnen mit einem Gläschen. Ermutigt vom Sekt erwähnte ich, bevor ich ging, noch den Kater. »Manchmal hat er ein grantiges Wesen.«

»Ach je, der Arme, bestimmt vermisst er deinen Opa. Bring ihn einfach mit, und dann beruhigt er sich schon mit der Zeit. Zum Glück habe ich die Katzenklappe noch nicht zugenagelt. So kann es kommen!« Pia klang euphorisch, und ich konnte kaum glauben, dass sich innerhalb einer Stunde zwei meiner Probleme gelöst hatten.

Abends beim Essen erzählte ich Mascha von meinem neuen Zimmer.
»Und wo bleibe ich dann?« Sie klang aufgebracht, was mich erstaunte.
»Das hier war doch immer nur eine Zwischenlösung. Der Mietvertrag läuft aus, daran kann ich nichts ändern. Außerdem dachte ich, du verstehst dich wieder besser mit Timo?«
»Ja, tue ich auch. Aber wenn du jetzt schon auszieht, verliere ich die letzten drei Wochen hier mit dir!« Tränen glitzerten in ihren Augen, fast hätte ich mitgeheult.
»Hey, wir bleiben auf jeden Fall, bis der Vertrag ausläuft, das haben wir doch abgemacht. Ich ziehe erst um, wenn wir hier rausmüssen.«
Sie nickte, zog die Nase hoch und schaufelte Kartoffelbrei in sich hinein.
»Heute Abend glotzen?«, fragte ich, und sie nickte.
Abends bauten wir uns ein Buffet aus Schokonüssen, Erdnussflips, Weingummi und Lakritz auf. Mascha durfte aussuchen, und wir sahen eine Serie über zwei Teenies, die sich erstaunlich reflektiert über Bodyshaming austauschten, die selbstverständlich andere Kids nach deren bevorzugten Pronomen fragten und sehr darauf bedacht waren, die Grenzen der anderen wie auch die eigenen ernst zu nehmen. Ich war beeindruckt und auch etwas neidisch und dachte peinliche Klischees wie: »zu meiner Zeit« und »wenn es solche Serien damals schon gegeben hätte« oder »das haben die Kids von heute auch uns und unseren Kämpfen zu verdanken«. Ich hütete mich allerdings, irgendetwas davon laut auszusprechen.
Während der vierten Folge schlief Mascha ein, und ich deckte sie zu, schaltete den Fernseher aus und räumte leise den Tisch ab.

Es fühlte sich gut an, für sie zu sorgen. Erst jetzt, in einem Alter, in dem Themen wie Empfängnis, Schwangerschaft und Geburt mich persönlich nichts mehr angingen, erst jetzt, da die Erwartungen von außen keine Bedrohungen mehr darstellten und ich mich nicht mehr dagegen wehren musste, erlaubte ich mir, meine elterlichen Gefühle meiner Nichte, meinem Neffen und Vivien gegenüber zuzulassen.

22

Antonia holte mich ab, und wir wanderten Richtung Baggersee durch Alleen aus Linden und Kastanien. Die Sonne fädelte sich durch das Laub und färbte das Licht grün, als würden wir uns unter Wasser bewegen. In den Brombeersträuchern reiften die Beeren, Insekten summten um uns herum, und in der Ferne brummte ein Traktor.

»Was ist eigentlich mit deinem Theaterjob? Hast du den jetzt gekündigt?«, fragte Antonia.

»Das ist ja kein einzelner Job. Ich verpflichte mich immer nur für bestimmte Projekte. Aber allmählich muss ich mich entscheiden, wie es weitergeht. Ob ich hierbleibe und mir noch was anderes für nebenbei suche, falls sich keines der Theater aus der Umgebung meldet, oder ob ich auf dem Markt kündige und wieder auf Tour gehe.«

Auch wenn mir die Arbeit auf dem Markt gefiel, verdiente ich dort nicht genug. Davon abgesehen fehlte mir das Theater, das Ausrichten der Scheinwerfer, das Verkabeln, das Programmieren des Mischpults, die Proben und die Aufregung bei der Premiere. Die kleinen Pannen, die nur wir, die wir auf und hinter der Bühne agierten, mitbekamen, und all die Abläufe, die einer Choreografie ähnelten. Ich wollte nicht komplett darauf verzichten müssen, genauso wenig wie auf meine wieder aufgenommenen und neu gewachsenen Beziehungen hier.

»Und wenn du eine Kombination aus beidem machst? Hier dein Zimmer und den Wochenmarkt, und alle paar Monate gehst du für ein paar Wochen auf Tour?« Antonias Vorschlag erschien mir abwegig, kaum durchführbar – ein müder Kompromiss, um mich nicht entscheiden zu müssen. »Das geht doch nicht, oder? Ich meine, ich muss doch irgendwann einen Entschluss fällen.«

»Aber warum denn?«

»Weil ich nicht alles haben kann. Entweder das eine oder das andere, aber doch nicht alles. Wie soll das denn einfach so gehen, halb hier und halb unterwegs? Damit würde ich es mir zu leicht machen. Irgendwie fühlt sich das falsch an.« Antonias Idee verwirrte mich.

»Wieso soll das nicht gehen, und warum darfst du es dir nicht leicht machen? Das ist doch dein Leben! Das kannst du dir doch zusammenbasteln, wie du willst und wie es für dich passt! Ich mache doch auch beides: ehrenamtlich Seenotrettung und meinen Job, auch wenn mein ganzer Urlaub dabei draufgeht.«

Entscheidungen waren mir schon immer schwergefallen, und gleichzeitig empfand ich sie als notwendig, stellten sie doch klare Markierungslinien dar und strukturierten meine Welt. Als Schülerin hatte ich eine Zeit lang für einen Fußballverein mit einem dieser kleinen Wägelchen Linien auf den Platz gezogen. Klare Grenzen, Abschnitte, Formen. Der Job hatte mir Spaß gemacht, er war so schön überschaubar gewesen. Antonias Idee, mich nicht entscheiden zu müssen, beides machen zu können, war wie ein freier Fall. Als hätte sie einen Vorhang zur Seite gerissen, und dahinter schien der Horizont in weiterer Ferne zu liegen als zuvor. Ein aufgeregtes Kitzeln stieg in mir hoch. »Ich muss das erst einmal sacken lassen!«, sagte ich. Antonia lachte, und ich lachte mit, und in meinem Kopf drehten sich die Gedanken umeinander, wie bei einer komplizierten Quadrille.

Ich müsste mit meiner Chefin reden, ihr mitteilen, dass ich in Zukunft weitere Stunden übernehmen wollte und dafür mehrmals im Jahr länger unterwegs sein würde. Und wenn es ihr nicht passte? Die Quadrille stockte und nahm langsam wieder Fahrt auf. Dann würde ich eben einen anderen Marktjob oder etwas Vergleichbares finden. Doch war es wirklich so leicht? Durfte ich es mir so einfach machen? Auch wenn es mir schwerfiel, daran zu glauben, reizte mich Antonias Idee.

Im Baggersee schwammen Blässhühner und Enten. Es war fast windstill, und der Himmel und die Bäume spiegelten sich auf der Wasseroberfläche. Sonnenstrahlen fingen sich in den letzten Tautropfen, die noch im Schatten auf den Gräsern glitzerten. Wir suchten uns einen Platz auf der Liegewiese. Antonia und ich waren an diesem Vormittag fast die Einzigen am See, da die Ferien noch nicht begonnen hatten. Nur an einer Badestelle schräg gegenüber entdeckten wir eine Gruppe Jugendlicher. »Haben die keine Schule?« Antonia nickte in ihre Richtung. Ich zuckte mit den Schultern und breitete eine Decke aus, auf die wir uns setzten.

»Und wie geht es dir?«, fragte ich.

Sie blies sich eine Strähne aus dem Gesicht. »Es geht so. Gestern hatte ich mal wieder eine fiese Situation bei unserer neuen Kinderärztin. Die wollten mir in der Praxis keine Auskunft über Viviens Halsabstrich geben, weil ich rein rechtlich nicht ihre Mutter bin. Dabei hatten wir extra beim ersten Besuch eine von Doro und Rafa unterschriebene Vollmacht hinterlegt, die mich dazu berechtigt, Informationen zu erhalten. Nur haben sie die in der Praxis angeblich nicht gefunden. Nicht das erste Mal, dass so etwas passiert. Es gibt immer Leute, denen wir als Dreiergespann nicht ins Konzept passen, das nervt total. Ich habe eben kein Sorgerecht und damit auch keine Entscheidungsbefugnis und darf eigentlich nichts mitentscheiden, weder welchen medizinischen Maßnahmen wir zustimmen noch auf welche Schule Vivien geht.«

»Das wusste ich nicht, heftig. Aber ihr beschließt schon alles zusammen, oder?« Wie wenig Ahnung ich doch von ihrem Leben, ihren Entscheidungen und Diskussionen hatte. So wusste ich weder, wie es Antonia damit ging, dass ihr Freund Gunnar sich zurückzog, noch, was sie und Doro von Rafas Plänen hielten, mit dem zweiten Kind eine Art Parallelfamilie zu gründen.

Antonia nickte. »Ja, klar entscheiden wir alles Wichtige zusammen, aber rein rechtlich darf ich das eigentlich nicht, sondern gelte als kinderlos, als würde ich mich nicht seit Viviens Zeugung um sie sorgen, nicht mein ganzes Leben um sie herum ausrichten. Ich habe weder ein Recht auf Kinderfreibeträge, noch darf ich Betreuungsverträge unterschreiben. Als angeblich Kinderlose bezahle ich bei der Krankenkasse den höheren Beitrag, und Viviens Existenz wird bei meiner Steuererklärung nicht berücksichtigt. Echt zum Kotzen! Rafa und Doro sind die eingetragenen Eltern, und damit basta. Nach geltendem Recht darf ein Kind nicht mehr als zwei Elternteile haben und bin ich nicht Viviens Mutter!«

Ich hatte nie darüber nachgedacht, wie es rechtlich bei ihnen aussah. Mit hängendem Kopf saß Antonia neben mir und knetete ihre Finger. Ich streckte die Hand aus und strich ihr übers Haar, hätte ihr gerne mehr zur Seite gestanden. Doch mir fiel nichts anderes ein als der nicht ernst gemeinte Vorschlag, noch einmal zusammen in der Praxis auf den Tisch zu kloppen. »Ich könnte denen den Seitenspiegel abtreten, ich weiß jetzt, wie das geht«, sagte ich. Antonia grinste kurz und zog dann die Sonnencreme aus ihrer Tasche. Gleich wurde ihr Gesicht wieder ernst. »Ich brauche sogar eine Abholberechtigung, um Vivien von der Kita abzuholen, meine eigene Tochter! 2020 wurden die Voraussetzungen für die Stiefkindadoption zwar geändert und wenn Rafa damals nicht als rechtlicher Vater eingetragen worden wäre, könnte ich Vivien rein theoretisch sogar adoptieren, obwohl Doro und ich nicht verheiratet sind. Dafür müssten wir aber nachweisen – wie auch immer das gehen soll –, dass wir seit mindestens vier Jahren in einer verfestigten Lebensgemeinschaft leben. Das größte Problem ist aber eben, dass Vivien nur zwei rechtliche Elternteile haben darf und Rafa bereits als Vater eingetragen ist. Davon abgesehen müssten wir im Falle einer Stiefkindadoption unser Privatleben völlig offenlegen, es gäbe vielleicht Hausbesuche und Befragungen, und dann könnte es immer noch sein, dass es nicht klappt. Ich weiß von einem ähnlichen Fall wie unserem, wo die Adoption am Ende abge-

lehnt wurde, weil die Betroffenen eben kein ›richtiges Paar‹ sind.«
Antonia ritzte Anführungszeichen in die Luft. Ihre Stimme klang gepresst, als müsste sie sich zusammenreißen, um nicht zu heulen oder zu schreien. »Wenn Doro und ich aber verheiratet oder verpartnert wären und sie die alleinige Sorgeberechtigte wäre, dann hätte ich das kleine Sorgerecht, auch wenn man damit kaum Rechte hat.«

Mir schwirrte der Kopf, ich konnte ihr nur halb folgen, doch was ich verstand, war, dass ihre rechtliche Situation absolut ungerecht und im Vergleich zu der einer klassischen heterosexuellen Familie ungleich schlechter war. Ich nahm ihre Hand und umschloss sie mit meinen. »Es tut mir so leid.« Zu gerne hätte ich mehr gesagt, etwas Größeres.

»Ich weiß, danke. Mir ist ja klar, dass das alles nichts an meinem emotionalen Verhältnis zu Vivien ändert. Aber trotzdem ist da manchmal der winzige Kern einer Angst, dass ich irgendwann nicht mehr dazugehöre und überflüssig bin, weil mir das Außen das dauernd widerspiegelt. Ich könnte in solch einem Fall versuchen, den Umgang mit Vivien einzuklagen, da gibt es Möglichkeiten, aber ... puh! Hör mich an. Ich bin völlig paranoid!«

»Kein Wunder, wenn du offiziell gar nicht als Elternteil existierst. Ist doch klar, dass es dir schlecht damit geht!«

Ich beugte mich vor und legte ihr den Arm um die Schultern, und Antonia wischte sich über die Augen. Eine leichte Brise kräuselte die Wasseroberfläche. Nach einer Weile stand sie auf, ging die paar Schritte zum See runter und schöpfte sich Wasser ins Gesicht. Als sie mich ansah, lächelte sie unsicher. »Entschuldige den Ausbruch.«

Warum taten wir das immer wieder, sie und ich, meine Mutter und Sibel? Warum lächelten wir, wenn wir uns gedemütigt fühlten, ärgerlich, traurig oder verzweifelt waren? Von klein auf darauf getrimmt, zu funktionieren, den Betrieb nicht aufzuhalten. Ich winkte ab. »Kein Grund, sich zu entschuldigen!«

Sie hob die Schultern und nickte in Richtung See. »Wollen wir erst mal eine Runde schwimmen?«

Wir zogen unsere Badesachen an und wateten nebeneinander ins Wasser. Die Kälte biss mir angenehm in die Haut. Die Überwindung beim anfänglichen Untertauchen, wie ein Sprung in eine Parallelwelt, das rasende Herz, das Gefühl zu fliegen bei den ersten Schwimmzügen. Wir schwammen jede für sich. Antonia zog ihre Bahnen, und ich ließ mich auf dem Rücken treiben, kraulte im Kreis und freute mich, mein Gewicht an das Wasser abgeben zu können. Wolken über mir, Fische unter mir, die Jugendlichen hinter mir. Der Himmel erschien mir so unendlich viel weiter als noch vor einigen Wochen. Vielleicht würde ich mich tatsächlich nicht zwischen hierbleiben und weiterziehen entscheiden müssen. Vielleicht war vieles leichter als gedacht. Freier Fall.

Später legten wir uns auf die Decke und ließen uns von der Sonne trocknen. Antonia schloss die Augen. Ein Blässhuhn näherte sich auf großen Füßen und schielte neugierig in unsere Richtung. Als ich mich aufrichtete, schreckte es zurück.

»Bereust du deine Entscheidung manchmal?«, fragte Antonia plötzlich.

»Hm. Damals wäre es für mich falsch gewesen mitzumachen.«

»Und heute?«

»Schwer zu sagen. Seit ich die fruchtbare Zeit hinter mir gelassen und damit alle Hoffnungen in Bezug auf Nachwuchs erfolgreich enttäuscht habe, sind meine Widerstände gegen eine potenzielle Elternrolle samt all den damit einhergehenden Erwartungen deutlich geschrumpft. Ich weiß, dass viele Personen jenseits der Wechseljahre darunter leiden, nicht mehr als Frauen oder ›weiblich‹ wahrgenommen zu werden, aber ich fühle mich viel freier.«

Ich erinnerte mich nur zu gut, wie es war, mit der nur wenige Wochen alten Mascha im Kinderwagen unterwegs zu sein. Das verzückte Lächeln, mit dem mich die Menschen, die mir begegneten, bedachten. Die Blicke der anderen Mütter. Wie Komplizinnen. Als schmückte ich mich gegen meinen Willen mit fremden Federn. Zu wissen, dass ich nicht zu dem Club gehörte, erleichterte mich und machte mich zugleich traurig. Eine Linie, die mich ausschloss, die ich nie überschreiten würde, weil ich dem Erwartungsdruck nicht entsprechen, weil ich keine Kinder durch mein gebärfreudiges Becken pressen wollte. Ich stützte mich auf meine Ellenbogen. »Ich bereue vor allem, dass es all diese unverhältnismäßigen Erwartungen an Personen mit Uterus gibt und es mir nie möglich war, mich davon unabhängig zu machen. Und ich bereue, mein Leben lang an die Zuschreibungen meines Opas geglaubt zu haben, und wünschte, es würde mir nicht so schwerfallen, mich davon zu lösen. Ich habe manchmal Angst, einfach zu verschwinden, wenn ich sie loslasse, weil sie immer schon einen solch wichtigen Teil von mir ausgemacht haben.«

Die Jugendlichen in der Badebucht sangen ein Lied, das ich nicht kannte. Ich ließ mich nach hinten ins Gras fallen und stützte mich gleich wieder auf die Ellenbogen, um mit den Fingernägeln einen Stein aus der Erde zu kratzen, der sich in meine Schulter gebohrt hatte, bevor ich mich wieder nach hinten fallen ließ. Wir schwiegen, die Sonne wärmte uns, und dann schlief ich ein und wachte erst wieder auf, als sich eine kleine Wolke vor die Sonne schob. Ich zog mir mein T-Shirt an und Antonia sagte: »Ich hätte gern ein Kind geboren. Gunnar und ich haben echt alles versucht, aber es hat nicht geklappt.«

»Ich weiß. Warum hast du es dir so sehr gewünscht?«

»Tja, warum? Um es lieb zu haben, um mich zu kümmern? Um meinem Leben einen Sinn einzuhauchen und etwas weiterzugeben? Um nicht allein zu sein, wenn alle anderen mich verlassen? Um es heranwachsen zu sehen, es zu begleiten? Den Erwartungen meiner Umgebung gerecht zu werden und die Leere in mir zu füllen?« Sie hob verlegen lächelnd die Schultern.

»Das mit der Leere kenne ich«, sagte ich. »Den Rest auch irgendwie.«

Die Jugendlichen rannten ins Wasser. Sie kreischten und tobten, plantschten in unsere Richtung, kamen immer näher, und inmitten der Stimmen erkannte ich eine, die ich hier auf keinen Fall hören wollte. Ich sprang auf, rannte zum Ufer, stemmte die Hände in die Hüften und brüllte: »Mascha!«

23

Ich wollte keine Spaßverderberin sein. Doch die fünf Kids, die mich keine zwei Minuten später umringten und mit empörten Gesichtern ansahen, gaben mir das Gefühl, dass ich genau das war. Ich wollte die coole Tante sein, weder streng noch autoritär, und ertrug kaum den Blick, mit dem Mascha mich bedachte, als ich mich selbst Sätze rufen hörte wie: »Was hast du hier zu suchen? Du solltest eigentlich in der Schule sein!« Immerhin redete ich nicht von Enttäuschung. »Und jetzt hol bitte deine Sachen, und dann gehen wir nach Hause.« Als würde ich eine Rolle spielen, die Wortwahl, der Tonfall.

Mascha widersprach nicht, sondern stapfte los, die anderen Kids im Schlepptau. Sie tuschelten miteinander und kicherten, bestimmt über mich. Ich war die Erwachsene, ich stand auf der Seite der Eltern und des Lehrpersonals. Sie trauten mir nicht, befürchteten sicher, dass ich sie zu Hause verpfiff. Offensichtlich war ihnen nicht bewusst, dass ich im Grunde vollstes Verständnis dafür hatte, an einem solch schönen Tag wie diesem zu schwänzen. Genauso wenig war ihnen klar, dass ich keine Ahnung hatte, wie ich auf Maschas Regelbruch reagieren sollte und wie sehr ich befürchtete, das Falsche zu tun. Maschas und mein Picknick vor zehn Jahren fiel mir ein, natürlich fiel es mir ein. Die Erinnerung war wie eine Mahnung, diese Situation nicht auch eskalieren zu lassen.

Das Einfachste wäre gewesen, die Verantwortung Timo und Sibel zu überlassen. Doch wenn ich ihnen von Maschas Schwänzen erzählte, würden sie ihre Tochter vermutlich direkt nach Hause beordern, und die Beziehung von Timo und Mascha würde einen Rückschlag erleiden. Ich fluchte und trat gegen einen Stein.

»Hey, alles nicht so schlimm«, sagte Antonia und berührte mich an der Schulter. Nein, objektiv betrachtet war es nicht schlimm, doch genau davor, dass Mascha mir auf der Nase herumtanzte, mich nicht ernst nahm, ich ihr Grenzen setzen musste, die mir nicht gefielen, hatte ich mich gefürchtet.

»Ihr ist doch auch klar, dass sie Mist gebaut hat, sonst würde sie nicht so widerstandslos ihre Sachen holen. Das Wichtigste ist, ruhig zu bleiben, alles andere regelt sich.« Antonia strich mir über den Rücken, und ich nickte, drückte ihre Hand. Dann zog ich meine Badesachen wieder aus und stopfte sie in meine Tasche.

Mascha kehrte allein zurück, den Schulrucksack auf dem Rücken, das nasse Handtuch auf den Gepäckträger ihres Fahrrads geklemmt, das sie neben sich herschob. Antonia winkte uns munter hinterher und stürzte sich erneut in den See, um ihre Bahnen zu ziehen. Vergeblich versuchte ich mich an das Gefühl der Leichtigkeit zu erinnern, das mich beim Schwimmen überkommen hatte. Mein fast gewichtsloser Körper, nachgebende Widerstände in mir und außerhalb von mir.

Alles nicht so schlimm, hatte Antonia gesagt. Mascha lief ein paar Schritte hinter mir. Diesmal nahm ich die Schönheit der Landschaft um mich herum nicht wahr, die Linden und Kastanien, die Brombeeren und das grüngefilterte Licht.

»Ich fühle mich echt von dir hintergangen!« Mein vorwurfsvoller Ton gefiel mir nicht. »Der Deal mit Timo und Sibel war, dass du regelmäßig am Unterricht teilnimmst, solange du bei mir wohnst.« Ich blieb stehen und wartete, bis Mascha auf meiner Höhe war.

»Schon«, Mascha klang außer Atem. »Aber ich hab dir auch vor einer Weile gesagt, dass ich nur das Nötigste für die Schule mache, nur so viel, dass ich durchkomme, und du fandest das okay.« Jedes Aufstampfen auf den Boden ein Zeugnis ihrer Entrüstung. Mein Herz schlug kräftig, schlug zu schnell. Ich zählte meine Schritte, eins, zwei, drei, vier, eins, zwei, drei, vier, sagte: »Ich wusste nicht, dass dieser Plan Schwänzen beinhaltet. Das hast du mir nicht verraten.« Einatmen, ausatmen.

»War doch klar, was denn sonst?« Stampf, stampf. Mascha klang aufgebracht, als wäre sie das Opfer einer großen Ungerechtigkeit, war sich entgegen Antonias Einschätzung offensichtlich keiner Schuld bewusst. Mit geballten Fäusten lief ich weiter und zählte Schritte. Mir kam Timo in den Sinn, der gesagt hatte, dass Mascha ihn manchmal an mich erinnere, der auch gesagt hatte, dass ich als Nicht-Elternteil keine Ahnung hätte. Unsicherheit schwappte durch mich hindurch. »Heißt das, du schwänzt häufiger?«, fragte ich.

»Nicht mehr als in der Zeit bei Mama und Papa. Ich habe alles unter Kontrolle, echt! Ich führe sogar Buch über meine Fehlstunden, kann ich dir nachher zeigen.«

Immerhin hatte sie nicht erst bei mir mit dem Schwänzen angefangen. Es war also kein persönliches Versagen, kein Affront gegen mich. Ich bemühte mich um einen sachlichen Tonfall. »Und die Entschuldigungen?«

»Schreibe ich selber und fälsche die Unterschrift.«

Maschas Ehrlichkeit war wie ein mit Metallstacheln ausgestattetes Schild, das sie vor sich hertrug.

»Wessen Unterschrift?«

»Die von Mama.«

Ich versuchte, mir vorzustellen, wie Sibel auf die Nachricht reagieren würde, doch es gelang mir nicht. Meine Muskeln waren so angespannt, dass es schmerzte. Die Angst, dass mir die Situation entglitt, die Angst, Mascha zu verlieren und meinen Bruder und Sibel zu enttäuschen. Die Angst, mich nicht mehr unter Kontrolle zu haben und allen Beteuerungen von Doro, Antonia, Rafa und Timo zum Trotz wie mein Opa zu sein.

Mein Opa hätte Mascha Hausarrest aufgebrummt, hätte sie angebrüllt, bis ihr die Ohren glühten, und dann zwei Wochen nicht mit ihr geredet. Er hätte augenblicklich und voller Häme Timo und Sibel angerufen, allein, um ihnen mitzuteilen, dass ihre lasche Erziehung versagt hatte und genau das dabei herauskäme, wenn man die Kinder im Elternbett schlafen ließ.

Ich atmete tief ein und aus und versuchte, meine Hände, Arme, Beine und den Bauchraum zu entspannen.

Alles nicht so schlimm, rief ich mir Antonias Stimme ins Gedächtnis zurück. Ich hatte früher ebenfalls die Unterschrift meiner Mutter gefälscht, wenn ich mal wieder nicht zur Schule ging. Ich konnte sie heute noch perfekt kopieren.

»Wenn du uns nicht entdeckt hättest, wäre jetzt alles gut.« Mascha klang so genervt, wie sie sonst nur klang, wenn sie mit Timo stritt. Ihr Tonfall ärgerte mich.

»Jetzt hör aber mal auf! Du willst doch nicht ernsthaft behaupten, dass die ganze Situation hier meine Schuld ist!?« Schuld, Schuld, hallte es in meinem Kopf. Schuld, wenn Timos und Maschas Beziehung erneut Schaden nahm, wenn Mascha ausziehen musste, wenn sie sich von mir abwandte.

»Na ja, wir hätten hier keine Situation, wenn du nicht am See gewesen wärst oder weggesehen hättest.« Mascha klang weniger selbstbewusst, als sie es vermutlich gern gehabt hätte. Ihre Vorwürfe erschienen mir wie eine Flucht nach vorn. Ich kannte die Strategie.

»Das ist doch völliger Bullshit, das weißt du genau! Timo und Sibel haben sehr deutlich gemacht, dass du nur bei mir wohnen darfst, wenn du zur Schule gehst. Wir haben es beide versprochen, du auch. Und da du dein Versprechen gebrochen hast, bist du es auch, die hier Mist gebaut hat! Darum halt mal schön den Ball flach!« Ein Schmerz zog sich von meinem Nacken über den Scheitel.

Mascha mit fünf Jahren im Park, in Tränen aufgelöst, meinetwegen. Meine Angst zu versagen wie kalte Metallkrallen, die sich in mein Gewebe gruben. Ich massierte meine Nackenmuskeln, die hart und unnachgiebig um meinen Hals lagen.

»Das ist kein Bullshit! Ich hab es dir extra neulich gesagt! Was kann ich dafür, wenn du es nicht geschnallt hast! Außerdem könntest du einfach so tun, als wäre nichts gewesen. Ich dachte, du bist cool!« Ihre Stimme bohrte sich in meinen Schädel, klang zittrig, es war ihr nicht egal. Einatmen, ausatmen, eins, zwei, drei, vier. Mein Magen ein fester Klumpen. Ich legte die Hand darauf, und die Wärme drang durch meine Haut. Meine Rolle kotzte mich an. Ich glaubte Mascha, dass sie ihre Fehlzeiten im Blick hatte, ich selbst hatte früher ähnliche Berechnungen angestellt. Es erschien mir fast schon scheinheilig, ihr Handeln jetzt zu verurteilen. Doch sie hatte ihr Versprechen gebrochen und mich angelogen, und das konnte ich nicht ignorieren. Ich beschleunigte meinen Schritt, trat so fest auf, dass mir die Knöchel schmerzten.

»Du hast doch früher bestimmt auch geschwänzt!«, rief sie.

»Darum geht es jetzt nicht.« Ich stürmte weiter voraus, Mascha hinter mir her.

»Warte mal! Wenn du Mama und Papa davon erzählst, muss ich wieder nach Hause!« Sie klang, als würde sie gleich in Tränen ausbrechen und blieb hinter mir zurück. Auf keinen Fall umdrehen oder stehen bleiben, dann hast du verloren, dachte ich und fand den Gedanken im selben Moment erbärmlich. Als ob es hier ums Gewinnen ginge. Schnelle Schritte hinter mir. Mascha hatte genauso Angst wie ich. Ich hätte sie gern berührt, sie umarmt, und streckte die Hand nach ihr aus, die Handfläche nach oben, ein Angebot. Sie nahm es nicht an.

»Du weißt, dass ich nicht so tun kann, als sei nichts gewesen«, sagte ich.

»Könntest du schon! Aber offensichtlich willst du nicht!« Ihre Stimme klang viel zu schrill, eine Säge in meinem Kopf. Ich erhöhte erneut die Geschwindigkeit und bog, fast schon rennend, in unsere Straße ein. Mascha keuchte neben mir her.

»Also verpetzt du mich, oder was?!« Die Enttäuschung, die in ihren Worten mitschwang, brachte mich fast zum Stolpern. Endlich erreichten wir unsere Einfahrt. Ich kramte nach dem Schlüssel und drehte mich zu Mascha um. Sie starrte mich an, die Augen zusammengekniffen. Die gleiche Miene wie als Kind, wenn sie aufgebracht war. Die Brauen zwei steile Linien, die Nasenflügel zusam-

mengepresst. Sie sah aus, als würde sie mir gleich einen Boxhieb verpassen. Ich trat einen Schritt zurück und zwang mich, ruhig zu klingen. »Ich weiß einfach noch nicht, was ich machen soll. Ich muss erst einmal nachdenken, also stress mich jetzt bitte nicht!«
Und da schmiss Mascha ihr Rad, ihr geliebtes Rad, auf den Boden und brüllte mich an: »Dann sag es ihnen halt!« Tränen in ihren Augen. »Dann zieh ich eben bei dir aus, dann ist Papa eben wieder sauer auf mich, und dann bist du kein Stück besser als all die anderen Erwachsenen!« Links und rechts klatschten mir ihre Worte ins Gesicht, trafen mich an den Wangen, auf der Nase, dem Mund.

Ich hielt die Luft an, ein Brausen in meinen Ohren, und ballte die Hände. Meine Zähne knirschten, und es knackte in meinem Kiefergelenk. Mascha rannte ins Haus und knallte die Tür hinter sich zu, dass die graue und die gelbe Scheibe klirrten.

»Hey, was ist mit deinem Rad!«, schrie ich ihr hinterher, bekam aber keine Antwort. Das hatten wir ja gut hinbekommen. Antonia wäre entsetzt gewesen. Kurz juckte es mich, Maschas Superbike einfach unabgeschlossen draußen liegen zu lassen, doch dann öffnete ich die Garage und schubste es hinein. Als ich ins Haus kam, dröhnte von oben bereits laute Musik.

Warum, verdammt, hatten wir uns auch über den Weg laufen müssen. Ich schleuderte die Tasche mit meinem Badezeug auf den Boden im Flur, trat dagegen, und sie flog im hohen Bogen gegen meine Zimmertür.

In der Küche maunzte der Kater, und obwohl er seine Tagesration bereits am Morgen verschlungen hatte, füllte ich seinen Napf, damit er Ruhe gab. Als ich mir ein Glas aus dem Schrank nahm, stellte ich fest, dass nur noch zwei Tassen und drei Gläser darin standen, da Mascha das oben in ihrem Zimmer gehortete Geschirr noch immer nicht nach unten gebracht hatte. Am liebsten wäre ich die Treppe hinaufgestürmt, um ihr ihre Unzuverlässigkeit unter die Nase zu reiben. Antonia hätte mir davon abgeraten, da war ich mir sicher. Also atmete ich tief durch, wusch mir das Gesicht mit kaltem Wasser und setzte mich auf die Stufe, die von der Küche auf die Terrasse führte. Zwischen den Fugen zu meinen Füßen waren winzige Löcher. Ameisen huschten hinein, krochen heraus, hielten keine Sekunde inne.

Mit dem Handy in der Hand sah ich ihnen zu und konnte mich nicht dazu durchringen, Timos Nummer zu wählen. Timo war so glücklich über die neu gewachsene Nähe zu seiner Tochter, und auch Mascha kam jedes Mal mit besserer Laune von ihren Treffen zurück. Zu gern hätte ich irgendwen gefragt, inwiefern ich moralisch oder rechtlich verpflichtet war, meinem Bruder und Sibel von der Sache zu erzählen. Ich fühlte mich allein und überfordert mit der Situation, hatte Angst, alles falsch zu machen. Streits stressten mich, pressten die Luft aus mir heraus. Jedes Mal fühlte es sich an, als würde es nie wieder gut werden. Maschas Worte in der Einfahrt, sie wusste genau, wo sie ansetzten musste, um mich zu verletzen.

Ich vergrub das Gesicht in meinen Armen und spürte Tränen in mir aufsteigen. Während sie mir lautlos aus den Augen liefen, ebbte mein Kopfschmerz langsam ab. Schließlich stand ich auf, wusch mir erneut das Gesicht, holte mein Badezeug aus dem Flur und hängte es im Garten auf.

Mascha war nicht meine Tochter, weder hatte ich das Sorgerecht noch eine Entscheidungsbefugnis. Doch würde ich, wenn sie meine Tochter wäre, alles wissen wollen? Würden Timo und Sibel alles wissen wollen? Vielleicht wäre ich auch froh, nicht auf dem Laufenden zu sein darüber, was Mascha alles trieb, vor allem, wenn ich an das dachte, was ich früher so getrieben hatte.

Eine Situation kam mir in den Sinn. Ich war in ihrem Alter gewesen und in jener Nacht trotz Verbots auf eine Party gegangen. Gegen drei kam ich nach Hause und wollte mich so leise wie möglich von einem Stein unter meinem Zimmer durch mein Fenster schwingen, als mir Zigarettenrauch in die Nase drang.

»Woher kommst du denn?« Die Stimme meiner Mutter. Vor Schreck ließ ich das Fensterbrett los und plumpste zurück ins Beet.

Sie lehnte sich im ersten Stock aus ihrem Wohn- und Arbeitszimmer, drückte mit zwei, drei energischen Bewegungen ihre Zigarette aus, und ehe mir eine Antwort einfiel, sagte sie: »Ach, egal, ich habe nichts gesehen«, und schloss ihr Fenster. Damals dachte ich: wie cool. Heute verstand ich, dass sie einfach keine Lust auf Stress gehabt hatte. Nachvollziehbar.

 Der Kater folgte mir in den Garten und beobachtete, wie ich mich auf die Schaukel setzte und sachte vor- und zurückschwang. Ich hob den Kopf zu Maschas Fenster, doch sie war nicht zu sehen. Gestern noch hatte sie mir von einem Problem mit einer Freundin erzählt, und es hatte sich gut angefühlt, dass sie sich an mich gewandt hatte. Wenn ich sie jetzt verriet, würde sie mir in Zukunft bestimmt nicht mehr vertrauen. Dann käme ich als potenzielle Gesprächspartnerin nicht mehr infrage, wenn vielleicht Wichtigeres auf dem Spiel stand.

 Nach einer Weile sprang ich von der Schaukel und kehrte zum Haus zurück. Mit einem Fuß auf der ersten Treppenstufe verharrte ich. Was sollte ich Mascha sagen? Ein flaues Gefühl in meinem Bauch. Am liebsten hätte ich mich einfach nur vertragen, hatte keine Lust mehr auf den Konflikt. Doch ich befürchtete, dass Mascha mich, sollte ich keine Konsequenz folgen lassen, nicht mehr ernst nahm.

 Statt zu ihr hinaufzugehen, wühlte ich im Kühlschrank auf der Suche nach einer Idee für das Mittagessen und einer kurzen Ablenkung, um etwas Distanz zu gewinnen. Was würde Fred tun?, fragte ich mich. Fred war eine gute Referenz. Er würde mir vermutlich raten, uns erst einmal zu beruhigen. Aber danach, Fred? Was mache ich danach? In meiner Vorstellung hob er die Schultern, und dann verblasste sein Bild. Es gab keine perfekte Lösung. Egal, wen ich um Rat fragte, alle würden mir etwas anderes empfehlen. Dabei wollte ich einfach nur das Richtige tun, im vollen Bewusstsein, dass es unvermeidlich war, Fehler zu machen.

 Irgendwann verstummte oben die Musik, und ich hatte noch

immer keine Idee, wie es weiterging. Als ich sie zum Essen rief, erschien Mascha zu meiner Erleichterung kurz darauf in der Küche, auch wenn sie meinem Blick auswich. Mit seltsam eckigen Bewegungen holte sie das vorletzte Glas aus dem Schrank und füllte es mit Wasser. »Auch Durst?«

»Nein, danke.« Ich schüttelte den Kopf.

»Und, was sagen sie?«, fragte sie in betont gelangweiltem Tonfall und bezog sich damit zweifellos auf ihre Eltern.

»Keine Ahnung.« Ich rührte Dressing unter den Bohnensalat, während sie mich von der Seite her anstarrte.

»Du hast sie nicht angerufen!«

»Kannst du bitte die Pommes aus dem Backofen holen?«, sagte ich anstelle einer Antwort.

»Du bist die Beste!«, jubelte sie und umarmte mich. Ich holte tief Luft und deutete mit dem Kopf auf den Backofen. »Die Pommes, bevor sie anbrennen. Und noch habe ich nicht entschieden, wie ich mit der Sache umgehe.«

Als ich mich zu ihr umdrehte, sah ich gerade noch, wie sie eine Grimasse in meine Richtung zog.

Wir aßen im Garten unter der Birke. Meine Versuche, eine Unterhaltung anzufangen, blieben erfolglos. Auf meine Fragen zum nächsten Handballturnier, zur Verabredung mit Timo am Folgetag, zu einem Projekt im Biounterricht, das sie begeisterte, zuckte Mascha nur mit den Achseln. Kaum hatten wir aufgegessen, sprang sie vom Stuhl und stellte krachend die Teller zusammen. Die schlechte Stimmung machte mich fertig. Ich kam nicht drum herum, ich musste einen Kompromiss finden. »Setz dich bitte noch mal!«, sagte ich und holte tief Luft.

Schwer seufzend ließ Mascha sich auf ihren Stuhl fallen und verschränkte die Arme vor der Brust. Ich lehnte mich vor und fixierte sie, bis sie meinen Blick erwiderte.

»Unser Zusammenwohnen hier funktioniert nur, wenn du dich an die Regeln hältst. Ich werde Timo und Sibel erst einmal nichts sagen, aber nur unter der Bedingung, dass du ab jetzt zur Schule gehst, und zwar ohne Fehlzeiten!« Ich machte eine Pause, und Mascha brauchte einige Sekunden, bevor sie nickte. Erleichtert, dass sie nicht widersprochen hatte, wagte ich mich weiter vor: »Gut. Dann möchte ich, dass du ab jetzt regelmäßig das gesammelte Geschirr aus deinem Zimmer nach unten bringst, soll heißen: täglich und ohne Aufforderung.« Sie stöhnte, doch als ich die Brauen hob, nickte sie erneut.

»Super, und ab morgen liefere ich dich persönlich um acht Uhr an der Schule ab.«

»Nein!« Sie starrte mich an, die Augen weit aufgerissen. »Das kannst du nicht machen, die anderen lachen mich doch aus! Das ist megapeinlich!«

Das fand ich auch, doch ich befürchtete, dass sie mir weiter auf der Nase herumtanzte, wenn ich die ganze Episode einfach folgenlos an uns vorbeiziehen ließ. Und für den Fall, dass Timo und Sibel eines Tages hinter Maschas Schwänzen kamen und mir vorwarfen, tatenlos zugesehen zu haben, war es wichtig, Konsequenzen zu ziehen.

Am Abend saß ich allein im Garten. Mascha hatte sich zurückgezogen, nachdem sie eine Wäschewanne voll Geschirr aus ihrem Zimmer heruntergebracht und gespült hatte. Sie sprach wieder mit mir, wenn auch nur das Nötigste. Vom Garten aus sah ich das Licht in ihrem Zimmer, sah, wie sie aufstand, sich von links nach rechts bewegte, dann wieder zurück, und sich vermutlich aufs Bett fallen ließ. Über mir rauschte die Birke, der Kater wälzte sich unter meinem Stuhl im Gras, und ich beugte mich vor, um ihn zu streicheln. Als Karola sich zwischen Garagenwand und Haus hindurchquetschte, wunderte ich mich nicht. So wie sie früher schon an Sommerabenden mit meiner Mutter hier gesessen, ein Glas Weinschorle getrunken und sich über ihren Tag ausgetauscht hatte, nachdem die Kinder endlich im Bett waren, saßen wir beiden jetzt zusammen.

»Ich bin fix und alle«, sagte sie. Ich wusste, dass sie an fünf Tagen auf dem Markt arbeitete und hinterher die Waren im Lager mit auslud. Immerhin waren ihre drei Söhne inzwischen aus dem Haus, wie sie mir schon vor einer Weile erzählt hatte. »Aber Sorgen machst du dir trotzdem immer weiter«, sagte sie. »Bewundernswert, wie du das alles hinbekommen hast, die ganzen Jahre alleine mit den Kids und dazu die Arbeit.«

Karola seufzte und steckte sich eine Zigarette an. »Ich frage mich auch manchmal, wie ich das geschafft habe. Aber«, erhobener Zeigefinger, »deine Mutter hat nicht weniger geschuftet. Ihr schwerer Job, dazu ihr zwei und der alte Griesgram, plus die Miete, die sie fast alleine bezahlt hat. Das war ein Kraftakt, das kann ich dir flüstern!«

Verdutzt sah ich sie an. »Warum hat sie die Miete bezahlt? Soweit ich weiß, hat Ludwig uns damals bei sich aufgenommen, weil Mama sich alleine mit uns keine Wohnung leisten konnte.«

Karola zog an ihrer Zigarette und blies den Rauch in die Luft. »Am Anfang hat er auch die Hälfte bezahlt. Doch als Timo groß genug war, um in den Kindergarten zu gehen, hat euer Opa aufgehört zu arbeiten, um sich ganz seiner Kunst widmen zu können. Ach ja, und um angeblich nebenbei euch Kinder zu hüten, damit Erika Vollzeit arbeiten kann. Das war die Abmachung, aber du weißt ja, wie gut er euch gesittet hat. Tatsache ist, ohne Fred wäre die Rechnung niemals aufgegangen, und ohne eure Mutter hätte sich der alte Griesgram die Bude doch schon lange nicht mehr leisten können. Merk dir das: Hinter jedem großen oder kleinen Künstler steht eine Frau, die ihm den Rücken freihält.«

Das war ein Ding! Seine Sprüche klangen noch in mir nach: Seid froh, dass ich euch hier aufgenommen habe. Solange ihr hier bei mir wohnt, solange ihr eure Füße unter meinen Tisch … und so weiter. Die gesamte Palette, um deutlich zu machen, dass wir auf ewig in seiner Schuld standen.

»Warum hat Mama uns das nie erzählt?«, fragte ich, doch darauf hatte auch Karola keine Antwort.

»Du glaubst doch nicht, dass er euch hier auf Dauer ohne Gegenleistung hätte wohnen lassen.« Sie drückte ihre Zigarette aus und stand ächzend auf, stützte sich dabei auf dem Tisch ab.

»Weshalb ich eigentlich rübergekommen bin: Kann ich mir euren Rasenmäher leihen? Meiner streikt mal wieder.« Ich holte den Mäher aus der Garage und schob ihn zu ihr in den Garten. »Soll ich für dich mähen?«

»Das krieg ich wohl noch alleine hin. Also wirklich!« Sie bückte sich, um den Kater zu streicheln, der ihr daraufhin eine verpasste.

»Biestiges Vieh«, sagte sie und zeigte mir ihre Hand, auf der sein Kratzer eine blutige Spur hinterlassen hatten.

Selber biestig, schallte es da in meinem Kopf. Die Stimme klang nicht wie mein Opa, war fremd und doch vertraut. So verzerrtvertraut wie die eigene Stimme auf einer Aufnahme. Ich war es, die mir den Kommentar in den Kopf gepflanzt hatte. Vielleicht war es immer schon ich gewesen, die nur das reproduzierte, was mein Opa mir vorgemacht hatte.

24

Die Wucht, mit der in der Nacht nach Maschas und meiner Auseinandersetzung die Kartonmauer vor dem Zimmer meines Opas einstürzte, mit der die Kisten gegen die Wand meines Zimmers krachten, war so heftig, dass mir der Schreck wie Starkstrom durch den Körper fuhr. Unter dem Poltern der Kisten mischte sich das Klirren des zerbrechenden Geschirrs. Die Kartons prallten gegen die Wände und die Treppe, gegen die Tür des Badezimmers und die von meinem Zimmer sowie gegen die vom Zimmer meines Opas. Ich drückte und schob, bis ich mich endlich durch einen Spalt in den Flur quetschen konnte.

»Was ist passiert?!« Mascha klang ängstlich. Sie sah von oben über das Treppengeländer zu mir herunter.

»Alles okay. Die Kartons sind umgekippt.«

»Das sehe ich, aber warum?«

Tja, warum kippten Dinge einfach um, ohne dass sie wer anstößt, ohne dass ein Windzug durchs Haus fegt oder die Erde bebt? Materie gab nach, bewegte sich Millimeter für Millimeter, reagierte auf Temperaturschwankungen und Luftfeuchtigkeit. Das erklärte ich Mascha, doch ihr Blick blieb starr auf die offene Zimmertür meines Opas gerichtet. Eine der Kisten musste beim Umfallen auf die Klinke geknallt sein und die Tür aufgestoßen haben. Eine logische und nachvollziehbare Erklärung.

Betont forsch umrundete ich das Chaos, verschob einige der umgefallenen Kartons und schloss die Tür zum Zimmer meines Opas wieder. Als wäre Mascha ein kleines Kind, trällerte ich: »Alles gut, nichts los. Morgen räumen wir einfach wieder auf. Willst du auch einen Schlaftee, oder schlummerst du ohne ein?«

»Geht schon, gute Nacht!«, antwortete Mascha, und ich hörte, wie ihre Schritte sich über den Flur in Richtung ihres Betts entfernten.

»Komm runter oder ruf mich, wenn was ist oder du nicht schlafen kannst!«, rief ich ihr hinterher.

»Mach ich.«

Ich glaubte nicht an Geister, doch hatte mich der Anblick der geöffneten Tür zum Zimmer meines Großvaters ebenfalls aus der Fassung gebracht. Nicht ohne Grund hatte ich sie zugestellt, angetrieben vom Wunsch, ihn abzuschirmen, auszusperren, so wie er es früher mit uns gemacht hatte. Wenn ich allein gewesen wäre, hätte ich mich ungebremst in eine Panik hineinsteigern können. Doch da ich die Verantwortung für Mascha trug, lag es an mir, den Part mit dem Mutigsein zu übernehmen.

Einige Kisten hatten sich beim Sturz geöffnet und ihren Inhalt ausgespuckt. Also zog ich mir Schuhe an und fegte herumliegende Scherben auf, schob so leise wie möglich Kartons zur Seite und schaffte Wege von der Küche zur Haustür, zum Bad, zur Treppe und in mein Zimmer. Die Uhr zeigte halb drei, als ich mit einem Hopfentee erneut ins Bett kroch, wo ich, aufgeputscht vom Schreck, nicht einschlafen konnte.

Mein Herz raste. Ein Pochen, als käme es durch die Wand, die ich früher mit meinem Opa geteilt hatte. Die Wand, die an das Kopfende meines Bettes stieß und an die er auf seiner Seite die Augen gemalt hatte. Sie starrten durch Steine, Putz und Tapete hindurch in meinen Kopf hinein, um meine Gedanken und nächtlichen Träume zu scannen. Die Empfindung war nicht neu. Früher schon, als ich noch hier gewohnt hatte, tasteten diese Blicke an mir herum, bis unter die Decke, bis unter meinen Schlafanzug. Sie glotzten, wenn ich mich umzog oder unbekleidet in meinem Zimmer stand, die Arme vor dem nackten Körper verschränkt. Selbst Hunderte von Kilometern entfernt, waren sie da. Seine Augen im Rücken, an mir, in mir. Schweiß drang mir aus den Poren, ich holte tief Luft, ballte die Fäuste und presste die Kiefer zusammen. Meine Zähne, die vom vielen Knirschen ihre Scharfkantigkeit verloren hatten, schmerzten. Ich trat die Decke weg, meine Beine kribbelten, rappelte mich hoch und schaltete das Licht ein. In mir ein Ekel vor ihm, vor mir. Ekel, der sich mit Wut vermischte, mit Scham, ein stinkender Brei, der an mir klebte, mich von innen besudelte. Mit zitternden Fingern zog ich mir Shirt und Slip aus und besah mich im Spiegel, der hinter der Tür an der Wand lehnte. Meine Intimbehaarung war spärlicher als früher. Meine Oberschenkel zeigten Dellen. Sie waren wie lang gestreckte Felsen, an denen über Jahrhunderte das Wasser heruntergelaufen war, stete Tropfen, die Schlieren und Unebenheiten hinterlassen hatten. Mein Bauch war nie stramm gewesen. Mein Hintern gefiel mir, rund und freundlich, mit zwei Grübchen darüber. Meine Brüste. Die linke Hand auf der rechten und die rechte auf der linken, so passte das Bild, so hätte es sein können.

Ein Windzug drang durch das gekippte Fenster, und Gänsehaut überlief mich. Um mich zu wärmen, hüpfte ich auf und ab, stampfte mit den Füßen und beobachtete, wie meine Brüste sich hoben und landeten, wie ihr Gewicht nach oben geschleudert und von der Schwerkraft nach unten gerissen wurde.

Als mir die Puste ausging, schaltete ich das Licht aus, schmiss mich aufs Bett, zog die Decke über mich, trat routiniert die Federn vom Fußende nach oben und rollte mich zu einer Kugel zusammen. Ich schlief nie nackt. Nackt fühlte ich mich ungeschützt, schämte mich meines Körpers. Der Blick der Augen durch die Wand. Der Blick auf mich, mein Blick auf mich durch seine Augen. Sie kratzten am Putz, krochen durch die Fugen und Ritzen, voyeuristisch und aufdringlich.

Schließlich sprang ich erneut auf, schlich in die Küche und öffnete die Besteckschublade. Ich nahm das größte Messer heraus, das, mit dem wir Kürbisse spalteten. Leise, damit Mascha mich nicht hörte, schob ich die umgefallenen Kartons vor der Tür meines Opas zur Seite und zwängte mich in sein Zimmer. Seit Wochen hatte ich es nicht mehr betreten. Es roch staubig, klamm und nach

Tod. Ich schaltete das Licht ein. Das Bett in dem er gestorben war, wirkte wie ein Tatort. Irgendwer hatte die Matratze abgezogen, das Bettzeug war verschwunden.

Gegenüber vom Kopfende waren die Augen, sodass er sie im Liegen sehen konnte und sie ihn bewachten, wenn er schlief. Grünblau-braun wie Labradorite, undefinierbar, dieselbe Farbe wie die Augen meines Opas. Sie gaben dem Raum etwas Lebendiges, starrten aus der Wand, eine zur Realität gewordene Metapher. Wollte er so die Leere füllen im Spiegel mit sich selbst?

Ich zog einen Stuhl heran und kletterte hinauf. Erst das linke Auge, dann das rechte. Schabte mit dem Messer. Schicht für Schicht, bis das, was sie mal ausgemacht hatte, als Staub und Farbpartikel gen Boden rieselte. Materie gab nach, löste sich auf, veränderte ihren Zustand. Nachdem ich die Reste aus Putz, Acryl und Staub von den Dielen gefegt hatte, schlich ich nach draußen und leerte das Kehrblech in die Mülltonne. Erst da fiel mir auf, dass ich noch immer nackt war. Nackt legte ich mich zurück ins Bett und schlief nach wenigen Minuten ein.

Mascha riss mich aus dem Schlaf, indem sie an meine Zimmertür klopfte und sie im selben Moment aufriss. »Aufstehen! Du wolltest mich doch zur Schule begleiten! Ich muss gleich los!«

Fluchend zog ich mich an und strampelte nur ein paar Minuten später auf meinem Rad hinter ihr her. Mascha war sehr darauf bedacht, mindestens zwei Meter Abstand zu mir zu halten. In Sichtweite der Schule verabschiedete ich mich. Es fühlte sich falsch an, sie bis hierher eskortiert zu haben. Als wäre ich ihre Wärterin, dabei könnte sie, wenn sie schwänzen wollte, einfach an den Fahrradständern vorbei am anderen Ende des Schulhofs wieder hinausmarschieren.

Wieder zu Hause, lagen die Kartons noch immer kreuz und quer im Flur. Wer außer mir hätte sie auch wegräumen sollen? Ich sortierte das beim Sturz zerbrochene Geschirr aus, ordnete die herausgefallenen Gegenstände und stapelte die Kisten erneut vor die Zimmertür meines Opas. Hinterher putzte ich die Küche, ging einkaufen, hängte die Wäsche auf und streichelte den Kater.

Als Mascha gegen Nachmittag nach Hause kam, krümmte sie sich vor Regelschmerzen. Doch insgesamt schien sich die Stimmung zwischen uns entspannt zu haben, erst recht, als ich ihr erklärte, dass es mir doch übertrieben vorkam, sie zur Schule zu begleiten.

»Na, ein Glück.«

»Die anderen Bedingungen – regelmäßiger Schulbesuch und tägliches Geschirrrunterbringen – gelten aber nach wie vor.«

»Schon klar.«

Unter Krämpfen wand sie sich, ich kochte ihr einen Kamillentee und ließ ihr ein Lavendelbad ein.

Da es ihr am nächsten Morgen noch immer nicht gut ging, entschieden wir, dass sie zu Hause bleiben sollte. Die Sonne schien, und Mascha legte sich in den Garten und hörte Musik.

Am Nachmittag kam Fred, um sich weiter um Ludwigs Nachlass und das Atelier zu kümmern. Ab und an zeigte er mir Arbeiten, die ihm besonders gut gefielen. Wir sahen sie gemeinsam an, während Freds Trauer um uns herumwaberte.

»Isst du heute Abend mit uns?«, fragte ich, und er nickte.

Nachdem ich Nudelsalat und Getreideburger zubereitet hatte, ging ich zu ihm ins Atelier. Fred saß umgeben von Drucken, auf denen mein Opa den von ihm dargestellten Personen animalische Züge verpasst hatte. Ihnen wuchsen Fänge statt Münder und Klauen statt Finger, halb Mensch, halb Tier, verstörende Mischwesen.

»Am Wochenende bringen wir das meiste in den Lagerraum. Erika hat dort in den letzten Wochen Platz geschaffen.«

Ich hatte keine Ahnung, was danach mit den Arbeiten passierte. Einige würden vielleicht eines Tages ausgestellt, andere mit Glück verkauft werden, doch für den Großteil, so befürchtete ich, bedeutete der Lagerraum die Endstation. Eine unvorstellbare Menge an Kunstwerken, Manuskripten, Zeichnungen und Fotos mussten, abgeschirmt vom Rest der Welt, im Dunkeln darauf warten, entdeckt zu werden. Ich half Fred aufzuräumen, und beim Hinausgehen fiel mein Blick auf das Fernrohr. Es war auf den Garten ausgerichtet. Ich bückte mich und sah hindurch, sah auf Zweige, Blätter und auf die Querstange der Schaukel.

»Wusstest du, dass Mama die Miete für das Haus bezahlt hat?«, fragte ich.

»Ja klar. War ja kein Geheimnis.«

»Nicht?« Für mich war es das gewesen und dazu ein Druckmittel, um uns emotional zu erpressen, meine gesamte Kindheit und Jugend hindurch. Ich sagte ihm, dass ich dankbar gewesen wäre, früher davon erfahren zu haben. Fred zuckte entschuldigend die Schultern. »Hätte es so viel geändert?«

»Ja, schon.« Es hätte mich von dem Gefühl befreit, hier nur geduldet zu sein, nichts zu sagen zu haben, auf ewig dankbar sein zu müssen. Wer bezahlte, bestimmte, so lautete die Regel.

Wir aßen im Garten. Ein kräftiger Wind blies uns fast das Essen von den Tellern. Mascha hatte zu den Burgern einen Paprikaaufstrich gemacht.

»Hauptzutat Knoblauch?«, fragte ich, und sie lachte. Ihre Regelschmerzen hatten zwar nachgelassen, doch noch immer drückte sie sich eine Wärmflasche gegen den Bauch. »Fies ist das!« Sie zog eine Grimasse. »Und das jeden Monat, Jahr für Jahr. Ich kann es kaum erwarten, den Scheiß irgendwann in hundert Jahren oder so hinter mir zu haben.«

In hundert Jahren, wenn sie so alt war wie ich, dachte ich und grinste. Früher, als ich ungefähr in ihrem Alter war, buk mir Fred fast jedes Mal, wenn ich menstruierte, einen Kuchen. »Weißt du das noch?«, fragte ich ihn. »Meine liebsten waren immer der gedeckte Kirschkuchen und der Apfelstreusel.«

»Ja, na klar weiß ich das noch. Soll ich dir auch einen backen?«
Er sah Mascha an. Erst lehnte sie ab, hob verlegen die Schultern, doch als Fred verschiedene Optionen aufzählte, entschied sie sich für einen Erdbeer-Schokokuchen. Deshalb zogen wir nach dem Essen in die Küche um, wo Fred sich die Schürze umband und Teig anrührte. Ich spülte das Geschirr, und Mascha putzte Erdbeeren, die ich vom Markt mitgebracht hatte. Der Kuckuck krächzte neun Mal. »Was wird eigentlich aus ihm?«, fragte Fred.

»Keine Ahnung. Den Kater hab ich untergebracht, mich auch, aber für den alten Schreihals da oben gibt es noch keine neue Bleibe. Willst du ihn mitnehmen?«

»Echt?« Er wurde rot, und seine Augen glänzten. Bevor er es sich anders überlegte, kletterte ich auf einen Stuhl und hob den Vogel samt Häuschen von seinem Platz. Dort, wo er gehangen hatte, zeichnete sich auf der Tapete ein eckiger Fleck ab.

»Ob Mama sich wohl darüber freut?«, fragte ich und überreichte Fred die Uhr. Er pustete über das Dach, und eine Staubwolke wirbelte auf.

»Oha, stimmt.« Er lachte. »Meinst du, sie war froh, das Ding endlich los zu sein?«

Ich erwiderte sein Lachen und zuckte mit den Achseln.

Die Küche roch nach Kuchen, wir spielten Karten, und der Kater saß auf einem freien Stuhl in unserer Mitte und schnurrte, obwohl niemand ihn streichelte. Er war wohl einfach zufrieden.

Um zehn war der Kuchen fertig, und wir schnitten große Stücke ab. Ich verbrannte mir beinahe den Gaumen. Wohligkeit breitete sich in mir aus, vermischte sich mit Müdigkeit, mit Entspannung und dem Gefühl von Verbundenheit. Der Kuchen lag schwer in meinem Bauch, und auch das gefiel mir. Er gab mir Gewicht, war Ballast, damit ich nicht weggeweht, nicht von der Strömung mitgerissen wurde. Nachdem ich mich ins Bett verabschiedet hatte, spielten die anderen beiden noch weiter. Sobald mein Körper die Matratze berührte, schlief ich ein und schlummerte bis zum Morgen, ohne auch nur einmal aufzuwachen – und das mit vollem Magen. Diese Weisheiten, und dann stimmten sie doch nicht.

25

Die Spargelsaison war vorbei, die Erdbeersaison ging ihrem Ende entgegen. Noch einen Monat bis zu den Sommerferien und die Kundschaft auf dem Markt zeigte sich bereits in entspannter Vor-Urlaubsstimmung. Antonias Idee, das Unterwegssein an verschieden Theatern mit meinem Leben hier zu kombinieren, hatte sich in meinem Kopf festgesetzt. In einer Kaffeepause erklärte ich der Chefin, dass mir der Job gefiele, ich in Zukunft aber alle paar Monate für einige Wochen die Stadt verlassen müsse.

Ein zweigleisiges Leben versprach Pausen vom Reisen und Pausen vom Hiersein, beides würde ich benötigen, da war ich mir sicher. Ich schloss nicht aus, dass diese Stadt mit ihren Begrenzungen, ihrer Übersichtlichkeit, den Jägerzäunen und Lattenzäunen, Palisaden und Buchenhecken mir irgendwann zu eng werden würde. Dann wäre ich froh, immer wieder meine Koffer packen und in den Zug steigen zu können, um nach einigen Wochen zu vertrauten Personen und in ruhigere Fahrwasser zurückzukehren. Das Unterwegssein selbst würde angenehmer sein mit der Aussicht, die neu aufgenommenen und neu entstandenen Beziehungen zu vertiefen, mich hineinfallen lassen zu können in ein Nest, sobald ich wieder zu Hause war.

Meine Chefin sagte, dass sie sich meinen Vorschlag durch den Kopf gehen lassen müsse. Immerhin keine direkte Absage.

Am nächsten Montag brachte Timo wie gewohnt Linus vorbei. Mascha war nicht da, sie hatte sich mit ein paar Freundinnen verabredet. Ich fragte Timo: »Hast du gewusst, dass unsere Mutter fast die ganzen Jahre die Miete für das Haus alleine bezahlt hat?«

»Was? Ist nicht dein Ernst?«

Ich erzählte ihm von Karolas Kommentar. »Fred wusste auch davon. Was machen wir? Sprechen wir Mama darauf an?«

Timo blies die Backen auf und entließ langsam die Luft. Dann schüttelte er den Kopf. »Wozu? Was ändert das?«

Ich hob die Augenbrauen, und er zuckte mit den Achseln. »Okay, wir hätten einen anderen Stand hier im Haus gehabt«, sagte er nach einer Weile, und ich nickte.

»Oder wegziehen können.«

Er schüttelte den Kopf. »Nicht, als wir kleiner waren, dann hätte Mama nicht Vollzeit arbeiten können.«

»Stimmt.«

Im Gesicht des anderen suchten wir nach einer Antwort, wie wir mit der Information umgehen sollten.

»Ich will ihr keine Vorwürfe machen. Das wäre nicht fair«, sagte Timo schließlich. »Sie hat jahrelang gekämpft, um uns durchzubringen. Und die letzten Monate mit dem Alten waren echt hart. Ich wünsche ihr, dass sie endlich zur Ruhe kommt.«

Er hatte recht. Unser Opa war tot. Er war es, mit dem wir darüber hätten diskutieren können. Meine Mutter hingegen hatte immer unser aller Bestes gewollt, da war ich mir sicher. Es war an der Zeit, dass sie sich um ihr eigenes Bestes kümmerte.

Nachdem Timo sich verabschiedet hatte, bereiteten Linus und ich uns eine Limo aus Zitronen zu. Wir setzten uns damit in den Garten, wo wir ›Ich sehe was, das du nicht siehst‹ und ›Verstecken‹ spielten, bis Doro, Antonia und Vivien eintrafen. Sie wollten Sträucher für ihren Garten mitnehmen.

Vivien stürzte sich gleich auf die Schaukel und drängte Linus zur Seite. Sie war ein Jahr älter als er, die Hierarchie war klar. Er stand mit hängenden Armen daneben und sah zu, wie sie sich höher und höher schwang. Kaum saß ich mit dem maulenden Linus im Sandkasten und buk Matschkuchen, gesellte sich Vivien zu uns. Nach einer Weile schienen sie eine Ebene gefunden zu haben, und ich setzte mich zu Antonia und Doro unter die Birke.

»Was machst du denn mit dem hier?«, fragte Doro, als der Kater sich neben uns im Gras wälzte.

»Der kommt mit zu Pia!«

»Oha, kennt sie ihn schon?«

»Nee, aber Pia sagt, sie freut sich. Wo ist Pepper eigentlich? Habt ihr sie nicht mitgebracht?«

»Liegt unterm Küchentisch, da ist es am kühlsten.«

Doro stand auf, um Eiswürfel für die Zitronenlimonade zu holen, und Antonia erzählte mir, dass der Kollege, der ihr die Augen zugehalten hatte, neulich bei einem Einsatz umgekippt sei.

»O Mann«, sagte ich.

»Genau das habe ich auch zu ihm gesagt. Mein Job nervt mich gerade kolossal, aber jetzt noch was Neues anfangen? In zehn Jahren gehe ich in Rente.«

»Krass.« Unglaublich hörte sich das an. In Rente gingen die »Alten«, aber wir doch nicht. Antonia zuckte mit den Schultern. »Neulich hat mir eine Kollegin, die ihre Sätze gern mit ›wir Millennials‹ anfängt, erzählt, dass sie – also die Millennials – die erste Generation seien, die sich mit dreißig plus viel jünger fühlten als die vorangegangene Generation mit dreißig plus.«

Ich lachte. »Na, da sind sie aber nicht die Ersten, die das glauben, und wir ganz sicher auch nicht. Das denkt doch vermutlich jede Generation von sich.«

Sich abgrenzen, die Angst, später mal wie die Eltern zu sein. Fast alle fürchteten wir uns, wenn das Alter sich drohend am Horizont aufbaute. Die Furcht vor Gebrechen, Arthrose, Demenz und Herzkrankheiten und davor, nicht mehr gesehen zu werden, nicht mehr zu zählen, die eigene Daseinsberechtigung zu verlieren.

Doro rief von der Küche aus nach draußen: »Alles wie früher hier, ich fasse es nicht, hier hat sich nichts verändert, bis auf die bunten Wände und die leergeräumten Regale!«

Sie hing schon mit dem Kopf im ersten Karton, als Antonia und ich kurz darauf in den Flur traten.

»Darf ich?«, fragte Doro, mehr der Form halber.

»Nimm nichts mit, von dem du nicht sicher bist, dass du es brauchst!«, sagte Antonia und betrachtete skeptisch die Blumenvase, die Doro ihr in die Hand gedrückt hatte. Unauffällig stopfte sie die Vase zurück in einen Karton.

Als Doro auf die alte Hutsammlung meiner Oma stieß – ich hatte sie in einem der Abstellräume entdeckt –, hüpften Vivien und Linus begeistert um sie herum und balgten sich um die wildesten Exemplare. Antonia hatte es aufgegeben, ihre Mitbewohnerin zu bremsen, und nach und nach wuchs ein Haufen mit Doros Errungenschaften in der Mitte des Flurs. Handschuhe, Regenschirme und Kopfbedeckungen.

Nachdem der gesamte Inhalt eines Kartons mit einem Knall auf dem Boden gelandet war, verzogen Antonia und ich uns in die Küche. Trotz des Lärms schlief Pepper tief und fest mit dem Bauch auf den kühlenden Fliesen. Vivien rannte hinter uns her, einen dunkelgrünen Schlafsack um sich geschlungen. Ein Schluckauf schüttelte sie. »Ich bin ein Flugdinosaurier«, schaffte sie schließlich, uns zwischen Hicksen und Glucksen mitzuteilen, und schoss wieder ab.

Am Ende hatten Doro und die Kinder alles durchwühlt und hinterließen den Flur erstaunlich aufgeräumt.

Wir breiteten eine Decke im Schatten der Birke aus, die Sonne schien, einzelne Wolken trieben am Himmel. Doro las ein Kinderbuch vor, und ich fühlte mich geborgen. Träge ließ ich mich nach hinten auf den Rasen fallen, Linus knabberte an einem Baguette und sah aus, als würde er gleich einschlafen. Der Kater hatte sich in unsere Mitte gelegt. Nicht weiterdrehen, Welt, dachte ich, bleib einfach eine Weile hier stehen.

Ich wachte von Doros Schreien auf. »Pepper! Pepper!« Sie hatte sich also doch weitergedreht, die Welt, als ich nicht aufgepasst, als ich geschlafen hatte. Ich sprang auf, rannte ins Haus und fand Doro mit dem Oberkörper über der Hündin liegend vor. Pepper sah aus, als würde sie schlafen, doch ihre Brust hob und senkte sich nicht mehr.

Die Kinder weinten, wir Großen weinten. Mascha, als sie nach Hause kam, weinte, obwohl sie Pepper kaum gekannt hatte, und Rafa weinte, als er direkt von der Arbeit mit dem Firmenwagen angebraust kam. Peppers Tod ließ also auch ihn nicht kalt, trotz seines coolen Spruchs am Fluss. Timo weinte nicht, als er Linus abholte, doch er tröstete uns alle, wischte Tränen weg und reichte Taschentücher. Wir streichelten Pepper, und die Kinder pflückten Blumen, die sie rund um sie drapierten. Schön sah das aus. Den Abend verbrachten wir im Garten. Irgendwer bestellte Pizza, irgendwer zündete Kerzen an, und irgendwer hielt die ganze Zeit wen im Arm.

Am nächsten Wochenende trafen wir uns am Fluss. Mascha und ich, meine Mutter und Fred, Timo, Sibel, Linus, Pia und Karola, alle mit Picknicksachen im Gepäck. Seit sechs Jahren hatte ich meinen Geburtstag nicht gefeiert. Ein kräftiger Wind wehte und durchpflügte das Gras auf dem Deich, als würden unsichtbare Windhunde hindurchrennen.

Ich steckte Fred das Fernrohr meines Opas zu und bestand darauf, dass er es behielt. Er wurde rot, polierte das Rohr mit seiner Strickjacke und zupfte sich am Ohr. »Du hast doch Geburtstag und nicht ich«, sagte er.

Die Glückwünsche der anderen freuten und überforderten mich. Ich hatte einen Kloß im Hals und blinzelte gegen die Tränen an. Schafe blökten auf dem Deich, und Wolken zogen über uns hinweg, als hätten sie ein Ziel. Doro zog vorsichtig die kleine Kiste mit Peppers Asche aus ihrem Rucksack, und gemeinsam trugen wir sie zur Hubbrücke. Unter uns schlingerte der Fluss grau und rauschend Richtung Norden. Ich öffnete das Kistchen, auf dem Peppers Name in ein goldfarbenes Schild graviert stand, legte meinen Arm um Doros Schulter, und zusammen streuten wir die Überreste unserer Hündin in den Fluss, in dem sie so oft mit uns geschwommen war. Die Böen rissen die Aschepartikel mit sich, sie glitzerten in der Sonne, unzählige Lichtpunkte, bevor das Wasser sie verschluckte.

Vivien freute sich über den Wind. Sie hatte einen Drachen eingepackt, der vermutlich sämtliche Vögel, die Fred mit dem Fernrohr hätte beobachten können, in die Flucht schlagen würde. Die Böen wehten uns die Haare ins Gesicht und führten uns und Viviens Drachen an den Nasen herum. Sie rissen ihn in die Höhe, um ihn Sekunden später wie ein langweilig gewordenes Beutetier wieder fallen zu lassen. Erschwerend kam hinzu, dass das Ding ziemlicher Schrott war. Rafa, der ihn zusammen mit Vivien gebaut hatte, wollte nicht einsehen, dass das Gestänge viel zu schwer war. Mich erstaunte, wie persönlich er meine Kritik nahm, bis sich herausstellte, dass er früher mit seinem Vater dasselbe Modell gebastelt hatte. Wie so vieles, hatte ich unter anderem verpasst, dass sein Vater vor einem halben Jahr gestorben war. Das erklärte vielleicht auch den ernsteren Ausdruck in seinem Gesicht, die beiden hatten sich sehr nahegestanden.

Kein Wunder also, dass Rafas Drachen zu schwer zum Fliegen war bei der großen emotionalen Last, die er trug. Warum genau dieses Spielzeug so oft herhalten musste als romantisch angehauchter Kitt zwischen Vätern und ihren Kindern, war mir ein Rätsel. Vielleicht hing es mit dem Fliegen, dem Abheben und dem Loslassen zusammen. Ich fand, es war an der Zeit, Drachen für zwei oder drei Generationen von jeglicher Symbolik zu entbinden, damit sie wieder unbeschwert abheben konnten.

Viviens Exemplar hielt uns weiter auf Trab. Abwechselnd sprangen und hüpften wir in die Höhe, galoppierten am Ufer entlang durch den weichen Sand, angefeuert von denen, die gerade eine Pause einlegten, die erst wieder zu Atem kommen mussten. Wie besoffen taumelte das plumpe Ding am Ende seiner Schnur hinter uns her. Wenn es mal einige Meter abhob, jubelten wir, bis das nächste Windloch kam und der Drachen gen Boden raste, um sich mit der Spitze voran in den Sand zu bohren. Karolas Einsatz bestand darin, uns Tipps zuzurufen und sich über unser Misslingen zu amüsieren, vor allem, als das Gestänge Pia von hinten eine Beule verpasste. Selbst Mascha zeigte vollen Einsatz und legte ihre gelangweilte Teenie-Attitüde ab. Vivien und Linus kicherten und tanzten um uns herum, rissen mit uns an der Schnur, und es schien sie kein bisschen zu stören, dass das störrische Teil nicht fliegen wollte.

»Ich nehme alles zurück, euer Schrottdrachen ist perfekt«, schnaufte ich, und Rafa schubste mich spielerisch, woraufhin ich mich in den Sand plumpsen ließ und Vivien und Linus sich auf mich schmissen. Alle viere von mir gestreckt lag ich unter dem Gewicht der beiden kreischenden und glucksenden Kinder und schaukelte unter ihnen wie eine Luftmatratze im Wellenbad.

Völlig erledigt von der Drachen-Action, packten wir schließlich unsere Körbe aus und setzten uns auf die Decken, die immer wieder hochwehten. Der Wind zerrte an unserem Essen, und Sandkörner knirschten zwischen unseren Zähnen, da Vivien über unser Picknick gesprungen war und eine Fontäne aufgewirbelt hatte, die sich gleichmäßig über unser Essen verteilte. Ich fand, der Kuchen und der Salat hätten ohne Knirschen besser geschmeckt, aber ich hielt den Mund.

Wolken zogen über uns hinweg, Schattenbilder, die sich auf uns legten und weiterzogen. Hinter uns rauschte der Fluss, und über uns kreischten Möwen. Immer weiter wagten sie sich ins Inland vor, fanden im fast leergefischten Meer nicht mehr ausreichend zu fressen. Sie segelten weit über unseren vom Wind zerzausten Köpfen, struppig-grau-hell-dunkel-lockig-kahl. Sahen auf uns herunter, eine Ansammlung seltsamer Kreaturen, vom Wetter und vom Leben zerrupft und gestreichelt, einige zappelnd, andere gebeugt, die runden und kantigen Körper einander zugeneigt.

Ich danke
meinen Schwestern Stöwi und Judith und meinen Freund*innen, v. a. Filip, Roni, Cornelia Achenbach, Gina Schad und Astrid Gläsel fürs Lesen und Zur-Seite-Stehen. Den Mitarbeitenden des Goya Verlags, allen voran meiner Lektorin Milena Schilasky. Mimi Wulz und Susanne Babaewa von der Elisabeth-Ruge-Agentur. Jane, Nina, Gracia, Martin und Mire für die vielen Antworten. Saskia Ratajszczak vom Regenbogenfamilienzentrum Berlin für die Beratung zum Thema Sorgerecht. Der Igel-Gruppe.

Ela Meyer
Es war schon immer ziemlich kalt

Drei Freunde Ende zwanzig: Insa, Hannes und Nico sind gemeinsam in einem friesischen Kaff aufgewachsen und auch nach ihrer Flucht aus der Provinz beste Freunde geblieben. Sie sind unzertrennlich und erzählen sich alles – eigentlich. Doch plötzlich häufen sich die Geheimnisse voreinander. Ihre Zukunftspläne scheinen nicht mehr zusammenzupassen: Hannes will zurück ins Dorf und die Werkstatt seines Opas übernehmen, Nico hat sich in eine Frau verliebt, die ein Kind erwartet, und Insa treibt weiter orientierungslos vor sich hin. Ihre einst unzertrennliche Gemeinschaft droht, auseinanderzubrechen. So unternehmen sie eine letzte große gemeinsame Reise. Zum Soundtrack von Django Reinhardt über ...But Alive bis Team Dresch fahren die drei Freunde unaufhaltsam auf die Weggabelung des Erwachsenwerdens zu, die ihre Leben in verschiedene Richtungen führen wird.
Eine Geschichte über den aufwühlenden Wandel einer Jugendfreundschaft und das Ende einer gemeinsam verbrachten Lebensphase. Ela Meyer erzählt ebenso unterhaltsam wie berührend.

 Hier geht es zu unserer Leseprobe

»Inwiefern können Freundschaften fehlende Familie ersetzen? Dieser Frage geht Ela Meyer in ihrem ersten Roman nach.«
NWZ, Heidi Scharvogel

»Sie schreibt ganz toll, Ela Meyer. Das rührt einen zutiefst an.« NDR-Podcast
Die Bücherwelt, Margarete von Schwarzkopf

Klappenbroschur · ISBN 978-3-8337-4456-3
E-Book · ISBN 978-3-8337-4472-3

digital only · ISBN 978-3-8337-4498-3
Gesprochen von Rosa Thormeyer

Lucia Jay von Seldeneck
Komm tanzen!

Ein See, eine Party, eine Nacht, die alles verändert. Es ist einer dieser allerersten warmen Abende: Die Luft ist schwer vom Fliederduft und von der Wiese hinter der Villa hört man die Musik, wie sie in den Himmel steigt, immer weiter, bis weit über den nachtschwarzen Wannsee. Alle sind da, wieder vereint, alte Freunde, gemeinsame Geschichten, hundert Mal erzählt. Aber was machen wir, wenn uns ganz plötzlich der Boden unter den Füßen weggerissen wird? Einfach so, von einem Moment auf den anderen? Wir kämpfen. Natürlich kämpfen wir. Und was machen wir, wenn uns bewusst wird, dass unser Glaubenssatz, unsere Lebenslosung, nämlich dass alles immer weitergeht, irgendwie, und dass alles gut wird, irgendwie, plötzlich gefährlich und atemstockend ins Wanken gerät? Jona sagt es laut, er sagt, es wird kein gutes Ende mehr geben. Jona ist elf Jahre alt.

 Hier geht es zu unserer Leseprobe

»*Komm tanzen!*« ist ein mal bunt und mal bedrohlich schillerndes, dabei immer auch empathisches Stück Literatur, in dem sich unsere Gegenwart in vielen Facetten spiegelt. Man wünscht sich mehr davon.«
Berliner Morgenpost, Felix Müller

»Eine starke Erzählung! Lucia Jay von Seldeneck taucht in den Strudel einer Zeit, der alle Gewissheiten abhanden kommen - und beschwört soghaft die Frage, welcher gemeinsame Boden bleibt. Nicht nur zum Tanzen.« Patrick Wildermann, Kulturjournalist

Hardcover · ISBN 978-3-8337-4708-3
E-Book · ISBN 978-3-8337-4709-0

digital only · ISBN 978-3-8337-4759-5
Gesprochen von Julia Meier

Anne Kanis
Auf Erden

Väter, Freundinnen und Graffiti: Nach der Krankheit und dem Tod ihres geliebten Vaters gerät das Leben von Sunny aus den Fugen. Die Beziehung mit Erik geht in die Brüche, eine ihrer engsten Freundinnen fällt ihr in den Rücken. Was bleibt, sind die Erinnerungen an ihren Vater, an ihre Familie, an das Nest, das sie hatte und das sich nun verändert hat. An die aufregenden, teils gefährlichen Jugendjahre im brodelnden, wiedervereinigten Berlin der Neunzigerjahre. Und an ihre Freundinnen Jessi, Alma und Katharina, die alle so ganz andere Väter hatten als sie.

Mit viel Einfühlungsvermögen und Empathie erzählt die Schauspielerin Anne Kanis in ihrem ganz persönlichen Roman von einem tiefen Trauer- und Erinnerungsprozess. Von dem Glück, in eine liebevolle Familie hineingeboren zu werden, und dem Schmerz, wenn geliebte Menschen das Leben auf Erden verlassen. Von Streifzügen mit den Freundinnen durch eine aufgebrochene Stadt. Und von einer sich anbahnenden neuen Liebe.

Hardcover · ISBN 978-3-8337-4701-4
E-Book · ISBN 978-3-8337-4706-9
Hörbuch digital only
ISBN 978-3-8337-4760-1

»Anne Kanis erzählt klar und gefühlvoll, was wir vergessen haben: unsere wilden Zeiten, als sich die Tage überholten und wir über Nacht andere wurden, ohne es wirklich zu sein. Solo Sunny nach dem Mauerfall. Und Prenzlauer Berg, ungeschminkt.« Robert Ide, Journalist und Autor

 Hier geht es zu unseren Leseproben

Yasmin Polat
Im Prinzip ist alles okay

Seit der Geburt ihres Kindes ist Miryam von Selbstzweifeln geplagt. Sie kann nicht stillen, leidet an postnatalen Depressionen und versucht trotzdem, alles richtig zu machen, möchte so heil wirken wie die Mütter aus ihrem Umfeld und Instagram-Feed.
Sie postet weichgefilterte Selfies von sich und ihrem Kind, informiert sich zu bedürfnisorientierter Erziehung und gesunden Beikost-Snacks. Doch Miryam zieht sich immer mehr zurück. In den sozialen Medien wird zwar vieles besprochen, nicht aber die eigenen Familientraumata, die möglicherweise wieder auftauchen, sobald man selbst Mutter wird.

Hardcover · ISBN 978-3-8337-4563-8
E-Book · ISBN 978-3-8337-4611-6
Hörbuch digital only
ISBN 978-3-8337-4667-3

»Obwohl Yasmin Polat authentisch von häuslicher Gewalt berichtet, ist ihr Debüt seltsam optimistisch und sogar lustig.« *emotion*, Friederike Trudzinski

»Yasmin Polats Roman ist wie ein Fenster, das man öffnet und sofort kommt frische Luft rein.« Judith Poznan, Autorin